부닌 단편선

부닌 단편선

이반 부닌 지음 | 이상철 옮김

인디북

어두운 가로수길

날씨가 궂은 어느 차가운 가을날 툴라 지방의 넓은 길들 중 농가 쪽 길은 빗물에 넘치고 검은 바퀴자국들이 수없이 나 있었다. 그 농가의 한 쪽은 공공 우편 역이었으며 다른 쪽은 잠시 휴식을 취하거나 하룻밤 묵어 갈 수도 있고 음식이나 차를 주문할 수도 있는 개인 소유의 주막이었다. 진창 때문에 꼬리를 단단히 묶은 볼품없는 말 세 마리가 끄는 마차가 덮개를 반쯤 연 채로, 흙탕물을 튀기며 그곳으로 달려가고 있었다. 마부석에는 외투 위로 허리띠를 단단히 묶은 건장한 마부가 앉아 있었다. 타르빛 턱수염이 드문드문 나 있는 까무잡잡한 얼굴에 진지한 표정을 한 그는 옛날 도적을 연상시켰다. 마차 안에는 커다란 모자를 쓰고, 소매가 긴 회색 비버가죽 외투의 옷깃을 세워 입은 균형 잡힌 몸매의 늙은 군인이 앉아 있었다. 그는 검은 눈썹과 달리 하얀 콧수염이 구레나룻과 맞닿아 있었고, 턱은 깨끗하게 면도되어 있었다. 그는 군인들 사이에서 유행처럼 따라하던 알렉산드르 2세의 모습과 닮아 있었다. 의문에 찬 것 같은 눈빛은 엄숙하면서도 지쳐 보였다.

말이 멈추자 그는 목이 매끄러운 군화를 신은 한쪽 발을 마차 밖으로 내밀었다. 그리고 영양 가죽으로 만든 장갑을 긴 손으로 외투 앞자락을 거머쥔 채 농가의 현관 계단으로 뛰어올라갔다.

"왼쪽입니다, 나리." 마부가 마부석에서 무뚝뚝하게 소리쳤다. 그는 큰 키 때문에 문지방에서 약간 몸을 숙이고 현관으로 들어가 왼쪽에 있는 주막으로 갔다.

주막 안은 따뜻하고 건조했으며 잘 정리되어 있었다. 왼쪽 구석에는 새것으로 보이는 황금빛 성상이 있었고, 그 아래에는 색이 바래지 않은 깨끗한 식탁보가 덮인 탁자가 있었다. 탁자 뒤에는 깨끗하게 닦인 긴 의자가 놓여 있었다. 멀리 오른쪽 구석을 차지하고 있는 조리용 난로는 새로 하얗게 칠이 되어 있었다. 난로 옆에는 얼룩무늬의 두꺼운 말가죽 덮개가 덮인 등받이 없는 긴 의자가 쟁기로 받쳐져 있었다. 난로 뚜껑 위로 양배추와 소고기, 월계수 잎을 넣고 끓이는 수프 냄새가 달콤하게 풍기고 있었다.

손님은 외투를 긴 의자에 던져 놓았다. 제복을 걸치고 군화를 신은 그의 모습은 한층 더 균형 잡혀 보였다. 장갑과 모자도 벗은 다음 피곤에 지친 얼굴을 한 채 창백하고 여윈 손으로 머리를 쓰다듬었다. 관자놀이 위의 희끗희끗한 머리카락은 눈가에서 가볍게 말려 올라가 있었다. 검은 눈동자가 빛나는 잘생기고 긴 얼굴에는 마마자국들이 희미하게 남아 있었다. 주막 안에는 아무도 없었다. 그는 현관문을 열고는 화를 내듯 소리쳤다.

"어이, 거기 누구 없나?"

바로 그 순간 나이에 걸맞지 않게 까만 머리에 눈썹이 진한 아름다운 여인이 가벼운 발걸음으로 주막 안으로 들어왔다. 그녀는 중년의 집시 여인 같은 모습으로, 윗입술과 뺨을 따라 검은 솜털이 나 있었다. 빨간 재킷 밑으로 커다란 가슴이 드러났고, 검은 모직 치마 아래로는 배가 암거위처럼 세모나게 불룩했다.

"어서 오십시오, 나리." 그녀가 말했다. "음식이나 차를 주문하시겠습니까?"

손님은 그녀의 둥근 어깨와 낡아빠진 빨간 타타르 슬리퍼를 신은 가녀린 다리를 잠깐 동안 쳐다보고는 대충 대답했다.

"차를 주게. 여기 주인인가, 아니면 종업원인가?"

"주인입니다, 나리."

"그렇다면 직접 운영을 한다는 건가?"

"예, 맞습니다."

"그래? 보아하니 미망인 같은데 혼자 일하는 건가?"

"미망인은 아닙니다, 나리. 먹고 살기 위해서라면 무슨 일이라도 해야지요. 그리고 저는 일을 좋아합니다."

"그렇다면 다행이군. 그래서 주막이 깨끗하고 상쾌한 거로군."

여인은 눈을 약간 가늘게 뜨고는 줄곧 탐색하듯이 그를 쳐다보았다.

"깨끗한 것을 좋아하지요." 그녀는 대답했다. "주인 어르신 댁에서 자랐는데 기본적인 것은 지켜야지요, 니콜라이 알렉세예비치."

그는 깜짝 놀라 서둘러 자세를 바로잡으며 얼굴을 붉혔다.

"나데지다! 너니?" 그는 조급하게 말했다.

"예, 저예요, 니콜라이 알렉세예비치." 그녀가 대답했다.

"오, 하느님!" 그는 벤치에 앉으면서 그녀를 똑바로 쳐다보며 말했다. "생각지도 못했던 일이야! 얼마 만이지? 35년쯤 되었지?"

"30년 만이에요, 니콜라이 알렉세예비치. 전 지금 마흔여

덟이고, 당신은 예순쯤 되었겠군요?"

"그 정도쯤 되었지. 참 이상한 일이군!"

"뭐가 이상한 일이죠, 나리?"

"모든 게, 모든 것이……. 왜 이해를 못하는 거야?"

피곤함과 산만함은 온데간데없이 사라졌고, 그는 일어나
마루를 내려다보며 결심한 듯 방을 거닐기 시작했다. 그리고
는 멈춰 서서 희끗희끗한 머리카락 사이로 얼굴을 붉히며 말
하기 시작했다.

"지금까지 너에 대해 아는 것이 아무것도 없군. 어떻게 이
곳으로 왔지? 왜 주인댁에 남아 있지 않았어?"

"당신이 떠나자마자 주인어른이 저에게 농노 해방증을 주
셨어요."

"그러면 그 이후에는 어디에 살았어?"

"이야기하자면 길지요, 나리."

"결혼은 하지 않았다고 말했나?"

"예, 하지 않았지요."

"왜? 이렇게 예쁜데."

"결혼만은 할 수가 없었지요."

"왜 할 수가 없었지? 무슨 말이 하고 싶은 거야?"

"설명해드리죠. 제가 당신을 얼마나 사랑했는지 알고 계

시죠?"

그는 눈물이 날 만큼 얼굴이 붉어졌다. 그러더니 곧 얼굴을 찌푸리며 다시 서성거리기 시작했다.

"이보게, 모든 것은 사라진다네." 그는 중얼거렸다. "사랑도, 젊음도, 모든 것이 그렇지. 평범하고 일반적인 이야기지. 시간이 지나면 모든 것은 사라지는 법이야. 옵기에 이렇게 쓰여 있지? '흘러가는 물을 어떻게 기억할 수 있을까?'"

"신이 사람들에게 무슨 말씀을 하시든지 말이에요, 니콜라이 알렉세예비치. 젊음은 사라지는 것이지만 사랑은 다른 문제죠."

그는 멈춰 서면서 고개를 들고는 질타하듯이 비웃었다.

"실제로 너는 나를 영원히 사랑할 수는 없었을 거야!"

"아니요, 할 수 있었어요. 아무리 시간이 흘렀어도 한 사람을 위해 살았을 거예요. 이미 오래 전에 당신은 예전의 당신이 아닐 뿐만 아니라 너무 많이 변해버렸지만⋯⋯. 지금에 와서야 뒤늦게 원망하는 거지만, 정말로 당신은 저를 무심하게 버리셨지요. 다른 일들은 말하지 않더라도 그 모욕 때문에 몇 번이나 손목을 그어 죽고 싶었는지. 시간은 있었지요. 니콜라이 알렉세예비치, 제가 당신을 니콜렌카라고 불렀을 때, 당신은 저를 어떻게 불렀는지 기억하세요? 『어두운 가로수길』에 나오는 모든 시들을 제가 읽어주기를 원하셨죠?" 그 녀는 어색한 웃음을 띠며 덧붙여 말했다.

"아, 너는 얼마나 매력적이었던가!" 그는 고개를 끄덕이며 말했다. "얼마나 열정적이고 아름다웠던가! 균형 잡힌 몸매 에 아름다운 눈동자! 모든 사람들이 얼마나 넋을 놓고 너를 바라보았는지 기억해?"

"기억하죠, 나리. 저의 아름다움과 열정을 너무나 멋진 당 신에게 바쳤죠. 어떻게 잊을 수가 있겠어요."

"아! 모든 것은 사라지지. 모든 것은 잊히는 거야."

"모든 것이 사라지지만 모든 것이 잊히지는 않죠."

"나가줘." 그는 돌아서서 창문으로 다가가면서 말했다. "제발 나가줘."

그리고 손수건을 꺼내어 눈을 꽉 누르고는 서둘러 말했다.

"신이 나를 용서하셨다면, 너도 나를 용서했겠지."

그녀는 문으로 다가가 멈춰 섰다.

"아니요, 니콜라이 알렉세예비치, 용서하지 않았어요. 속 마음까지 건드렸으니 직접적으로 이야기하죠. 저는 당신을 결코 용서할 수가 없었어요. 그땐 제게 당신보다 소중한 것 은 이 세상에 없었고, 그 이후에도 마찬가지였죠. 그래서 저 는 당신을 용서할 수가 없어요. 기억해봤자 무슨 소용 있나요. 무덤에서 시신을 꺼낼 필요는 없지요."

"그래, 맞아. 아무 소용이 없지. 말을 준비하라고 일러." 그는 이제 엄숙한 얼굴로 창가에서 걸어오며 대답했다. "너에게 한 가지만 말하지. 나는 결코 행복하게 살지 못했어. 자존심을 상하게 했다면 미안해. 그러나 확실히 말하지. 나는 아내를 열렬히 사랑했어. 그런데 내가 너에게 그랬던 것보다 더 모욕적으로 나를 버리고 배신했지. 아들도 정말로 사랑했어. 그러나 자라는 동안 아들에게 어떠한 희망도 걸지 못했지! 아들은 무례하고 낭비벽이 심한 철면피가 되었어. 애정도 체면도 양심도 없었지. 그렇지만 이 모든 것도 진부하고 평범한 이야기지. 건강하게, 사랑스런 사람. 널 보니 내 삶에서 가장 소중한 것을 잃어버린 거라는 생각이 들어."

그녀는 다가와 그의 손에 입을 맞추었고, 그 또한 그녀의 손에 입을 맞추었다.

"말을 준비하라고 일러."

그곳을 멀리 벗어났을 때, 그는 비탄에 빠진 채 생각에 잠겼다. '그래, 얼마나 매력적이었는지! 마법에 걸린 것처럼 아름다웠어!' 그는 자신이 했던 마지막 말과 그녀의 손에 입 맞추었던 것을 생각하니 부끄러웠다. 그 순간 부끄러워하는 자신이 부끄러워졌다. '그녀는 내게 인생에서 최고의 순간들을

선사하지 않았던가?`

하얀 태양이 노을 사이로 보였다. 마부는 진흙탕이 적은 길을 골라 검은 바퀴 자국을 남기며 빠르게 말을 몰면서 또 무언가를 생각하고 있었다. 마침내 진지하면서도 무례하게 말했다.

"그런데 나리, 주인 여자가 우리가 떠나는 것을 창문으로 다 보고 있었습니다. 이미 오래 전부터 그녀를 알고 계셨죠?"

"그래, 오래 전부터 알고 있었지, 클림."

"현명한 여자죠. 돈을 잘 번다고 모두가 그러더군요. 이자를 받고 돈을 빌려준다더군요."

"그건 중요하지 않아."

"어떻게 중요하지 않죠? 더 잘 살길 원하지 않는 사람이 누가 있겠어요! 양심적으로 빌려준다면 나쁠 것은 별로 없죠. 그녀가 합리적으로 그 일을 한다고 사람들도 그러더군요. 그러나 엄격하죠! 제때 갚지 못한다면 갚지 못한 사람 탓이지요."

"그래, 맞아. 자신을 탓해야지……. 기차 시간에 늦지 않도록 서둘러주게."

황량한 들판 위에 낮게 떠 있는 태양이 노랗게 빛났다. 말

들은 웅덩이를 지날 때마다 동시에 첨벙거렸다. 그는 검은 눈썹을 움직이더니 반짝거리는 편자를 바라보며 생각했다.

'그래, 자신을 탓해야지. 정말 가장 멋진 시간들이었어. 아니, 가장 멋진 것이 아니라 진실로 마법에 걸린 것만 같은 시간들이었지! — 주위에는 새빨간 들장미가 피어 있었고, 어두운 보리수나무 가로수길이 있었네……. — 오, 하느님, 내가 만약 그녀를 버리지 않았다면 어떻게 되었을까? 얼마나 어리석은 짓이었던가! 정말로 나데지다가 주막집 주인이 아니라 나의 아내이자 페테르부르크 집의 안주인, 내 아이들의 엄마가 되었을까?'

그는 눈을 감으며 고개를 저었다.

발라드

겨울 대축제 기간이 다가오면 시골집은 항상 뜨겁게 달구어진 욕탕이 된 것처럼 이상한 풍경을 자아내었다. 왜냐하면 널찍하고 천장이 낮은 방의 문이란 문은 죄다 현관문에서부터 집의 맨 가장자리에 위치한 소파가 있는 방문까지 열려 있었으며, 성상들이 모셔져 있는 모퉁이에는 밀랍으로 만든 양초와 현수등이 붉게 빛나고 있었기 때문이었다.

이 축제 기간이 다가올 즈음엔 뜨거운 열기에 금세 말라버리는, 집안 곳곳에 깔린 매끄러운 참나무 마루를 말끔히 닦아내었다. 그런 다음 깨끗하고 두꺼운 카펫을 깔고는 한 쪽으로 옮겨 놓은 가구들을 다시 반듯하게 제자리로 배치하였다. 그리고 성상이 모셔져 있는 모퉁이의 도금 또는 은제 덮개 앞 현수등과 양초들만 환하게 타오르게 하고 다른 모든 불들은 꺼버렸다. 이 시간이 되면 벌써 창 너머로 겨울밤은 짙푸르게 물들어가고, 모두가 각자의 방으로 뿔뿔이 흩어졌다. 그러면 집안은 죽은 듯이 고요해지고, 애잔하면서도 감동적으로 빛나고 있는 한밤의 성스러운 성상에 잘 어울리는 경건한 적막만이 마치 뭔가를 고대하듯 맴돌았다.

겨울에는 이따금 순례자인 마셴카가 영지에 손님으로 찾아왔다. 그녀의 머리는 하얗게 세었으며 삐쩍 말라서 마치 소녀처럼 가냘팠다. 그리고 이런 밤에 그녀 혼자만이 잠들지 않고 있었다. 그녀는 저녁식사를 끝낸 후 하인방에서 현관으로 들어와 장화를 벗고 모직 양말을 신은 조그마한 발로 부드러운 깔개를 따라 비밀스럽게 빛나는 모든 방을 조용히 돌아 다녔다. 가는 방마다 성상 앞에서 무릎을 꿇고는 성호를 긋고 기도했다. 그리고는 다시 현관으로 가 옛날부터 가만히 그 자리에 있었던 검은 나무 상자 위에 앉아 속삭이듯이 기도문이나 시편을 읽거나 혼잣말로 뭐라고 중얼거렸다. 그러던 어느 날 나는 마셴카가 기도하듯이 말하는 '신의 맹수, 하느님의 늑대'에 관해 알게 되었다.

나는 잠이 오지 않아 소파가 있는 방의 책장에서 책을 꺼내 읽을 참으로 늦은 밤에 응접실로 나왔다. 마셴카는 나의 발자국 소리를 듣지 못했다. 그녀는 어두운 현관에 앉아서 무엇인가를 중얼거리고 있었다. 나는 멈춰 서서 귀를 기울였다. 그녀는 시편을 외고 있었다.

"저의 기도를 들어주소서, 하느님. 저의 울부짖음이 들리시나이까?" 그녀는 조곤조곤 말했다. "저는 당신의 길 잃은 어린양이오니 저의 눈물에 침묵하지 말아주옵소서. 나의 아버지 하느님이시여."

"주여, 당신이 하시는 일은 얼마나 경이로운지요!"

"전지전능하신 주님의 품안에 사는 자는 평온할지라. 사악한 뱀들을 물리치시고, 사자와 용들을 멸하여주시옵소서."

그녀는 마지막 기도를 외기 전까지는 조용했지만, 목소리를 강하게 높여 확신에 찬 어조로 '사자와 용들을 멸하여주시옵소서.'라고 말했다. 그리고는 잠시 침묵하더니 천천히 한숨을 쉬고는 누군가와 이야기하듯이 말했다.

"숲 속 모든 짐승들과 수많은 산 속 동물들은 당신의 것이기 때문입니다."

나는 현관을 엿보았다. 그녀는 모직 양말을 신은 조그마한 발을 가지런히 하고 가슴 위에 두 팔로 십자가를 그리며 나무 상자 위에 앉아 있었다. 그녀는 나를 보지 못하고 앞만 응시하고 있었다. 그리고는 눈을 들어 천장을 바라보며 또박또박 말했다.

"그리고 신의 짐승인 하느님의 늑대여, 우리를 위해 성모 마리아에게 기도하렴."

나는 그녀에게 다가가서 조용히 말했다.

"마셴카, 무서워하지 마, 나야."

그녀는 손을 내리고 일어나 허리 굽혀 인사했다.

"안녕하십니까, 나리. 아니요, 무섭지 않아요. 지금 제가 무서울 게 뭐가 있겠어요? 젊었을 때는 바보같이 모든 것을 무서워했었지요. 검은 눈의 악마가 저를 혼란스럽게 했습죠."

"앉게." 내가 말했다.

"아닙니다." 그녀가 대답했다. "서 있겠습니다."

나는 커다란 쇄골에 뼈마디가 앙상한 그녀의 어깨에 손을 얹어 앉히고는 옆에 앉았다.

"앉게. 그렇지 않으면 가버릴 거야. 누구에게 기도하는 건가? 하느님의 늑대라는 그런 신성한 존재가 있긴 한 건가?"

그녀가 다시 일어나려고 하자 나는 거듭 제지했다.

"아휴, 마셴카! 정말 무서운 게 없는 모양이로군! 다시 한번 묻겠는데 정말로 그렇게 신성한 존재가 있다는 건가?"

그녀는 생각에 잠겼다. 그리고는 진지하게 대답했다.

"있지요, 나리. 티그리스―유프라테스 강의 맹수도 있는 걸요. 언젠가 한번은 교회에도 그려져 있었지요. 제가 직접 본 걸요."

"봤다고? 어디서? 언제?"

"오래 전이지요, 나리. 아주 옛날이었지요. 어디서였는지는 말씀 못 드리겠지만 저와 먼 친척 여자가 그곳으로 가는데 삼 일이나 걸렸지요. 그거 하나는 기억합니다. '험준한 산'이라는 이름을 가진 마을이었어요. 저희들은 그 마을이 있는 라쟌 지방이 자돈쉬나보다 더 아래쪽에 위치하고 있고 말로다 할 수 없을 만큼 험하다는 말을 들었어요. 그곳은 우리 공작님의 마을이었는데 그분의 할아버지가 아끼시는 곳이었지요. 벌거숭이 언덕과 작은 비탈을 따라 수천 채의 흙집들이 늘어서 있고, 돌투성이 강 상류의 가장 높은 산꼭대기 위에는 삼 층으로 된 허름한 공작의 집과 노란 기둥의 교회가 서 있어요. 바로 그 교회에 하느님의 늑대가 있답니다. 교회 한가운데 늑대가 물어 죽인 공작의 무덤 위에는 철판이 깔려 있고, 오른쪽 기둥에 그 늑대의 전신이 그려져 있지요. 잿빛 털이 무성한 꼬리가 달린 몸통을 위로 쭉 뻗은 채 앉아서 앞쪽 등불을 쳐다보며 눈을 번뜩이고 있지요. 목덜미에는 흰털이 무성하게 나 있고, 커다란 머리에 귀는 뾰족하지요. 송곳니가 드러나 있고 번쩍이는 눈빛에 머리 주위로는 성자나 성인에게서나 볼 수 있는 황금빛 광채가 나지요. 그렇게 끔찍한 동물을 상상한다는 것조차 얼마나 소름이 끼치는지! 진짜 살아 있는 것처럼 앉아서 쳐다보면 바로 덤벼들 것만 같았지요."

"잠깐, 마셴카." 나는 말했다. "전혀 이해할 수가 없네. 왜, 그리고 누가 그 무시무시한 늑대를 교회에 그린 건가? 그 맹수가 공작을 물어 죽였다고 말하지 않았나. 그런데 왜 성스러운 존재가 되었고 무슨 이유로 공작의 무덤 위에 그려져 있는 거지? 그리고 어떻게 해서 자넨 그 끔찍한 마을에 가게 된 거야? 좀 더 알기 쉽게 설명해주게."

마셴카는 이야기하기 시작했다.

"나리, 저는 그때 농노 계집이었지요. 공작님 댁에서 지내며 시중을 들었답니다. 저는 고아였지요. 그리고 사람들이 말하길, 아버지는 떠돌이 도망자였는데 제 어머니를 나쁜 방법으로 유혹하고는 아무도 모르게 사라져버렸답니다. 어머니는 저를 낳으시고는 곧 세상을 뜨셨지요. 그런데 주인 어르신이 저를 불쌍하게 여겨서 거두어주셨답니다. 저는 열세 살이 되던 해에 젊은 마님의 시중을 들게 되었지요. 웬일인지 마님은 저를 마음에 들어 하셔서 한시도 곁에서 떼어놓지 않으셨지요. 젊은 공작님이 할아버지가 유산으로 남겨주신 '험준한 산'이라는 마을에 여행을 계획하셨기 때문에 마님은 저를 데리고 가셨지요. 이미 오래 전에 황폐해져 사람들이 떠난 세습 영지였답니다. 할아버지가 돌아가시자 버려져서 허물어진 집이 거기 있었지요. 그러나 젊은 공작님 내외분은 그의 죽음을 애도하고 싶어 하셨어요. 할아버지가 얼마나 끔찍하게 돌아가셨는지는 전설처럼 전해져 내려와 잘 알고 계셨거든요."

응접실에서 무언가가 가볍게 흔들리더니 떨어지며 작은 소리가 들렸다. 마셴카는 나무 상자에서 내려와 응접실로 달려갔다. 양초가 떨어져 타는 냄새가 났다. 그녀는 아직 탄내가 나는 양초의 심지를 짓이긴 다음 카펫의 보푸라기에 붙은 불을 밟아 껐다. 그리고 의자 위로 올라가 성상 아래 은촛대에 꽂혀 있는 다른 양초에서 불을 옮겨 붙인 후 다시 제자리에 양초를 꽂았다. 그녀는 밝은 불꽃 때문에 아래로 몸을 숙인 채 뜨거운 꿀처럼 흘러내리고 있는 촛농을 촛대에 떨어뜨려 다시 세우고, 앙상한 손가락으로 다른 초들의 심지를 부드럽게 자른 다음 마루로 내려왔다.

"아이, 정말 기분 좋게 타오르네요." 그녀는 성호를 그으면서 황금빛으로 활활 타오르고 있는 촛불을 바라보며 말했다. "성령이 임하시는 것 같아요!"

탄내가 달콤하게 풍겼고 불꽃은 흔들렸다. 고풍스러운 성자의 초상화가 텅 빈 둥근 덮개 안에서 그 광경을 바라보고 있었다. 하얀 성에가 내려앉아 꽁꽁 얼어붙은 높고 깨끗한 창문 너머로 어둠은 짙어가고, 작은 정원에는 눈에 쌓여 흰 침엽수 나뭇가지들이 하얗게 빛나고 있었다. 마셴카는 그 풍경을 바라보더니 다시 성호를 긋고 현관으로 나왔다.

"잠자리에 드실 시간입니다, 나리." 그녀는 하품을 참으려고 삐쩍 마른 손으로 입을 가리고는 나무 상자에 앉으면서 말했다. "무서운 밤이 찾아왔군요."

"왜 무서운 밤이라는 건가?"

"수탉이나 까마귀, 부엉이가 우는 비밀스런 밤에는 잠을 이룰 수 없기 때문이죠. 그리고 하느님은 저 위에서 이 땅의 소리를 듣고 계시지요. 밝은 별들은 반짝이기 시작하고, 바다와 강은 얼어붙지요."

"그런데 자네는 왜 밤마다 잠을 자지 않는가?"

"나리, 저는 필요한 만큼만 잡니다. 늙은이에게 많은 잠이 필요하다고 생각하세요? 마치 나뭇가지 위에 앉아 있는 새와 같지요."

"그래도 좀 자두게나. 우선 그 늑대에 대해 끝까지 이야기해준 다음에 말이야."

"기이하면서도 오래된 일이지요, 나리. 발라드(서사시)라고 할 수 있지요."

"뭐라고 말했나?"

"발라드라고 했습니다. 나리. 우리 나리께선 이 발라드를 읽고 말씀하시길 좋아하셨죠. 듣고 있노라면 머리가 얼어붙는 것 같았지요. 산 너머엔 소나무가 울부짖고/ 하얀 들판엔 눈발이 휘날리네./ 눈보라치는 악천후로 변하니/ 길은 사라져버렸네……. 정말 멋진 발라드입지요!"

"뭐가 멋지다는 건가, 마셴카?"

"모르시는 것이 더 좋을 겁니다. 무서운 일이지요."

"옛날에는 모든 것이 무서웠어, 마셴카."

"그런가요, 나리? 지금은 모든 것이 정겨워 보이지만 그땐 무서웠다는 것이 사실일지도 모르지요. 언제였을까요? 이미 오래 전에 모든 제국들은 사라지고, 오래된 참나무들도 산산이 부서져버리고, 무덤들도 흔적도 없이 사라졌지요. 하인들의 입에서 입으로 전해져 내려오는 이야기인데 사실일까요? 이 일은 대여제가 다스리던 시절에 일어났지요. 대여제는 무슨 일 때문인지는 몰라도 공작에게 무척 화가 나서 멀리 추방해버렸지요. 그래서 공작은 '험준한 산' 마을에 머물게 되었답니다. 그 이후 공작은 아주 무자비하게 변해 노예들을 많이 죽이고 음란한 애정행각도 서슴지 않았지요. 여전히 힘이 넘치고 외모도 아주 훌륭했지요. 하녀들뿐만 아니라 마을의 모든 처녀들도 그와 하룻밤을 보내지 않은 경우가 없을 정도였답니다. 결국 그는 가장 끔찍한 죄악을 저지르고 말았지요. 친아들의 신부마저 넘본 것이지요. 공작의 아들은 페테르부르크 왕실 군대에서 복무 중이었답니다. 거기에서 약혼녀를 구해 부모님의 허락을 받아낸 후 결혼식을 올렸지요. 그리고 공작에게 인사를 올리기 위해 신부와 함께 바로 그 '험준한 산' 마을로 찾아갔답니다. 그런데 공작이 그만 신부에게 반해버리고 말았지요. 나리, 사랑은 찬미할 만한 것이지요. 사랑의 열정이 왕국을 온통 감싸면/ 지상의 모든 것은 사랑에 빠진다네. 비록 늙은이일지라도 사랑하는 사람을 생각하며 애타게 그리워한다면 무슨 죄가 되겠습니까? 하지만 이번 일은 완전히 경우가 다르지요. 음탕한 공작은 친딸이나 다름없는 아들의 신부에게 탐욕스러운 생각을 품었으니까요."

"그래서?"

"아버지의 의도를 눈치 챈 젊은 공작은 몰래 도망치기로 결심했지요. 갖은 방법으로 마부들을 매수해 설득한 후 한밤중에 마차를 대기시키라고 명령하고는 공작이 잠들자마자 집에서 젊은 아내를 데리고 몰래 빠져나왔지요. 그러나 늙은 공작은 잠들지 않았어요. 이미 밀고자에게 모든 사실을 들어

알고 있었던 거지요. 공작은 황급히 추격에 나섰답니다. 말할 수 없을 정도로 추운 밤이었어요. 달무리가 지고 초원에는 사람 키보다 더 높게 눈이 쌓여 있었지만 그에게는 문제가 되지 않았지요. 칼과 권총을 찬 늙은 공작은 말을 타고 쏜살같이 쫓아갔어요. 옆에는 그가 아끼는 사냥개들도 함께 달리고 있었지요. 마침내 앞에 아들이 탄 마차가 보였어요. 그는 매섭게 소리쳤어요. '그만 멈추어라, 그러지 않으면 쏘겠다!' 그러나 앞에서는 듣지 못하고 전속력으로 마차를 몰고 있었지요. 늙은 공작은 말을 향해 총을 쐈어요. 오른쪽에 매어 놓은 말을 먼저 쏘아 죽인 다음 왼쪽 말도 죽였지요. 그리고 가운데에서 달리고 있는 말을 쓰러뜨리려 하던 찰나에 옆을 보았어요. 달빛 아래 머리 주변으로는 광채가 나는 듣도 보도 못한 커다란 늑대가 불꽃처럼 붉은 눈동자를 번뜩이며 눈길 위에서 그를 향해 달려오고 있었어요. 공작은 늑대를 향해 마구 총을 쏘아댔어요. 하지만 늑대는 눈 하나 깜짝하지 않았지요. 질풍처럼 공작에게 달려와서는 그의 가슴 위로 뛰어올랐지요. 그리고 눈 깜짝할 사이에 송곳니로 그의 목을 물어뜯어버렸지요."

"아, 정말 끔찍하군, 마셴카." 나는 말했다. "대단한 발라드로군!"

"비웃지 마세요, 나리. 다 죄가 된답니다." 그녀는 대답했다. "하느님은 모든 것을 알고 계시지요."

"알았네, 마셴카. 그런데 공작을 물어 죽인 늑대를 왜 그의 무덤 옆에다 그려 놓았는지 궁금하군 그래."

"공작의 개인적인 바람 때문이지요, 나리. 아직 숨이 붙은 그를 집으로 데려왔답니다. 공작은 죽기 전에 참회하고 성찬을 받아들였어요. 그리고 숨이 멎기 바로 직전에 그의 무덤 위에 있는 교회에 그 늑대를 그려 넣으라고 명령했지요. 공작의 자손 대대로 교훈이 되도록 하기 위함이었어요. 누가 귓전으로 흘려들을 수 있겠어요? 그 교회는 그가 지은 개인 교회였답니다."

루샤

밤 11시경 모스크바―세바스토폴 간 급행열차가 포돌스키 시의 작은 역에 멈춰 섰다. 그것은 예정에 없던 일이었다. 기차는 두 번째 선로에서 대기하고 있었다. 일등석 객실의 열린 창문으로 한 신사와 부인이 다가갔다. 차장이 붉은 손전등을 들고 레일을 건너가고 있을 때, 부인이 물어보았다.

"잠깐만요, 왜 기차가 여기서 멈춘 거죠?"

차장은 맞은편 급행열차가 늦어졌기 때문이라고 대답했다.

어둠이 깔린 역은 음산해 보였다. 이미 오래 전에 황혼이 내려앉았지만, 기차역 너머 저 멀리 서쪽의 어둠이 깔리기 시작한 울창한 들판에는 여전히 긴 여름 모스크바의 노을이 고요히 빛나고 있었다. 창밖으로 축축한 늪 냄새가 풍겼다. 정적 속으로 규칙적이면서도 축 늘어지는 뜸부기의 울음소리가 들려왔다.

그는 창문에 팔꿈치를 괴고 있었고, 그녀는 그의 어깨에 기대어 있었다.

"언젠가 방학 동안 이곳에서 지낸 적이 있었어." 그는 말했다. "이곳에서 5베르스타쯤 떨어진 별장 영지에서 가정교사로 일했거든. 지루한 곳이었지. 작은 숲에 까치, 모기, 잠자리들. 볼거리라곤 전혀 없었지. 영지에서는 다락방 위에서만 지평선을 감상할 수가 있었어. 집은 러시아식 별장이었지만 아주 허름했어. 주인이 가난한 사람들이었거든. 집 너머로 몇 개의 정원이 펼쳐져 있고, 정원 너머로는 갈대와 수련이 무성하게 자라 있는 호수 같기도 하고 늪지 같기도 한 곳이 있었어. 그리고 진흙투성이 기슭 근처엔 조그만 배가 마치 운명처럼 떠 있었지."

"그리고 당신이 배에 태우고 호수를 노닐었던 지루한 별장 아가씨도 당연히 있었겠죠?"

"그래, 맞아. 짐작한 그대로야. 다만 그녀는 전혀 따분한 여자가 아니었어. 나는 밤마다 그녀와 뱃놀이를 했지. 얼마나 멋지고 낭만적이었는지! 서쪽 하늘은 한밤 내내 투명하고 새파랬지. 지평선 위에는 바로 지금처럼 항상 무엇인가가 타면서 연기가 피어올랐어. 삽처럼 생긴 노는 하나밖에 없었어. 그래서 나는 원주민처럼 왼쪽으로, 오른쪽으로 노를 저어야만 했어. 맞은편 기슭은 작은 숲 때문에 어두웠지만, 그 너머로 한밤 내내 신비스러운 미명이 맴돌고 있었어. 사방은 쥐 죽은 듯이 고요했지. 하지만 모기들이 물어대고, 잠자리가 날아다녔어. 밤마다 잠자리가 날아다닌다는 사실을 한 번도 생각해본 적이 없는데, 왜 날아다니는지 알게 되었지. 정말 끔찍했어."

마침내 빛나는 창문들이 하나의 황금빛 줄을 이룬 기차가 굉음을 내고 바람을 일으키며 순식간에 옆을 지나쳐 갔다. 그 순간 객실이 흔들렸다. 차장이 침대칸으로 들어와 불을 켜고 잠자리를 준비하기 시작했다.

"근데 그 별장 아가씨와 무슨 일이 있었던 거죠? 진정한 로맨스? 왜 당신은 한 번도 그녀에 관해 이야기해주지 않았어요? 어떤 여자였나요?"

"마르고 키가 컸지. 노란 사라사 사라판(러시아 농촌 여성들이 입는 소매가 없고 끈이 달린 민속 의상: 역주)을 입었고, 여러 가지 색깔의 실로 짠 신을 맨발에 신고 있었지."

"전형적인 러시아식 옷차림이었단 말인가요?"

"그것보단 가난해 보이는 옷차림이었다고 생각해. 사라판 밖에 걸치지 않았거든. 또 스트로가노프스키 회화 학교에서 공부한 화가이기도 했어. 그녀 자체가 그림처럼 아름답고 성스러운 성상 같았지. 등 뒤로 길게 땋은 검은 머리칼, 작은 주근깨가 박힌 까무잡잡한 얼굴, 곧고 오뚝한 콧날, 새카만 눈동자, 검은 눈썹하며…… 건조하고 빳빳한 머리카락은 약간 곱슬이었어. 그 모든 것들이 노란 사라판과 하얀 셔츠 소매와 어우러져 정말 아름다워 보였어. 신발 속 부드럽고 까무잡잡한 피부 위로 복사뼈와 뒤꿈치가 튀어나와 보일 만큼 야위었지."

"그런 타입을 알고 있어요. 우리 학교에 그런 여자가 있었거든요. 대개는 히스테리가 아주 심하죠."

"그럴지도 모르지. 게다가 얼굴은 어머니를 닮았어. 그녀의 어머니는 동양계 혈통의 공작 가문 출신인데, 심한 우울증으로 고생하고 있었지. 식사 때만 밖으로 나오셨어. 한 마디도 하지 않은 채 앉아서는 이따금 기침을 하면서 고개도 들지 않고 칼이나 포크를 이리저리 옮기기만 하는 거야. 어쩌다 입을 열게 되면 너무 큰 소리로 말해서 소름이 끼칠 정도였어."

"그러면 아버지는 어떤 사람이었나요?"

"역시나 과묵하고 마르고 키가 컸지. 퇴역 군인이었어. 내가 공부를 도와준 아들만이 평범하고 귀여웠어."

차장이 침대칸에서 나가면서 잠자리 준비가 다 되었다고

알려주며 밤 인사를 건넸다.

"그녀를 뭐라고 불렀어요?"

"루샤."

"그게 이름이에요?"

"아주 간단해. 마루샤였어."

"그렇군요. 당신은 그녀를 매우 사랑했나요?"

"당연하지. 끔찍할 정도로 사랑했어."

"그러면, 그녀는요?"

그는 잠시 침묵하더니 차분하게 대답했다.

"그녀도 날 사랑했던 것 같아. 이제 그만 잠자리에 들자고. 너무 피곤한 하루야."

"정말 멋지네요! 괜히 흥미만 불러일으켜 놓는군요. 로맨스가 어떻게 끝났는지 단 두 마디라도 해주지 그래요."

"아무 일도 없었어. 내가 떠나버렸고, 그걸로 끝이었으니까."

"당신은 왜 그녀와 결혼하지 않았죠?"

"당신과의 만남을 직감하고 있었거든."

"아니요, 진지하게 대답해주세요."

"왜냐하면, 나는 총으로 자살했고, 그녀는 칼로 목숨을 끊었기 때문이야."

그 부부는 세수를 마치고 양치를 한 후 좁은 침대칸의 문을 걸어 잠갔다. 그리고 여행이 주는 즐거움을 만끽하며 윤기가 흐르는 새 시트를 덮고 매끄러운 베개를 베고 누웠다.

문 위의 푸르스름한 전등만이 어둠을 바라보고 있었다. 아내는 곧 잠들었지만, 그는 잠을 이루지 못하고 누운 채 담배를 피며 그 해 여름을 가만히 회상하고 있었다.

그녀는 몸에도 주근깨가 참 많았다. 그것은 그녀만의 특별한 매력이었다. 그녀가 굽이 없는 가벼운 구두를 신고 걸어 다닐 때면, 노란 사라판 속의 온몸이 물결쳤다. 사라판은 크고 가벼워서 그녀의 길고 여성스런 몸이 자유롭게 움직일수 있었다. 어느 날 그녀가 비에 흠뻑 젖은 발로 정원에서 응접실로 뛰어 들어왔을 때, 그는 달려가 신발을 벗긴 후 촉촉이 젖은 그녀의 가녀린 발뒤꿈치에 입을 맞추었다. 그 순간이 그에게는 생애를 통틀어 가장 행복했다. 발코니 위 열린 창문 너머로 신선한 향기를 머금은 비가 더욱 강하고 세차게 내리고, 어둠이 내려앉은 집에는 식사를 마친 가족들이 모두 잠들어 있었다. 그들이 열정에 불타오르고 있는 바로 그 순간에 크고 붉은 볏이 달린 검푸른 수탉 한 마리가 정원에서 뛰어 들어왔다. 그 녀석은 발톱으로 쿵쿵 소리를 내며 마루를 돌아다녀서 그들을 소스라치게 놀라게 했다. 그 수탉을 보자마자 그들은 소파 위로 뛰어 올라갔다. 그러자 그 녀석은 잽싸면서도 우아하게 몸을 한 번 쭈뼛하더니 반짝이는 꼬리를 내려뜨리고는 빗속으로 뛰쳐나갔다.

처음에 그녀는 그를 줄곧 눈여겨보기만 했다. 그가 말을 붙이기라도 하면 얼굴이 빨개져서는 못마땅한 듯 웅얼거리듯이 대답할 뿐이었다. 식사 시간에는 아버지에게 괜히 큰 소리로 말해서 그를 초조하게 만들었다.

"그 사람에게 권하지 마세요, 아버지. 아무 소용없을 거예요. 만두를 좋아하지 않아요. 게다가 수프나 면도 좋아하지 않는걸요. 우유는 증오하고 트바로그(우유를 응고시켜 만든 음식: 역주)는 혐오하는 걸요."

아침마다 그는 소년의 공부를 봐주느라 바빴고, 그녀는 집안 일로 바빴다. 그녀가 집안일을 도맡아 하고 있기 때문이었다. 한 시에 점심 식사를 하고, 식사가 끝나면 그녀는 화구가 마련된 다락방으로 올라갔다. 비가 오지 않는 날에는 자작나무 아래 그녀의 화판 틀이 놓여 있는 정원으로 나가 모기를 쫓으며 풍경화를 그렸다. 그 다음엔 그가 점심 식사를 끝마치고 책을 들고 갈대 의자에 앉아 있는 발코니로 나갔다. 그녀는 손을 등 뒤로 한 채 미묘한 조소를 띤 채 그를 바라보며 입을 열었다.

"당신이 어떤 의미심장한 것들을 연구하고 있는지 알 수 있을까요?"

"프랑스 혁명사입니다."

"오, 맙소사! 우리 집에 혁명가가 살고 있는지는 미처 몰랐네요."

"근데 어쩐 일로 그림을 다 내팽개쳐두고 왔어요?"

"아예 그만둘까 해요. 재능이 없다는 것을 알았거든요."

"어떤 것이라도 좋으니 당신 그림을 보여줄 수 있나요?"

"당신은 그림을 이해한다고 생각하나 보죠?"

"당신은 자존심이 너무 강해요."

"그게 문제죠."

마침내 어느 날 그녀가 호수에 배를 타러 가자고 그에게 제안했다. 그녀는 갑자기 단호하게 말했다.

"장마철이 끝난 것 같아요. 기분전환 하러 가자구요. 나룻배가 낡고 구멍이 많이 뚫려 있었는데 페탸가 갈대로 전부 막아놓았어요."

한낮은 찌는 듯이 무더웠다. 물가 식물과 노란 꽃이 핀 알록달록한 미나리아재비는 습한 열기에 숨 막힌 듯 축 처져 있었다. 그 위로 수많은 푸른 나비 떼가 나지막이 맴돌고 있었다.

그는 그녀의 끊임없는 냉소적인 말투에 이미 익숙해져 나룻배로 다가가며 말했다.

"마침내 나를 너그러이 대해주는군요!"

"마침내 깊이 생각하고 말하는군요!" 그녀는 재빨리 대답하고는 사방에서 울고 있는 개구리들을 물속으로 쫓아낸 후 뱃머리로 뛰어 올라섰다. 그러나 갑자기 공포에 찬 비명을 지르고 발을 구르며 사라판을 무릎까지 들어 올렸다. "뱀이에요. 꽃뱀이라고요."

그는 잠깐 그녀의 검게 그을린 아름다운 맨 다리를 바라본 후, 뱃머리에 있는 노를 집어 들어 배 안에서 꿈틀거리고 있는 꽃뱀을 들어 올려 멀리 물속으로 던져버렸다.

그녀의 얼굴은 마치 인도 여인처럼 창백해져서 얼굴에 난 주근깨가 까매졌고, 검은 머리카락과 눈동자 또한 더 검어진 듯해 보였다. 그녀는 마음을 가라앉히고 한숨을 돌렸다.

"아, 얼마나 끔찍했던지! '끔찍하다'는 말이 괜히 꽃뱀에서 유래된 게 아니에요(러시아어로 '끔찍하다'와 '꽃뱀'이라는 두 단어가 비슷한 데 착안하여 이렇게 말한 것임: 역주). 꽃뱀들은 곳곳에 있어요. 정원에도 있고 집 밑에도 있죠. 페탸가 그 뱀을 손에 들고 있었다고 생각해보세요!"

그녀는 무심한 듯 그에게 말을 걸었고, 처음으로 그들은 서로의 눈을 똑바로 쳐다보았다.

"정말 잘 했어요. 정말 멋지게 꽃뱀을 쫓아버렸네요."

그녀는 완전히 안정을 되찾아 미소를 지으며 배 뒤쪽으로 건너가 발랄하게 앉았다. 그는 깜짝 놀라는 그녀의 아름다운 모습에 완전히 반했다. 그녀가 아직 소녀 같다고 생각했다. 그러나 무관심한 표정을 지은 채 조심스럽게 나룻배에 올라타 노로 물컹한 바닥을 밀어 뱃머리를 앞으로 돌렸다. 그리고 푸른 갈대와 앞쪽에 두껍고 둥근 잎들로 겹겹이 덮인 수련 위에 무성히 뒤엉켜 있는 수초들을 잡아 당겼다. 오른쪽, 왼쪽으로 노를 저으며 나룻배를 물속으로 끌어낸 후 가운데 자리에 앉았다.

"정말 좋지요?" 그녀가 소리쳤다.

"예, 굉장히요!" 그가 모자를 벗으며 대답했다. 그리고 그녀에게 몸을 돌렸다. "이 모자 좀 당신 근처 아무데나 놔줄래요. 그렇지 않으면 미안한 말이지만, 물이 새고 거머리가 우글거리는 이 배에 떨어뜨릴 것만 같거든요."

그녀는 모자를 무릎 위에 올려놓았다.

"신경 쓰지 말아요. 아무데나 던져둬요."

그녀는 모자를 가슴에다 갖다 대었다.

"아니에요. 소중히 할래요."

그의 마음은 또다시 가볍게 설레었지만, 그는 몸을 돌려 힘차게 노를 젓기 시작했다. 반짝이는 호수 한가운데에는 갈대와 수련이 자라고 있었다.

얼굴과 팔로 모기들이 날아들었다. 그러나 사방에는 햇빛이 은빛을 내며 반짝거려 눈이 부셨다. 습한 공기, 한들거리는 햇빛, 하늘 그리고 갈대와 수련이 섬처럼 곳곳에 자란 수면 위로 뭉게뭉게 핀 하얀 구름이 비쳤다. 호수 곳곳은 아주 얕아서 수초가 자라고 있는 바닥이 보일 정도였지만, 구름이 피어 있는 한없이 깊은 하늘을 반사시키기엔 전혀 부족함이 없었다. 갑자기 그녀가 또 한 번 소리치더니 옆으로 몸을 숙였다. 손을 물속으로 집어넣어 수련의 줄기를 잡아 꺾다가 나룻배와 함께 기우뚱했던 것이다. 그는 재빨리 뛰어가 그녀의 겨드랑이를 붙잡았다. 그녀는 배 뒤쪽에 등을 기대고 크게 웃으면서 젖은 손으로 그의 눈에 물을 튀겼다. 그때 그는 자기도 모르게 그녀를 다시 한 번 붙잡고는 웃고 있는 입술에 입을 맞췄다. 그녀는 재빨리 그의 목을 감싸 안더니 서툴게 뺨에 입 맞췄다.

그 이후로 그들은 매일 밤마다 나룻배를 탔다. 다음 날 점심 식사 후 그녀가 정원으로 그를 부르더니 물었다.

"날 사랑하세요?"

그는 전날 밤 배 안에서의 입맞춤을 떠올리며 열정적으로 대답했다.

"처음 만난 순간부터 당신을 사랑했어요."

"나도 그래요." 그녀가 말했다. "아니에요, 처음엔 당신을 경멸했어요. 당신은 나를 완전히 무시하는 것 같았거든요. 그러나 다행히도 이미 지난 일들이에요. 오늘밤에도 모두 잠들면 그곳으로 가서 기다리고 있어요. 최대한 조심해서 집을 나가도록 하세요. 어머니가 항상 나를 감시하고 있거든요. 끔찍할 정도로 질투심이 강해요."

밤에 그녀는 숄을 들고 호숫가로 나왔다. 그는 기쁨에 넘쳐 그녀를 맞이하면서 질문했다.

"숄은 왜 가져왔어요?"

"바보 같군요. 곧 쌀쌀해질 거란 말이에요. 빨리 앉아서 저기로 노를 저어가요."

배를 타고 가는 동안 그들은 서로 말이 없었다. 건너편 숲에 거의 다다랐을 때 그녀가 입을 열었다.

"그럼, 이제 가까이 와요. 숄은 어디 있죠? 아, 밑에 있었군요. 내게 씌워주세요. 너무 쌀쌀하군요. 그리고 여기 앉아요. 바로 그렇게……. 안 돼요, 기다려요. 어제는 별 의미 없는 입맞춤이었지만, 오늘은 내가 먼저 입 맞출 거예요. 가만 가만히. 그러면 당신은 나를 안아줘요. 온몸을⋯⋯."

사라판 아래 셔츠만을 걸친 그녀는 수줍은 듯 그를 어루만
지며 그의 입술 끝자락에 입 맞추었다. 정신이 아득해진 그
는 그녀를 배 뒤편으로 쓰러뜨렸다. 그녀는 열정적으로 그를
안았다.

기진맥진한 채 누워 있던 그녀는 행복에 젖은 피로감과 아
직 가시지 않은 아픔에 미소를 띤 채 일어나며 말했다.

"지금부터 우리는 남편과 아내예요. 어머니가 결혼은 절
대 안 된다고 말씀하셨지만, 지금은 그런 걸 생각하고 싶지
않아요. 수영하고 싶어요. 알죠? 내가 밤마다 수영하는 걸 얼
마나 좋아하는지?"

그녀가 옷을 벗자 어스름 속에서 긴 여체가 하얗게 빛났
다. 자신의 알몸과 배아래 거뭇한 배꼽을 부끄러워하지도 않
으며 그녀는 손을 들어 땋은 머리를 만졌다. 거무스름한 겨
드랑이와 살짝 올라간 가슴이 드러났다. 머리를 고정시킨 후
재빨리 그에게 키스하고는 물속으로 뛰어들어 고개를 뒤로
젖히고 발로 물장구를 쳤다.

그런 후 그는 서둘러 그녀가 옷을 입고 숄로 몸을 감쌀 수
있게 도와주었다. 황혼 속에서 그녀의 검은 눈동자, 검은 머
리칼과 땋은 머리는 신비로워 보였다. 그는 더 이상 그녀를

만질 수가 없었다. 다만 그녀의 손에 입 맞추고는 말할 수 없는 행복감에 젖어 가만히 있을 뿐이었다. 개똥벌레가 희미하게 반짝이는 근처의 고요하고 어두운 숲속에서 누군가가 엿듣고 있을 것만 같았다. 가끔씩 그곳에서 무언가가 조심스럽게 바스락거렸다. 그녀가 머리를 들고 말했다.

"잠깐만요. 무슨 소리일까요."

"걱정하지 말아요, 개구리가 강 밖으로 기어 나오는 소리일 거예요. 아니면, 고슴도치가 숲 속을 돌아다니는 소리겠죠."

"그런데 만약 염소면 어떡하죠?"

"염소라니요?"

"몰라요. 하지만 생각해봐요. 숲 속에서 염소가 지켜보고 있다고요. 정말 재밌어요. 그냥 말도 안 되는 무서운 이야기를 지껄이고 싶군요!"

그는 다시 그녀의 손에 입 맞추었다. 이따금 성스러워 보이기까지 하는 그녀의 차가운 가슴에 입 맞추기도 했다. 그에게 그녀는 완전히 새로운 존재가 되어 있었다. 키가 낮은 숲 어둠 저편으로 푸르스름한 미명이 사라지지 않고 떠 있었다. 그 빛은 저 멀리 하얀 호수에 약하게 반사되었다. 강가에서 이슬을 머금은 풀 향기가 강하게 풍겨왔다. 보이지 않는 모기들이 비밀스럽게 애원하듯 윙윙거리며 날아다녔다. 조용히 노 저어 가는 배 위로, 저 멀리 희미하게 빛나는 호수 위로 밤을 잊은 잠자리들이 극심하게 날아다녔다. 모든 존재들이 어딘가에서 바스락거리고, 기어다니고, 돌아다녔다.

일주일 후 그는 수치심과 공포로 치를 떨며 집에서 쫓겨나 갑작스러운 이별을 겪게 되었다. 점심 식사 후 그들은 거실에 앉아 머리를 맞대고 《니바》의 지난 호에서 그림을 감상하고 있었다.

"벌써 나에 대한 사랑이 식은 건 아니겠죠?" 그는 신중하게 그녀를 쳐다보며 나직이 물었다.

"바보, 정말 바보 같아요!" 그녀가 속삭였다.

그때 갑자기 가볍게 달려오는 발자국 소리가 들리더니 문지방에 낡아 빠진 검은 실크 옷을 걸친 정신이 이상한 그녀의 어머니가 나타났다. 어머니의 검은 눈동자는 비극적으로 불타오르고 있었다. 그녀는 마치 무대에 등장하듯 들어오며 소리쳤다.

"다 알고 있어! 뭔가 꺼림칙해서 뒤를 밟았거든! 강도 같은 놈. 내 딸이 네놈 것이 될 줄 알았냐?"

그리고는 소매를 길게 늘어뜨린 팔을 들어 페탸가 참새를 놀래어줄 때 쓰던 구식 권총에 화약을 장전한 후 발사했다. 귀가 멍멍할 정도로 큰 소리였다. 연기 속에서 그는 그녀의 어머니에게 달려들어 고집스러운 손을 잡아챘다. 어머니는 그 손을 뿌리치더니 권총으로 그의 이마를 때렸다. 그의 눈썹이 피로 물들었다. 어머니는 그를 향해 권총을 집어 던졌다. 그리고 비명 소리와 총소리에 놀란 식구들이 달려오는 소리가 들리자 새파랗게 질린 입술로 거품을 물고는 더욱 더 연극을 하듯이 소리치기 시작했다.

"나를 죽이지 않고는 내 딸은 네놈 것이 될 수 없을 줄 알아! 만약 네놈과 도망간다면, 나는 목을 매든지 지붕 위에서 뛰어내려 버릴 거야! 부랑배 같은 놈. 어서 내 집에서 꺼져버려! 마리야 빅토로브나, 선택하렴. 이 엄마니, 그놈이니!"

그녀는 속삭였다.

"어머니, 어머니를 선택할게요."

그는 문득 정신을 차리고 눈을 떴다. 어둠 속에서 여전히 문 위의 푸르스름한 눈동자가 조용히 의문에 찬 듯 그를 지켜보고 있었고, 기차 또한 변함없이 흔들리기도 하고, 튀어오르기도 하며 부서질 듯 앞으로 내달리고 있었다. 그 애잔한 간이역은 이미 멀어져 있었다. 20년도 넘은 일들이었다. 작은 숲, 까치, 늪지, 수련, 꽃뱀, 학……. 그래 맞아, 학도 있었지. 학을 까맣게 잊어버리다니! 그 황홀한 여름에는 모든 것들이 굉장했었지. 어디에선가 늪지로 잠깐 날아온 한 쌍의 멋진 학. 오직 그녀만이 그 녀석들에게 접근할 수가 있었지. 색색의 구두를 신은 그녀가 가볍고 부드럽게 그 녀석들에게 달려가서는 촉촉하고 따사로운 호숫가 수초 위로 노란 사라판을 늘어뜨리며 웅크리고 앉았다. 그리고는 호기심어린 눈빛으로 진회색의 둥근 마술 거울 같은 그 녀석들의 아름답고 준엄한 검은 눈동자를 바라보기 시작했다. 그럴 때면 그 녀석들은 가늘고 긴 목을 구부리고는 호기심에 찬 듯 그녀를 내려다보는 것이었다. 그는 멀리서 망원경으로 그녀와 그 녀석들을 관찰하였다. 반짝이는 작은 머리뿐만 아니라 뼈로 된 콧구멍과 한 번에 꽃뱀을 죽일 수도 있는 단단하고 커다란 부리의 틈새도 확실하게 보였다. 부드러운 꼬리 뭉치가 달린 짧은 몸통은 강철 같은 깃털로 둘러싸여 있었고, 비늘로 덮인 지팡이 같은 다리는 아주 길고 가늘었다. 한 녀석의 다리는 완전히 새카맣고 다른 한 녀석은 푸르스름했다. 이따금 그 한 쌍의 학은 두 시간 동안이나 전혀 움직이지 않은 채 한 쪽 다리로 서 있기도 했고, 거대한 날개를 펼쳐 이렇다 할 이유도 없이 뛰어다니기도 했다. 아니면 조심스럽게 돌아다니거나, 천천히 앞으로 나가며 세 발가락을 꽉 웅크린 채 발을 리듬감 있게 들어올리기도 하고, 맹수의 발톱 같은 발가락을 벌리고 서서는 연신 머리를 흔들어대기도 하였다. 그러나 그녀가 그 녀석들에게 달려갈 때면, 그는 이미 아무런 생각도 나지 않고 아무것도 보이지 않았다. 그녀의 나부끼는 사라판만이 보일 뿐이었다. 사라판 아래 그녀의 거무스레한 육체와 그 몸에 난 검은 점들을 생각할 때면 죽을듯한 나른함에 전율하는 것이었다. 그들의 마지막 날, 즉《니바》의 지난 호들이 놓인 소파가 있는 거실 근처에서 마지막으로 만났을 때였다. 언젠가 배 안에서 검고 투명한 눈동자를 반짝이며 기쁨에 넘쳐서 말했을 때처럼 그녀는 이번에도 그의 모자를 잡은 채 그를 꼭 안았다.

"정말 당신을 사랑해요. 이 모자 속의 냄새, 당신의 머리 냄새와 싸구려 오데코롱 냄새보다도 더 사랑스러운 건 제게 없을 정도예요!"

기차가 쿠르스크를 지났을 때쯤 객실 레스토랑에서 아침 식사를 하고 코냑을 곁들인 커피를 마시고 있을 때, 그의 아내가 그에게 말했다.

"왜 그렇게 많이 마셔요? 벌써 다섯 잔은 된 것 같군요. 앙상한 발을 가진 별장 아가씨가 생각나 아직도 우울한가 보죠?"

"우울하오. 우울해." 언짢은 듯 웃으며 그가 대답했다. "별

상의 아가씨……. Amata nobis quantum arnabitur nulla!(당신 이외엔 그 누 구도 사랑하지 않으리!)"

"라틴어인가요? 무슨 뜻이죠?"

"당신은 몰라도 되오."

"참 못됐군요." 그녀가 대답했다. 그리고 무심한 듯 한숨 쉬고는 햇빛이 비치는 창문을 바라보기 시작했다.

미인

세무 감독국에 근무하는 국가 관료인 나이 지긋한 홀아비가 군대장의 젊고 아름다운 딸과 결혼했다. 그는 조용한 성격에 겸손했지만, 그녀는 자신의 가치를 잘 알고 있었다. 그는 키가 크고 말랐으며 약골에다가 갈색 안경까지 끼고 있었다. 그리고 좀 더 크게 이야기하고 싶을 때는 약간 쉰 목소리로 가성을 내며 말했다. 반면에 그녀는 키는 아담했지만 예쁘고 다부진 몸매에 옷을 매우 잘 입고 다녔다. 게다가 아주 신중하고 집안일을 잘 했으며 영리했다. 그는 다른 많은 지방 관리들처럼 대인관계에는 별로 흥미가 없었지만 첫 번째 부인도 미인이었다. 놀라운 일이었다. 어떻게 그런 일이 가능했던 걸까?

그리고 아름다운 두 번째 부인은 첫 번째 부인에게서 난그의 일곱 살 아들을 대놓고 몹시 미워했다. 그녀는 그 아이를 완전히 무시했다. 그럴 때면 아버지도 그녀가 무서워 아들이 없는 것처럼 행동했다. 선천적으로 발랄하고 착했던 아이는 점점 아버지와 새엄마 앞에서 말 한마디 꺼내는 것조차 두려워하게 되었다. 그래서 집안으로 완전히 숨어들어 마치 존재하지 않는 것처럼 되어버렸다.

새엄마가 생긴 후 사내아이의 잠자리는 아버지의 침실에서 식당 근처 푸른 비단으로 꾸민 거실의 소파로 옮겨졌다. 아이는 잠을 설치며 매일 밤 시트와 이불을 마루에 떨어뜨렸다. 그러자 미인은 하녀에게 지시했다.

"끔찍해. 그 아이가 소파의 비단을 망쳐놓고 있잖아. 나스탸, 내가 전에 복도에 감춰두라고 한 전 부인의 트렁크에 있는 요를 바닥에 깔아주도록 해."

이 세상에서 완전히 혼자가 된 아이는 혼자 힘으로 살아가기 시작했다. 아이는 매일매일 숨죽인 채 숨어서 외로운 생활을 했다. 아이는 조용히 거실 구석에 앉아 석판에 작은 집을 그리거나 돌아가신 엄마가 사준 그림책 한 권을 더듬더듬 조용히 읽기도 하면서 창문을 바라보았다. 아이는 소파와 야자나무로 만든 통 사이의 마루에서 잠을 잤다. 아이는 저녁이면 스스로 이부자리를 깔았고, 아침이면 스스로 부지런히 정리하고 개서 복도에 있는 엄마의 트렁크에 집어넣었다. 거기에는 아이의 소중한 모든 것들이 보관되어 있었다.

안티고네

6월 어느 날 한 대학생이 어머니의 영지에서 삼촌과 숙모댁으로 출발했다. 그들 부부가 어떻게 지내는지 안부도 물어보고 다리를 잃은 삼촌의 건강은 어떤지 등을 겸사겸사 알아보기 위해서였다. 대학생은 매년 여름마다 이 일을 해왔다. 지금 그는 이등석 객실의 소파 위에 건강하고 둥근 넓적다리를 올린 채 여유롭게 아베르텐카의 새 책을 읽으며 편안히가고 있었다. 대학생은 사기로 만든 은방울이 달린 전신주들이 오르락내리락하는 창밖을 이따금 쳐다보았다. 그는 젊은 장교의 모습과 닮아 있었다. 푸른 띠가 달린 하얀 모자만이 그가 학생임을 말해주고 있었을 뿐, 다른 모든 것은 영락없는 군인의 모습이었다. 여름용 하얀 제복과 푸른 바지에 목부분이 반질반질한 장화를 신고 노란 점화용 실이 달린 담배케이스를 지니고 있었기 때문이었다.

삼촌과 숙모는 부자였다. 그가 모스크바에서 도착할 시간이 되면 마부가 아닌 일꾼을 딸려서 말 한 쌍이 모는 큰 마차를 역으로 보내왔다. 그는 역에서 항상 완전히 다른 생활, 즉 부자가 된 만족감에 젖어들어 자신을 잠시나마 잘생기고 활기차며 예의바른 청년이라고 생각했다. 지금도 마찬가지였다. 그는 점잔을 빼며 재빠른 밤색 말 세 필이 끄는 부드럽고 탄력 있는 마차에 올라탔다. 소매가 없는 푸른 반외투와 노란 비단 셔츠를 입은 마부가 마차를 몰았다.

15분 후 삼두마차는 작은 방울을 울리며 쏜살같이 달려와 화단 주위의 모래를 바퀴로 휘젓더니 넓은 영지의 둥근 마당을 지나 호화로운 이층 대저택 현관에 도착했다. 검은 줄무늬가 그려진 붉은 조끼와 버선 모양의 구두를 신은 볼수염을 짧게 기른 키 큰 하인이 짐을 옮기기 위해 나왔다. 학생은 마차에서 능숙하게 멀리 뛰어내렸다. 그는 미소를 지으며 잠시 기다렸다. 현관 문턱에 숙모가 보였다. 그녀는 축 처진 뚱뚱한 몸에 헐렁한 명주옷을 걸치고 있었다. 얼굴에는 주름살이 많고, 화살 코에 갈색 눈 밑에는 검은 반점들이 나 있었다. 숙모는 정답게 그의 뺨에 입을 맞추었고, 그는 기쁜 척하며 그녀의 부드럽고 까무잡잡한 손을 잡았다. 순간 그의 머릿속에는 '3일 동안 이렇게 행동해야 하다니, 그런데 자유 시간에는 무엇을 해야 하나.'라는 생각이 문득 스쳐 지나갔다. 어머니의 안부를 묻는 의례적인 질문에 재빨리 답변한 후, 그는 숙모를 지나쳐 커다란 현관 안으로 들어갔다. 그리고 반짝이는 유리 눈알이 달린 등이 굽은 갈색 박제 곰을 짜증난다는 듯이 잠깐 동안 쳐다보았다. 박제 곰은 이 층으로 올라가는 넓은 계단 입구 옆에 날카로운 발톱으로 손님 명함용 접시를 들고 친절하게 서 있었다. 그때 갑자기 기쁘면서도 놀라운 광경에 시선이 멈췄다. 맞은편에서 파란 눈동자에 뚱뚱하고 창백한 삼촌이 탄 휠체어를 키가 크고 날씬한 미인이 끌고 오는 것이었다. 커다란 잿빛 눈동자의 그녀는 회색 원피스에 하얀 앞치마를 두르고 흰 머릿수건을 하고 있었다. 그녀는 젊고 건강하고 순수해 보였으며, 고운 손과 새하얀 얼굴로 눈이 부실 정도였다. 삼촌의 손에 입 맞추면서 그는 그녀의 매력적인 원피스 맵시와 다리를 흘깃 쳐다보았다. 삼촌은 농담을 건넸다.

"나의 안티고네(유형을 떠나는 오이디푸스를 따라나선 그의 딸: 역주)라네. 나의 친절한 여행 안내자일세. 내가 오이디푸스처럼 장님도 아니고 특히 예쁜 여자를 잘 알아보긴 하지만 말이야. 서로 인사들 나누게, 젊은 친구들."

그녀는 학생의 인사에 화답하며 가볍게 미소 지었다.

짧은 볼수염에 붉은 조끼를 입은 키 큰 하인이 박제 곰을 지나 한가운데에 붉은 카펫이 깔린 반질반질한 노란 나무 계단과 2층 복도를 지나 대리석 화장실이 딸린 커다란 침실로 그를 안내해주었다. 이번에는 전과 달리 마당이 아닌 공원으로 창문이 나 있는 방이었다. 그러나 그의 눈에는 아무것도 들어오지 않았다. 머릿속에서 즐거우면서도 실없는 생각이 맴돌았기 때문이다. '삼촌은 아주 점잖으신 분인데 그것도 아닌가봐. 여자를 옆에 두다니.'

그는 노래를 흥얼거리며 면도와 세수를 끝낸 후 끈 달린 바지로 갈아입으며 생각에 잠겼다.

'그런 여자들이 있지! 사랑을 얻기 위해서라면 무엇이든지 바칠 수 있는 여자 말이야! 그렇게 아름다운 여인들이 휠체어에 앉은 늙은이들이나 끌고 다니다니!'

그리고 머릿속으로 바보 같은 생각이 스쳐갔다. '적당히 핑계를 대고 한 달이나 두 달 정도 머물면서 아무도 모르게 그녀의 사랑을 얻어내는 거야. 그 다음 고백하는 거지. 나의 아내가 되어줘요. 나는 영원히 당신 것이랍니다. 만약 어머니, 삼촌과 숙모에게 우리들의 사랑과 결혼 소식을 알린다면 놀라며 격분하시겠지. 처음엔 설득하려 들다가 비명을 지르며 눈물도 흘리고 급기야는 욕설을 퍼붓고는 유산도 물려주지 않겠다고 하시겠지. 하지만 당신을 위해서라면 이 모든

시련은 아무것도 아니랍니다.'

계단을 지나 아래층 방에 계시는 삼촌과 숙모에게로 달려가며 그는 생각했다.

'지금 내가 무슨 말도 안 되는 생각을 하고 있는 거야! 물론 어떤 핑계를 대고 남아 있을 수야 있겠지……. 그리고 미친 듯이 사랑에 빠진 척하며 남몰래 사랑 고백을 할 수도 있겠지……. 그런데 만약 성공한다면, 그 다음은 어떡해야 하나? 어떻게 해결해야 한담? 정말로 결혼해야 하는 건가?'

학생은 한 시간 정도 삼촌의 커다란 서재에 그들과 함께 앉아 있었다. 삼촌의 서재에는 커다란 책상과 투르케스탄 보가 덮인 긴 의자가 놓여 있었다. 카펫이 걸려 있는 벽에는 동양식 무기가 십자 모양으로 가득 걸려 있었다. 한 쪽에는 흡연용 작은 테이블이 놓여 있었으며 벽난로 위에는 황금으로 장식된 나무 액자에 '알렉산드르'라는 친필 서명이 들어간 커다란 초상화 사진이 놓여 있었다.

"삼촌과 숙모를 다시 뵙게 되어 얼마나 기쁜지 모르겠어요. 얼마나 멋진 곳인지! 곧 떠나야 한다니 너무 섭섭해요." 그는 마침내 그녀를 생각하며 말했다.

"누가 등을 떠밀기라도 하니? 왜 서두르는 거야? 언제까지든 원하는 만큼 있으렴." 삼촌이 대답했다.

"물론이죠." 숙모도 느긋하게 대답했다.

그는 앉아서 대화를 나누면서도 하녀가 식당에 차가 준비되었다고 하면 그녀가 삼촌을 데리러 들어올 것이라고 생각하며 한없이 기다렸다. 그러나 숙모가 직접 탁자를 가져와 알코올램프 위에 은제 찻주전자를 놓고 차를 끓여 따라주었다. 이제 그는 그녀가 삼촌에게 줄 약을 가져오기를 바라고 있었다. 그러나 그녀는 오지 않았다.

"이런, 제기랄." 그는 서재를 나와 하녀가 햇빛이 비치는 커다란 창문의 커튼을 내리고 있는 식당으로 들어갔다. 피아노 다리 위에 놓인 유리잔들이 저녁노을에 반짝이고 있는 홀의 문에서 오른쪽을 훑어보다가 왼편으로 돌아 소파가 있는 방 앞쪽 거실로 들어갔다. 그곳에서 발코니로 나가 형형색색의 꽃이 핀 화단으로 내려간 다음, 그곳을 돌아 그늘이 길게 진 가로수 길을 따라 걸어 나갔다. 햇빛이 비치는 곳은 아직 더웠고, 식사 때까지는 아직 두 시간이나 남아 있었다.

7시 30분에 현관에서 종소리가 울렸다. 그는 가장 먼저 샹들리에가 반짝이는 식당으로 들어갔다. 벽 쪽 식탁 근처에는 풀 먹인 흰 옷을 걸치고 깔끔하게 면도한 통통한 요리사와 제복을 입고 하얀 장갑을 낀 하인과 프랑스 스타일의 섬세하고 아담한 하녀가 서 있었다. 곧 이어 치수가 작아 보이는 실크 구두를 신고, 복사뼈까지 흘러내리는 연노랑 레이스가 달린 실크 옷을 입은 백발의 숙모가 여왕처럼 몸을 흔들며 들어왔다. 마침내 그녀가 나타났다. 그러나 삼촌을 식탁까지 데려다주고는 돌아보지도 않고 유유히 밖으로 나가버렸다. 학생은 다만 그녀가 눈 하나 깜빡하지 않았다는 사실만을 알 수 있을 뿐이었다. 삼촌은 조그마한 십자 훈장이 달린 엷은 잿빛 장군 제복의 가슴에 대고 성호를 그었고, 숙모와 학생은 선 채로 열심히 성호를 그었다. 그런 후 앉아서 깨끗한 냅킨을 펼쳤다. 숱이 별로 없는 젖은 머리를 빗어 넘긴 창백한 삼촌은 불치병 환자였지만 이런저런 이야기도 하며 음식을 맛있게 많이 드셨다. 그리고 가끔 어깨를 으쓱하며 전쟁에 대해 이야기하곤 했다. "러일 전쟁이 한창일 때였어. 악마에게 홀려서 일으킨 전쟁이었지!" 하인은 무심하고 냉담하게 시중을 들었고, 하녀는 그를 도와 우아한 걸음으로 왔다 갔다했다. 요리사는 음식을 신주 모시듯 하며 내왔다. 그들은 대구를 넣어 끓인 뜨거운 생선 수프, 피가 홍건한 쇠고기와 회향풀을 뿌린 햇감자를 먹었다. 그리고 삼촌의 옛 친구인 골린틴 공작이 선물한 백포도주와 적포도주를 마셨다. 학생은 이야기도 하고 대답도 하면서 밝은 미소를 지으며 맞장구치기도 했지만, 머릿속으로는 앵무새처럼 좀 전에 옷을 갈아입으며 했던 터무니없는 생각들을 반복하고 있었다. '그녀는 어디에서 식사를 하는 걸까? 정말로 하녀와 함께 먹는 걸까?' 그녀가 다시 와서 삼촌을 휠체어에 태우고 나간 후 혹시 만나면 몇 마디라도 주고받을 수 있기를 기대했다. 그러나 그녀는 들어오더니 휠체어를 밀고 나가서는 다시 어디론가 사라져버렸다.

한밤에 공원에서 꾀꼬리가 조심스러우면서도 정성껏 노래를 불러대었고, 침실의 열린 창문으로 화단의 꽃에 맺힌 이슬과 공기의 신선한 냄새가 밀려와 네덜란드산 아마포로 만든 침대 시트가 시원해졌다. 학생은 어둠 속에 누워 벽 쪽으로 돌아누우며 잠을 청하려다가 갑자기 머리를 들며 일어났다. 옷을 벗으면서 침대 머리맡의 벽 쪽에 조그마한 문을 보았던 생각이 났기 때문이었다. 호기심에 가득 차 문에 꽂힌 열쇠를 돌렸을 때 두 번째 문이 나타났다. 그는 그 문을 열려고 해봤지만 밖에서부터 잠겨 있는 것 같았다. 그 문 뒤로 누군가가 조용히 걸어 다니며 비밀스럽게 무언가를 하고 있는 소리가 들렸다. 그는 호흡을 가다듬고 침대에서 기어나와 첫 번째 문을 활짝 열어젖히고는 귀를 기울였다. 두 번째 문 너머에서 무엇인가가 조용히 울리고 있었다. 그는 얼어붙어버렸다. 정말 그녀의 방일까! 그는 열쇠 구멍 쪽으로

몸을 굽혔다. 다행히도 열쇠는 꽂혀 있지 않았다. 불빛이 비치고 화장용 탁자 모서리가 보였다. 하얀 물체가 갑자기 일어나더니 열쇠 구멍을 완전히 가려버렸다. 틀림없이 그녀의 방이었다. 확실했다. 하녀를 그 방에 들여놓을 리도 없었고, 숙모의 늙은 하녀 마리야 일리니쉬냐는 아래층 숙모 방 근처에서 자고 있었다. 그는 한밤중에 그녀와 벽 하나를 사이에 두고 이렇게 가까이 있지만 다가갈 수 없다는 사실에 병이 날 것만 같았다. 그는 오랫동안 잠을 이루지 못하다가 느지막이 눈을 떴다. 순간 다시 훤히 비치는 그녀의 잠옷과 실내화를 신은 맨발을 머릿속에 그려보았다.

'오늘 적당한 때에 떠나야겠군!' 그는 담배를 피며 생각했다. 아침에는 모두들 자기 방에서 커피를 마셨다. 그는 삼촌의 큰 잠옷용 셔츠와 실크 가운을 걸치고 앉아서 커피를 마셨다. 그는 가운을 활짝 열어젖힌 채 침울해 있는 자신을 바라보았다.

식당에서의 아침 식사는 지루하고 우울했다. 그는 숙모와 단둘이서 아침을 먹었으며 날씨도 좋지 않았다. "창문 너머 바람에 나무들이 흔들리고, 먹구름이 밀려왔군요."

"그래, 애야. 이만 가봐야 할 것 같구나." 숙모가 일어나 성호를 그으며 말했다. "마음껏 즐기렴. 미안하게도 나나 삼촌은 이미 늙어버려서 차 마실 시간까지 방에 앉아 있을 거란 다. 비가 올 것 같구나. 그렇지 않으면 너는 말을 타고 산책이 라도 할 수 있을 텐데 말이야."

그는 재빨리 대답했다.

"걱정 마세요, 숙모. 책 읽으면 되죠, 뭐."

그리고는 사방이 책으로 가득한 책꽂이로 둘러싸인 소파 가 있는 방으로 향했다.

거실을 지나 그곳으로 가면서, 그는 말에 안장을 얹어 놓 으라고 해야겠다고 생각했다. 그러나 창문 밖으로 다양한 모 양의 비구름들이 보였고, 흔들리는 나뭇가지 위 연보랏빛 구 름 사이로 기분 나쁜 잿빛 먹구름이 드리워졌다. 그는 책꽂 이에 책이 가득하고 그 아래로 가죽 소파가 삼면으로 놓여 있는 안락하지만 담배 연기 냄새가 밴 방으로 들어갔다. 그 리고 멋지게 장정되어 있는 몇 권의 책을 보고는 무기력하 게 앉아 소파에 몸을 깊숙이 밀어 넣었다. 미치도록 지겨웠 다. '단지 그녀를 만나 잠시 이야기라도 나누었으면 좋겠는 데…… 그녀의 목소리는 어떨까? 또 성격은? 바보 같을까, 아니면 반대로 아주 영리해서 적당한 때가 올 때까지 잘 처 신하고 있는 것일까? 아마 순결을 매우 중시하고, 속물들 을 잘 알아보는 여자일 거야. 아니면 아주 멍청한 여자일지도……. 그래도 멋진 여자일 거야! 또다시 그녀 곁에서 밤을 지내게 되는구나!' 자리에서 일어나 공원 쪽으로 나 있는 돌계단 위의 유리문을 활짝 열자 꾀꼬리들이 지저귀는 소리가 들려왔다. 그 소리는 어린 나무들을 따라 왼편에서 바람에 실려 왔다. 그는 방으로 뛰어 들어갔다. 방 안은 어두웠다. 신선하고 푸르른 나무들이 바람에 물결쳤다. 문과 창문의 유리는 보슬비에 반짝거렸다.

"비바람에도 끄떡없군!" 그는 바람에 실려 사방에서 때론 멀게, 때론 가깝게 들려오는 꾀꼬리의 울음소리를 들으며 큰소리로 말했다. 그때 차분한 목소리가 들렸다.

"안녕하세요."

그는 순간 멍해졌다. 방 안에 그녀가 서 있었기 때문이었다.

"책을 바꾸러 왔어요." 그녀가 밝으면서도 침착하게 말했다. "책은 기쁨을 주죠." 그녀가 가벼운 미소를 지으며 덧붙이고는 책꽂이로 다가갔다.

그는 중얼거리듯 말했다.

"안녕하세요. 당신이 들어와 있었는지 몰랐어요."

"카펫이 아주 부드럽잖아요." 그녀는 돌아서서 대답한 후 잿빛 눈동자를 깜박이지도 않고 오랫동안 그를 바라보았다.

"어떤 책을 좋아해요?" 그는 좀 더 용기를 내어 그녀의 눈동자를 바라보며 물어보았다.

"지금은 모파상과 옥타브 미르보를 읽고 있어요."

"아, 그렇군요. 모파상은 모든 여자들이 좋아하죠. 그의 작품들은 모두 사랑에 관한 것들이잖아요."

"사랑보다 더 아름다운 것이 있을까요?"

그녀의 목소리는 차분했으며 눈동자는 조용히 미소 짓고 있었다.

"사랑, 사랑이여!" 그는 탄식하며 외쳤다. "놀라운 만남들이 일어나긴 하죠. 그러나…… 근데 이름이 어떻게 되나요?"

"카테리나 니콜라예브나예요. 당신은요?"

"그냥 파블릭이라고 부르세요." 그는 좀 더 용기를 내어 대답했다.

"숙모 집에서 묵고 있는 제가 당신에게 어울린다고 생각하나요?"

"그런 숙모가 제게도 있다면 원이 없겠군요! 지금은 그저 당신의 불행한 이웃일 뿐이에요."

"정말로 불행이라고 생각하세요? 어젯밤에 당신의 기척을 들었죠. 당신의 방이 바로 제 방 옆에 있다는 사실을 알게 되었어요."

그녀는 무심하게 웃으며 말했다.

"소리를 들었어요. 몰래 엿듣거나 훔쳐보는 것은 좋지 않아요."

"당신은 용서할 수 없을 만큼 아름다워요!" 그는 그녀의 잿빛 눈동자, 뽀얗고 하얀 얼굴과 하얀 스카프 아래 윤기가 흐르는 검은 머리칼을 쳐다보며 말했다.

"그렇게 생각하세요? 어째서 제가 아름다운 것이 용서가 안 된다는 거죠?"

"당신의 손짓 하나만으로도 넋이 나가버릴 정도거든요."

그리고 그는 왼손으로 그녀의 오른팔을 즐거운 듯 과감하게 잡아채었다. 그녀는 등을 책꽂이 쪽으로 기대고 선 채 그의 어깨 너머로 거실을 바라보았다. 그리고는 미묘한 미소를 지으며 팔을 빼지도 않고 '그래서 다음은 뭐죠?'라며 기다리듯 그를 쳐다보았다. 그는 그녀의 팔을 꽉 잡아 아래로 잡아당기고는 오른쪽 팔로 그녀의 허리를 낚아챘다. 그녀는 다시 한 번 그의 어깨 너머를 바라보더니 입맞춤을 피하려는 듯이 가볍게 머리를 뒤로 젖혔지만 몸이 활처럼 휘어져 그에게 맞닿았다. 그는 어렵게 호흡을 가다듬고는 그녀의 반쯤 벌어진 입 쪽으로 얼굴을 가까이 하더니 그녀를 소파로 옮겼다. 그녀는 얼굴을 찡그린 채 고개를 저으며 속삭였다. "아니, 안 돼요. 이러면 안 돼요. 여기에서 이러다가 누가 와서 보기라도 하면 어쩌려고 그래요?" 그리고 눈빛이 아득해지더니 다리를 서서히 벌렸다. 몇 분 후 그는 얼굴을 그녀의 어깨에 묻었다. 그녀는 이를 꽉 문 채 잠시 서 있다가 조용히 그에게서 벗어나 거실을 우아하게 걸어가며 요란한 빗소리에 큰 소리로 말했다.

"이런, 비가 많이도 오네. 위층에 창문이 모두 열려 있을 텐데……."

다음날 아침 그는 그녀의 침대에서 잠을 깼다. 그녀는 한밤 내 달구어지고 흐트러진 이불에 등을 대고 돌아누워 맨살이 드러난 팔로 팔베개를 했다. 그는 눈을 뜬 후 기쁨에 넘쳐서 미동도 없는 그녀의 눈동자를 바라보았다. 그리고 그녀의 시큼한 겨드랑이 냄새에 잠시 정신이 아득해졌다.

그때 누군가가 급하게 문을 두드렸다.

"누구세요?" 그를 옆으로 밀치지도 않고 그녀가 침착하게 물어보았다. "마리야 일리니쉬나, 당신이세요?"

"그래요, 카테리나 니콜라예브나."

"무슨 일이죠?"

"잠시 들어갈게요. 누가 제 말을 엿듣고는 달려가서 이야기해 마님을 놀라게 할까 걱정이군요."

그가 자기 방으로 뛰어 들어가자 그녀는 서두르지 않고 열쇠를 돌려 문을 열었다.

"나리께서 안 좋답니다. 인공호흡을 해야 될 것 같아요." 마리야 일리니쉬나가 속삭였다. "다행히도 마님께서는 아직 주무시고 계세요. 빨리 서둘러요."

마리야 일리니쉬나가 들어오며 침대 근처에 놓인 남자구두를 흘깃 보더니 눈이 마치 뱀처럼 가늘어졌다. 학생은 맨발로 도망친 것이었다. 그녀 또한 구두와 마리야 일리니쉬나의 놀란 눈동자를 눈치 챘다.

아침 식사 전에 그녀는 장군 부인에게 찾아가 갑자기 떠나야 될 것 같다고 말했다. 만주에서 오빠가 심하게 부상을 당했다는 편지를 받았는데 혼자 사시는 아버지를 고통 속에 홀로 내버려둘 수 없다고 침착하게 거짓말을 했다.

"그래요, 이해해요." 마리야 일리니쉬나를 통해 이미 모든 것을 알고 있는 장군 부인이 말했다. "할 수 없죠. 어서 떠나도록 해요. 그리고 역에 도착하는 즉시 크립초프 의사에게 다른 간호사 아가씨를 구할 때까지 우리 집에 머물러주셨으면 한다는 전보를 보내줬으면 해요."

그 다음 그녀는 학생의 방문을 노크하고 메모지를 밀어 넣었다. '이제 다 틀렸어요. 저는 떠납니다. 늙은 하녀가 침대

옆에 놓인 당신의 구두를 봤거든요. 저를 나쁜 여자로 기억하지 않았으면 해요.'

아침 식사 중에 숙모는 약간 우울해 보였지만 아무 일도 없었다는 듯 그에게 말했다.

"들었니? 간호사가 아버지께 돌아간다고 하는구나. 오빠가 심하게 다쳤는데, 아버지가 홀로 계신다며……."

"들었어요, 숙모. 이 지긋지긋한 전쟁은 곳곳에 고통만 남기는군요. 그런데 삼촌은 좀 어떠세요?"

"다행히도 별일 아니란다. 삼촌이 사소한 일에도 워낙 벌벌 떠시지 않니. 심장이 아니라 위가 약간 안 좋았을 뿐이란다."

3시에 삼두마차는 안티고네를 태우고 역으로 떠났다. 그는 말에 안장을 얹어 놓으라고 지시하기 위해 우연히 뛰어나온 것처럼 현관 테라스에서 눈을 들지도 않은 채 그녀와 작별 인사를 했다. 그는 절망감에 소리 칠 뻔했다. 그녀는 이제 머릿수건이 아닌 좋은 모자를 쓰고 마차에 앉아 장갑을 낀 손을 그에게 흔들어 보였다.

늑대

어느 따뜻한 8월의 어두운 밤이었다. 구름 낀 하늘 사이로 별들이 보일 듯 말 듯 희미하게 빛나고 있었다. 먼지가 수북이 쌓인 부드럽고 고요한 들판 길을 따라 가난한 귀족 아가씨와 중등학교에 다니는 젊은이가 마차를 타고 가고 있었다. 가끔씩 음산한 번갯불에 갈기를 휘날리며 나란히 달리고 있는 한 쌍의 말과 삼베 셔츠를 걸치고 마부석에 앉아 있는 젊은 마부의 모자와 어깨가 비쳐 보이곤 했다. 번갯불이 번쩍일 때마다 추수가 이미 끝나 황량해진 들판과 저 멀리 불길해 보이는 숲이 순간순간 드러났다. 어제 저녁 시골 마을에는 비명 소리와 개들이 겁을 집어먹고 깨갱대며 짖어대는 소리로 요란했다. 집집마다 저녁 식사를 끝냈을 무렵 늑대 한 마리가 어느 집 마당의 양을 끔찍하게 물어뜯어 죽인 후 끌고 가려는 사건이 발생했다. 때마침 개 짖는 소리에 몽둥이를 든 사내들이 뛰쳐나와 옆구리가 찢겨져 죽은 양을 내리쳐서 쫓아버렸다. 귀족 아가씨는 흥분해서 크게 웃다가 즐겁게 소리치며 성냥불을 어둠 속으로 내던졌다.

"늑대가 무서워요!"

성냥불은 까칠까칠하고 긴 젊은이의 얼굴과 광대뼈가 툭 튀어 나온 그녀의 상기된 얼굴을 비추었다. 우크라이나 식으로 붉은 스카프를 맨 그녀의 동그란 목이 깊게 파인 붉은 사라사 원피스 위로 살짝 드러났다. 그녀는 젊은이가 자신을 껴안고 목과 뺨에 키스를 퍼부으며 입술을 더듬고 있는 것도 상관하지 않고, 덜컹거리며 질주하는 마차 안에서 성냥불을 어둠 속으로 던지곤 했다. 그녀가 팔꿈치로 밀어내자 그는 마부석에 앉아 있는 젊은 마부를 의식하며 짐짓 큰 소리로 솔직하게 말했다.

"성냥 이리 줘요. 그러다간 담배 피울 성냥도 남아나지 않겠소."

"알았어요, 잠깐만요!" 그녀가 소리쳤다. 다시 성냥불이 확 타올랐고 뒤이어 멀리서 번갯불이 번쩍거렸다. 무더운 한밤중 어둠이 점점 짙어지자 마차가 마치 뒤로 가는 것처럼 보였다. 마침내 그녀는 그에게 깊은 입맞춤을 허락했다. 그 순간 마차가 마치 무언가에 부딪친 것처럼 그들의 온몸이 요동쳤다. 젊은 마부가 말고삐를 갑작스럽게 조인 것이었다.

"늑대가 나타났어요!" 마부가 비명을 질렀다.

저 멀리 오른쪽에 화재로 생긴 불길이 타오르는 광경이 보였다. 마차는 번개가 칠 때 보이던 작은 숲 맞은편에 멈추었다. 숲은 화재의 불빛에 스산해지고 불안하게 요동쳤다. 그 앞에 펼쳐진 들판 또한 하늘 위로 강렬하게 솟아오르는 불꽃 때문에 불그스름한 색으로 물든 채 흔들리고 있었다. 그 화재는 먼 곳임에도 불구하고 마치 마차에서 일 베르스타쯤 떨어진 가까운 곳에서 일어난 것처럼 검은 연기를 휘날리며 활활 타올라 더욱 맹렬하고 매섭게 날뛰었다. 그리고 점점 더 높아지며 멀리 지평선을 에워쌌다. 화재의 열기가 마치 얼굴과 손까지 와 닿는 것처럼 느껴졌다. 어둠이 내려앉은 땅 위로 불에 타 새빨개진 지붕의 매듭까지도 보일 것만 같았다. 숲 아래 불빛에 반사돼 검붉은 빛이 도는 커다란 회색 늑대 세 마리가 서 있었다. 늑대의 눈동자는 푸른색과 붉은색이 뒤섞여 반짝이고 있었는데 마치 뜨거운 붉은 딸기 시럽처럼 투명하고도 선명했다. 말들은 콧김을 요란하게 뿜어내며 갑자기 거칠게 옆으로 돌아 경작지를 따라 왼쪽으로 내달렸다. 젊은 마부는 고삐를 쥔 채 뒤로 나자빠졌다. 마차는 쿵쾅거리고 흔들리며 경작지를 따라 내달렸다.

골짜기 근처에서 말들은 다시 한 번 날뛰었다. 그녀는 넋이 빠진 마부에게서 말고삐를 잡아채었다. 그리고 용감하게 마부석으로 뛰어오르다가 쇠붙이 조각에 뺨을 베었다. 그렇게 그녀의 입술 언저리에 평생 동안 작은 상처 자국이 남게 되었다. 어쩌다가 생긴 흉터냐고 물을 때면 그녀는 환하게 미소를 지어 보였다.

"아주 오래전 일이지요!" 그녀는 오래전 여름과 8월의 건조했던 낮과 어두운 밤, 탈곡장의 타작, 신선한 냄새가 나는 짚단과 저녁마다 그 짚단 위에 누워 일순간 밝게 반짝이며 아치를 그리듯 떨어지는 별똥별을 함께 바라보았던 중등학교에 다니는 수염 난 청년을 떠올리며 말했다. "늑대가 나타나자 말들이 놀라서는 우리를 태운 채 내달렸죠." 그녀가 계속 이야기했다. "저도 흥분한데다가 필사적이었거든요. 그래서 말을 멈추기 위해 온몸을 던졌지요."

그녀는 평생 동안 여러 남자를 사랑했다. 그 남자들은 모두들 가녀린 미소를 머금고 있는 것처럼 보이는 그 상처 자국보다 더 사랑스러운 것은 이 세상에 없다고 말하는 것이었다.

타냐

그녀는 그의 친척인 소지주 카자코바의 하녀였다. 그녀는 열일곱 살이었다. 특히 부드럽게 치마를 흔들며 블라우스 아래 조그마한 가슴을 가볍게 내밀 때면, 아담한 키의 그녀는 더욱 눈에 띄었다. 그녀는 겨울에도 맨발로 펠트 장화를 신고 다녔다. 그녀의 순박한 얼굴은 아주 사랑스러웠고, 순박한 잿빛 눈동자는 젊음으로 빛나고 있었다. 오래 전 그는 아주 성급하게 자신을 낭비하고 방랑하는 삶을 살면서 우연한 사랑의 만남과 관계를 수없이 경험했었다. 그녀와의 만남 또한 그러했다.

그녀는 어느 가을 밤 자신에게 갑자기 일어난 운명적이고도 놀라운 일을 금방 받아들였다. 며칠간은 울기도 했지만, 시간이 지날수록 고통이 아니라 행복한 일이라는 것을 확신하게 되었다. 그가 더욱 더 사랑스러워지고 소중하게 여겨졌다. 그와 사이가 가까워지자 그러한 감정은 더욱 자주 반복되었다. 그녀는 그를 페트루샤라고 부르며 아주 소중한 추억인 것처럼 그날 밤에 관해 이야기하곤 했다.

그는 처음에는 반신반의했다.

"정말로 그때 자는 척했던 것이 아니었어?"

그녀는 눈을 크게 떴다.

"정말로 제가 잠들어 있었다는 것을 몰랐단 말이에요? 정말 아이나 계집애가 어떻게 자는지 모르시는 건가요?"

"네가 정말로 잠들어 있었다는 사실을 알았다면 건드리지 않았을 거야."

"정말로 마지막까지 아무것도 알지 못했어요! 그런데 어떻게 제게 오실 생각을 하셨어요? 도착하셨을 때 저를 쳐다보지도 않으셨고 저녁에 그냥 '아마도 네가 얼마 전에 고용된 타냐인 모양이지?'라고만 물어보셨잖아요. 그리고는 잠시 동안 무심한 듯 저를 쳐다보셨죠. 일부러 그런 거예요?"

그는 당연히 그런 척했다고 대답했지만 사실이 아니었다. 모든 일들이 그가 전혀 예상치 못한 방향으로 흘러갔다.

그는 크림에서 초가을을 지내고 모스크바로 돌아가는 길에 카자코바의 저택에 들렀다. 2주 정도 소박하고 평온한 영지에 머물며 지루한 날을 보낸 뒤 11월 초 떠날 준비를 하고 있었다. 시골에서 떠나기로 한 바로 그날 그는 아침부터 저녁까지 어깨에 총을 들쳐 멘 채 말을 타고 사냥개를 데리고 빈 들판과 황량한 잡목 숲을 돌아다녔다. 그러나 아무런 소득도 얻지 못한 채 피곤함과 허기만 안고 영지로 돌아와 스메타나를 바른 고기 완자로 저녁 식사를 하고, 보드카 한 병을 들이킨 후 차를 몇 잔 마셨다. 그러는 동안 카자코바는 언제나처럼 고인이 된 남편과 야롤에서 근무하고 있는 두 아들에 관해 이야기했다. 10시쯤 되자 저택은 이미 캄캄해졌고, 거실 뒤쪽에 위치한 그가 묵고 있는 서재의 촛불만이 타오르고 있었다. 그가 서재로 들어갔을 때, 타냐는 통나무 벽을 따라 한 손에 든 뜨거운 촛불을 갖다 대며 그의 침대에 무릎을 꿇고 앉아 있었다. 그를 발견하자 그녀는 탁자에 촛불을 급히 내려놓고는 한 쪽으로 도망쳤다.

"무슨 일이야?" 그가 당황해서 외쳤다. "거기 서, 무슨 짓을 한 거야?"

"빈대를 태워 잡았어요." 그녀가 속삭이듯이 재빨리 대답했다. "침대를 정리하려는데 빈대가 벽에 붙어 있어서요."

그리고 미소를 지으며 달아났다.

그는 장화만 벗고 옷은 벗지도 않은 채 그녀의 뒷모습을 바라보았다. 그리고 소파에 깔아놓은 이불 위로 누워 담배를 한 대 피고 싶다고 느끼며 생각에 잠겼다. '10시에 잠자리에 드는 건 익숙하지 않군.' 바로 그 순간 그는 잠들었다. 잠시 후 잠결에 타고 있는 촛불이 걱정되어 촛불을 끄고 잠들었다. 다시 눈을 떴을 때 마당 쪽 이중 창문과 정원으로 난 측면 창문 너머로 가을밤 달빛이 휘영청 빛나고 있었다. 그는 어둠 속에서 소파 옆에 놓인 구두를 찾아 신고 뒷문 현관으로 나가기 위해 서재가 딸린 현관방으로 갔다. 하인들이 깜빡하고 침구 세트를 챙겨주지 않았기 때문이었다. 그러나 현관방의 문은 밖에서부터 빗장으로 잠겨 있어서 신비로운 달빛이 비쳐드는 저택 안을 지나 정문 현관 계단으로 나갔다. 중앙 현관방 건너편의 커다란 통나무 현관문이 그곳으로 나 있었다. 창틀이 낡은 큰 창문 맞은편에 위치한 이 현관방에는 칸막이가 세워져 있고, 그 뒤쪽으로 하인들이 머무르는 창문 없는 방이 하나 있었다. 칸막이의 문은 살짝 열려 있었는데 그 너머는 어두웠다. 성냥을 켜자 잠들어 있는 타냐의 모습이 보였다. 그녀는 셔츠 하나와 치마만을 입은 채 나무 침대에 바로 누워 있었다. 셔츠 아래로 그녀의 조그마한 가슴이 봉긋 솟아올라 있었고, 다리는 무릎까지 드러나 있었다. 오른팔은 벽을 향해 뻗어 있고, 베개 위의 얼굴은 마치 죽은 사람 같았다. 그때 성냥이 꺼졌다. 그는 잠시 멈췄다가 조심스럽게 침대로 다가갔다.

어두컴컴한 현관을 지나 계단으로 나오면서 그는 흥분한 채 생각에 잠겼다.

'정말 이상하고 뜻밖이군! 타냐는 정말 잠들어 있었단 말인가?'

그는 현관 계단에 잠시 서 있다가 마당으로 나갔다. 정말 기이한 밤이었다. 높이 떠 있는 달빛에 넓고 텅 빈 마당이 밝게 빛나고 있었다. 맞은편에는 딱딱한 짚으로 덮인 가축우리, 마차용 창고와 마구간 등이 있었다. 그 지붕 너머 북쪽 지평선 위로 신비스러운 밤 구름이 눈 덮인 고요한 산 쪽으로 천천히 흩어지고 있었다. 그러나 머리 위로는 부드럽고 하얀 구름만이 떠 있었다. 높이 뜬 달은 다이아몬드처럼 구름 속에서 반짝이기도 하고, 별이 총총한 어슴푸레한 하늘에 얼굴을 내밀면서 지붕과 마당을 밝게 비추기도 했다. 모든 인간적인 것에서 해방되어 목적 없이 빛나고 있는 주위의 모든 밤의 존재들이 신비하게 여겨졌다. 그는 달이 뜬 가을밤의 세상을 처음으로 온전히 체험하는 것이기 때문에 더욱 신기했다.

그는 마차용 창고 근처에 세워놓은 사륜마차의 말라비틀

어진 진흙이 묻어 있는 발판 위에 앉았다. 가을의 온기가 느껴지고 정원에서는 가을 향기가 밀려왔다. 밤은 장엄하고 담담하며 자비로웠다. 이러한 밤은 놀랍게도 그가 어린아이나 다름없는 소녀와 관계를 가졌다는 죄책감에서 벗어나게 해 주는 것 같았다.

타냐는 정신을 차리자 그제야 무슨 일이 일어났는지 알았다는 듯이 조용히 흐느껴 울기 시작했다. 정말 실제로 일어났던 일이었을까? 그녀는 마치 죽은 사람처럼 그에게 몸을 맡겼다. 그는 처음에는 속삭이며 그녀를 깨웠다. '내 말 좀 들어봐. 너무 겁내지 마.' 타냐는 못 들었거나 그런 척했던 것이다. 그는 조심스럽게 그녀의 뜨거운 뺨에 입맞춤을 했다. 그녀는 입맞춤에 아무런 반응이 없었다. 그래서 그는 타냐가 입맞춤에 이은 모든 행동에 암묵적으로 동의한다고 생각했다. 그는 그녀의 부드럽고 뜨거운 다리를 벌렸다. 그녀는 잠결에 한숨을 내쉬고는 팔을 머리 뒤로 살짝 뻗으며 넘겼다.

'만약 정말로 타냐가 몰랐다면?' 그는 발판에서 일어나 근심에 싸여 밤하늘을 바라보며 생각했다.

타냐가 행복해하면서도 애처롭게 흐느끼기 시작했을 때 그는 그녀가 무의식적으로 허락한 예상치 못한 행운에 감사했다. 또한 사랑의 열정에 도취되어 그녀의 목과 가슴, 그리고 시골 처녀의 향기가 풍기는 모든 부위에 입 맞추고 싶은 충동을 느꼈다. 타냐는 울면서도 무의식적으로 감정에 북받쳐 갑자기 그에게 화답했다. 그녀는 마치 고맙게 여기는 듯 세게 껴안으며 그의 머리를 자신의 몸에 꼭 가져다 대었다. 그녀는 아직 잠에서 덜 깨서 그가 누구인지 정확히 몰랐지만 상관없었다. 그 이유는 누군가와 언젠가는 가장 은밀하면서도 행복하지만 치명적이기도 한 관계를 맺게 될 거라는 사실을 알았기 때문이었다. 서로간의 친밀한 관계는 맺어져 이미 이 세상 무엇으로도 깨뜨릴 수 없었다. 그는 그녀를 영원히 가슴 속에 간직했다. 그리고 이 특별한 밤은 사랑이 가득한 신비로운 빛의 왕국으로 두 사람을 초대했다.

그는 떠나면서 문득 타냐를 떠올릴 뿐이었지만, 그녀의 귀엽고 진실한 목소리와 기쁠 때나 슬플 때나 항상 사랑스럽고 충실한 눈동자를 잊을 수가 없었다. 그리고 그녀보다 더 사랑하게 되거나 더 큰 의미를 가진 사람은 존재하지 않았다.

다음 날 타냐는 고개를 들지도 못한 채 시중을 들었다. 카자코바가 물었다.

"무슨 일 있어, 타냐?"

그녀가 공손히 대답했다.

"이런저런 고민거리가 있습니다, 마님."

타냐가 나갔을 때 카자코바가 나에게 말했다.

"그래, 당연하지. 어머니는 안 계신데다가 아버지도 거지 신세에 방탕한 사람이었으니 고아나 다름없지……."

저녁 무렵 그녀가 사모바르에 불을 피우러 현관 계단으로 나왔을 때 그가 들어가며 말을 건넸다.

"생각지도 못했겠지만 오래전부터 널 사랑하고 있었어. 이제 그만 울고 속상해하지 마. 그러는 건 아무 도움도 안 돼."

그녀는 눈물을 흘리면서 사모바르에 불붙은 장작을 집어넣으며 조용히 대답했다.

"아, 정말로 저를 사랑하신다면 이렇게 힘들진 않을 거예요."

그 이후 타냐는 소심하게 눈빛으로 그가 했던 말이 사실인지 물어보려는 듯이 이따금 그를 쳐다보기 시작했다.

어느 날 저녁 타냐가 그의 침대를 정리하러 들어왔다. 그는 그녀에게 다가가 어깨를 껴안았다. 그녀는 놀라며 그를 바라보았다. 그리고 얼굴이 빨개지며 속삭였다.

"제발 이러지 마세요. 할멈이 지나가다 보겠어요."

"할멈이라니?"

"늙은 하녀 말이에요. 왜 모른 척하세요?"

"오늘 밤 네게 갈게."

그 말은 타냐를 무척이나 놀라게 했다. 처음부터 타냐는 그 늙은 하녀를 매우 무서워했기 때문이었다.

"오, 왜 그러시는 거예요! 무서워 죽겠어요!"

"그럴 필요 없어. 너무 걱정하지 마. 가지 않을게." 그가 서둘러 말했다.

타냐는 이제 예전처럼 일을 하기 시작했다. 재빠르고 부지런하게 예전처럼 마당을 지나 부엌으로 바람처럼 뛰어다녔다. 그리고 가끔씩 적당한 때를 엿보며 은밀히 그에게 불안하면서도 기쁨에 찬 시선을 던지곤 했다. 그러던 어느 날 이른 아침, 그가 아직 단잠에 빠져 있을 때 그녀는 물건을 사러 시내로 심부름을 갔다. 점심 식사를 하며 카자코바가 말했다.

"어찌해야 하나? 집사와 일꾼들을 모조리 방앗간으로 보냈더니 지금 타냐를 데리러 기차역에 나갈 사람이 없네. 네가 좀 다녀올 수 있겠니?"

그는 기쁨을 감춘 채 무심한 척 대답했다.

"기꺼이 다녀올게요."

늙은 하녀는 식탁에 요리를 내놓으며 얼굴을 찡그리고 말했다.

"무슨 말씀이세요, 마님. 계집아이에게 평생토록 상처를 주시려는 거예요? 온 마을에 그 아이에 대해 어떤 소문이 떠돌겠어요?"

"그렇다면 자네가 직접 다녀오든지." 카자코바가 말했다. "그럼 그 애가 역에서 집까지 걸어와야 한단 말이야?"

오후 4시경 그는 커다란 검은 암말이 끄는 이륜마차를 타고 기차역으로 출발했다. 기차 시간에 늦을까 걱정이 되어 마을을 벗어나자 암말을 재촉했다. 마차는 반질반질하게 약간 얼어붙은 울퉁불퉁한 길을 지나고 축축한 길을 따라 내달렸다. 습기가 차고 안개가 낀 날이 최근 며칠 동안 계속되었는데 바로 그날은 유난히도 안개가 자욱했다. 그래서 그가 가고 있는 동안 마치 밤이 찾아온 것만 같았다. 농가에서 흘러나오는 안개에 싸인 붉은 불빛과 그 너머 뿌연 안개가 보였다. 저 멀리 초원은 안개 때문에 완전히 어두워져 분간할 수 없을 정도였다. 차가운 바람과 눅눅한 안개가 맞은편에서 날아왔다. 그러나 바람은 안개를 흩어지게 하기는커녕 오히려 차갑고 짙푸른 안개를 더욱 자욱하게 만들었다. 그는 안개와 냄새나는 습기에 질식할 것만 같았다. 그리고 보이지 않는 곳 저 너머에는 이 세상도 생명체도 아무것도 존재하지 않는 것처럼 느껴졌다. 모자, 외투, 속눈썹, 콧수염 등 온몸에 작은 물방울이 맺혔다. 검은 암말은 울퉁불퉁한 길을 따라 활기차게 앞으로 내달렸다. 마차의 움직임이 그의 가슴에 부딪쳐왔다. 곧 그는 익숙해져서 담배를 피기 시작했다. 달콤하고 향기로우며 따뜻하고 인간적인 담배 연기가 늦가을 황량하고 습한 초원 위 안개의 원초적인 냄새와 뒤섞였다. 사방이 어두워지고 캄캄해졌다. 어둠에 희미하던 암말의 긴 목과 경계하듯 쫑긋 세운 귀도 거의 보이지 않게 되었다. 오른쪽과 왼쪽, 앞과 뒤, 사방에서 더욱 자욱하고 캄캄하게 달려드는 안개의 그림자 속에 미지의 고요한 적대감을 불길하게 품고 있는 이 황량한 초원에서 유일한 생명체인 암말과 그의 유대감은 더욱 커져만 갔다.

그가 역 근처 마을로 접어들었을 때, 초라한 창문 너머 불빛이 애잔하게 밝혀진 정겹고도 안락한 집들이 그에게 위안을 주었다. 그러나 기차역의 모든 것들은 생기가 넘치고 활기차고 도시적이어서 완전히 딴 세상처럼 느껴졌다. 창문에 불을 밝힌 기차가 석탄 냄새를 풍기면서 요란하게 역으로 들어오는 바람에 그는 암말을 제대로 매어 놓지도 못했다. 그는 마치 어린 신부를 마중 나온 사람처럼 역 안으로 뛰어 들어갔다. 그 순간 맞은편 문에서 구매한 물건을 담은 자루 두

개를 운반하는 짐꾼을 뒤따라 도시 아가씨처럼 차려입은 타냐가 들어오는 모습이 보였다. 역 안은 지저분했으며 희미한 석유램프의 역한 냄새가 진동했다. 그녀의 눈동자는 흥분으로 반짝였고 특별한 나들이로 상기된 얼굴에는 젊음이 빛나고 있었다. 역무원은 그녀에게 경어를 쓰며 무언가를 말하는 중이었다. 그 순간 타냐는 그와 눈빛이 마주치자 당황해서 어쩔 줄 몰라 하며 멈춰 섰다. '무슨 일이지, 왜 그가 이곳에 있는 걸까?'

"타냐!" 그는 서둘러 소리쳤다. "안녕, 널 데리러 왔어. 마중 나올 사람이 없었거든."

그녀의 인생에서 가장 행복한 저녁이었다. '나를 위해 그가 직접 마중을 나오다니! 이렇게 예쁘게 차려입고 시내에서 돌아오는 길이잖아. 항상 낡은 치마에 초라한 무명 블라우스만 입은 모습만 봤으니 상상도 못했을 거야. 지금은 세련된 여인처럼 하얀 실크 머릿수건을 두르고 브로드 재킷에 갈색 새 원피스를 차려입고 긴 면양말에 구리 징이 박힌 새 반장화를 신고 있지 않은가!' 떨리는 속마음을 진정시키면서 그녀는 손님 같은 어투로 그와 이야기를 잠시 나눴다. 그리고 옷자락을 들어 올리고는 적잖이 당황하며 귀부인처럼 잰걸음걸이로 그의 뒤를 따랐다. '오 세상에, 온통 진흙탕이잖아.

남정네들이 길을 마구 짓밟아놨군!' 기쁨과 동시에 두려움에 아찔해진 그녀는 원피스를 더럽히지 않고 속치마로 앉기 위해 원피스를 높이 들어 올린 채 이륜마차에 올라탔다. 그리고 마치 동등한 신분이라도 되는 듯이 그의 옆에 나란히 앉았다. 발밑의 자루 때문에 그녀는 부자연스럽게 옷자락을 약간 걷어 올렸다.

그는 묵묵히 말을 몰아 나지막이 희미하게 반짝이는 농가를 지나 11월 시골의 울퉁불퉁한 구멍이 파인 길을 따라 차갑고 어두운 밤안개 속을 고통스럽게 달렸다. 타냐는 그의 침묵이 몹시 두려워 한 마디 말도 꺼낼 수가 없었다. '화가 난 것은 아닐까?' 그는 이미 눈치 채고 있었으면서도 일부러 입을 다물고 있었다. 마을에서 벗어나자 사방은 완전히 암흑으로 둘러싸여 있어서 말을 걸게 했다. 그는 미소를 지으며 왼손으로 말고삐를 잡고는 오른손으로 차가운 물방울이 묻은 그녀의 어깨를 꽉 쥐었다. 그리고 속삭였다.

"타냐, 타네치카."

그녀는 그에게 달려들었다. 그의 뺨에 실크 머릿수건과 붉게 달아오른 보드라운 얼굴과 뜨거운 눈물이 그렁그렁한 속눈썹이 바싹 밀착되었다. 그는 기쁨의 눈물로 촉촉해진 그녀의 입술을 찾아냈다. 그리고 마차를 멈춰 세우고는 오랫동안 그녀의 입술에서 떨어지지 않았다. 그러고는 안개와 암흑 때문에 사방을 분간할 수가 없어 마치 장님처럼 마차에서 내려가 땅바닥에 외투를 집어던지고는 그녀의 소매를 잡아당겼다. 모든 것을 눈치 챈 그녀는 그에게 바로 뛰어 내려갔다. 그리고는 소중한 원피스와 속치마를 들어 올린 후 외투 위로 더듬거리며 누웠다. 이제 완전히 그의 소유가 된 자신의 육체뿐만 아니라 영혼까지 바치는 것이었다.

　그는 다시 출발 날짜를 미뤘다.

　타냐는 그 이유가 자기 때문이라는 것을 알고 있었다. 그가 그녀에게 얼마나 다정한지, 마치 친한 비밀 친구에게 하듯 이야기한다는 사실을 느끼고 있었다. 그녀는 처음 떨었던 것과는 달리 이제 그가 자신에게 다가올 때면 두려워하거나 긴장하지 않았다. 그는 더 편안하고 간단하게 사랑의 순간을 즐길 수 있었다. 타냐는 빠르게 그에게 적응해갔다. 그녀는 특유의 젊음으로 금방 침착해지고 근심 없이 행복해했다. 이제 편안하게 그를 페트루샤라고 부르며 때로는 그의 입맞춤이 귀찮다는 듯이 말했다. "오, 맙소사. 당신을 피할 수가 없네요. 내가 혼자 있는 걸 어떻게 알고 오시는지요!" 이것은 그녀에게 특별한 기쁨을 안겨주었다. '내가 그 사람에게 이렇게 말할 수 있다는 건 그가 나를 사랑하고 있으며 완전히 나의 것이라는 의미야!' 그에게 질투를 하고 그에 대한 권리를 주장하는 것도 또 하나의 행복이었다.

"탈곡장에 일이 없어 얼마나 다행인지 몰라요. 거기엔 계집애들이 많잖아요. 그 애들 꽁무니를 따라다녔다간 제가 본때를 보여줬을 거예요." 그녀가 말했다.

그러다가 갑자기 우울해져서는 억지 미소를 지어 보이며 덧붙였다.

"나 하나로는 당신에게 부족한가요?"

겨울은 일찍 찾아왔다. 안개가 걷힌 후 매서운 북풍이 세차게 불어왔다. 살얼음이 낀 울퉁불퉁한 길은 완전히 얼어붙었고 땅도 딱딱하게 굳어버렸으며 정원과 마당에 마지막까지 남아 있던 풀들도 말라죽었다. 잿빛 먹구름이 몰려왔고 황량한 정원에서는 마치 성급히 도망치기라도 하듯이 소란스러운 소리가 났다. 밤에는 하얀 달이 먹구름 사이로 몸을 감추었다. 영지와 마을은 한없이 초라하고 투박해 보였다. 얼마 후 얼어붙은 진창 위로 마치 설탕가루처럼 새하얀 눈이 내리기 시작했다. 영지와 들판은 희뿌옇게 변하며 훤히 시야가 트였다. 마을에서는 겨울을 대비해 이랑의 감자들을 선별해서 썩은 것들은 버리고 운반하는 마지막 작업을 했다. 어느 날 그는 여우털 반외투와 모피 모자를 쓰고 마을 산책을 나갔다. 북풍은 그의 콧수염을 뒤흔들고 뺨을 할퀴었다. 우중충한 하늘은 곳곳에 드리워져 있고, 강 너머 경사진 새하얀 들판은 아주 가까이 있는 것처럼 느껴졌다. 집집마다 현관문 근처 땅바닥에는 감자가 담긴 자루 더미가 놓여 있었다. 삼베로 만든 숄을 두르고 찢어진 외투에 해진 펠트 장화를 신은 시골 할멈과 처녀들은 새파래진 얼굴과 손으로 자루 위에 앉아 일을 하고 있었다. 그는 놀라며 생각했다 '아, 치마 속은 완전 맨다리잖아!'

그가 저택으로 돌아왔을 때 타냐는 현관에 서서 식탁으로 가져가기 위해 행주로 끓고 있는 사모바르(러시아의 차를 끓이는 데 사용하는 주전자: 역주)를 닦고 있었다. 그녀는 목소리를 낮추어 말했다.

"마을에 다녀온 모양이네요. 거긴 계집애들이 감자를 고르느라 한창이죠. 그래요, 돌아다녀보세요. 다녀보시라고요. 누가 더 예쁜지 한번 잘 살펴보세요!"

그리고는 눈물을 참으며 현관방으로 뛰어가 버렸다. 저녁 무렵 눈발이 무성하게 날렸다. 타냐는 그의 곁을 지나 응접실로 서둘러 가다가 마치 어린아이처럼 즐거워하는 그를 보고는 놀리듯 속삭였다.

"마음껏 돌아다니셨나 봐요? 개들이 온 마당을 뛰어다니는 걸 보면 눈보라가 곧 휘몰아칠 거라는 징조예요. 이젠 밖으로 나갈 수도 없을 거예요!"

'맙소사, 곧 떠나야 한다는 말을 타냐에게 어떻게 꺼내야 한담!' 그는 고민에 잠겼다.

그는 최대한 빨리 모스크바로 떠나고 싶은 생각이 간절했다. 모스크바의 추위와 눈보라, 이베르스카야 거리 맞은편으로 방울을 딸랑이며 쌍쌍이 돌아다니는 비둘기 떼, 트베르스카야 거리의 눈보라 속으로 키 큰 전기 가로등이 떠올랐다. 그리고 볼쇼이 극장에는 샹들리에가 반짝이고 현악기 연주곡이 흐르고 있다. 바로 그가 손수건으로 눈발에 젖은 콧수염을 닦으며 눈 덮인 모피 외투를 극장 직원에게 건네주고는 능숙하고 재빠르게 붉은 카펫을 따라 사람이 많은 따뜻한 홀로, 그 이야기 속으로, 음식과 담배 냄새 속으로, 분주한 종업원들 사이로 그리고 때로는 도발적이면서도 아련하고 때로는 강렬하면서도 열정적인 현악단의 선율 속으로 빠져들고 있었다.

저녁 식사 시간 내내 그는 평온한 얼굴로 태평하게 일하는 타냐의 얼굴을 똑바로 쳐다볼 수가 없었다.

저녁 늦게 그는 펠트 장화를 신고 이미 고인이 된 카자코프의 낡은 너구리 털외투를 입고 모자를 덮어 쓰고는 뒷문을 통해 눈보라가 치는 바깥으로 나갔다. 찬바람도 좀 쐬고 눈 구경도 할 요량이었다. 그러나 현관 처마 아래는 이미 눈이 산더미처럼 쌓여 있었다. 그는 눈 더미에 걸려 넘어져 옷소 매에 눈이 가득 들어갔다. 그 앞은 진정한 지옥이었다. 새하 얀 광란이 펼쳐져 있었다. 그는 힘겹게 발걸음을 옮기며 저 택을 빙 돌아 집 앞 현관까지 갔다. 그리고는 발을 굴러 눈을 툭툭 털어내면서 눈보라에 삐걱대며 울리는 어두컴컴한 현 관문으로 달려갔다. 그런 후 상자 위에서 양초가 타고 있는 따뜻한 현관방으로 들어갔다. 면치마를 입은 타냐가 칸막이 에서 맨발로 뛰어나와서는 놀라서 두 손을 높이 쳐들었다.

"오, 맙소사! 도대체 어디서 나타나신 거예요?"

그는 눈을 털어내고는 나무 상자 위에 털외투와 모자를 집 어 던졌다. 그리고 미칠 듯 환희에 사로잡혀 그녀의 팔을 덥 석 잡았다. 그녀는 그런 그를 뿌리치고는 나무 빗자루로 그 의 펠트 장화에 묻은 눈이며 안쪽에 들어간 눈을 털어내기 시작했다.

"맙소사, 눈이 가득 들어갔군요! 이러다 독감 걸리시겠 어요."

한밤중 잠결에 그는 때때로 집이 일정하게 내리눌려 삐거덕대다가 눈이 우르르 덧창으로 부딪히며 쏟아져 흔들리는 소리를 들었다. 그 소리는 낮아지고 멀어지더니 잠잠해졌다. 따뜻한 잠자리와 눈이 바다처럼 펼쳐진 하얀 어둠 속에 홀로 서 있는 낡은 저택의 온기 덕분에 밤은 끝없이 달콤하게만 느껴졌다.

아침이 되자 그는 밤새 쌩쌩 분 바람에 덧창이 활짝 열리면서 벽에 부딪친 건 아닌가 싶었다. 눈을 떴을 때는 이미 밖이 환했다. 눈이 달라붙은 창문을 통해 바로 창문틀까지 쌓인 새하얗고 하얀 눈이 사방에 보였다. 그리고 천장에는 흰 눈의 반사광이 아른거렸다. 한동안 소란스럽다가 벌써 한낮인 것처럼 잠잠해졌다. 소파 머리맡 맞은편에는 임시로 검은 쇠창살을 단 이중 창문 두 개가 보였다. 머리맡의 왼편 세 번째 창문은 더 하얗고 밝게 빛나고 있었다. 천장 위에는 여전히 하얀 반사광이 아른거렸고 구석에는 불에 달구어져 움푹 들어간 난로 뚜껑이 가물거리며 탁탁 소리를 내곤 했다. 조용히 잠을 청할 수가 있어서 참 좋았다. 그때 충실하고 사랑스러운 타냐가 덧창을 활짝 열었다. 그리고 어깨와 삼베 수건을 쓴 머리에는 눈이 쌓인 채 펠트 장화를 신고 냉기를 내뿜으며 들어왔다. 그녀는 무릎을 꿇고 불을 지피기 시작했다. 머릿수건을 쓰지 않고 쟁반에 차를 담아 가지고 들어오는 그녀는 상상할 수가 없었다. 머리맡 탁자에 쟁반을 올려놓고 그녀는 엷은 미소를 띠며 잠결에 놀란 것처럼 보이는 그의 선명한 눈동자를 바라보았다.

"너무 오래 주무시는 것 같네요?"

"몇 시지?"

그녀는 탁자 위에 놓인 시계를 보고는 잠시 뜸을 들이다가 대답했다. 아직까지 그녀는 시계를 정확히 볼 줄 몰랐다.

"10시예요. 아니 9시 10분 전이에요."

문가를 슬쩍 한번 쳐다본 후 그는 그녀의 치맛자락을 잡아당겼다. 그녀는 그의 팔을 밀치며 한쪽으로 물러섰다.

"정말 안 돼요. 모두 다 일어났단 말이에요."

"아니, 잠시만!"

"할멈이 곧 올지도 몰라요."

"아무도 안 와, 잠깐만!"

"아, 참 고약하기도 하지!"

그녀는 면양말을 신은 발에서 펠트 장화를 차례대로 벗어낸 후 문가를 살펴보더니 누웠다. 아, 그녀의 머리칼에서 풍기는 시골향기와 숨소리, 그리고 발그레한 뺨에 흐르는 한기는 얼마나 황홀한가! 그는 화를 내듯이 속삭였다.

"또 입술을 꼭 다물고 입맞춤을 하는군! 언제까지 가르쳐 줘야 해!"

"전 귀족 아가씨가 아니에요. 잠깐만요. 좀 더 아래쪽에 누울게요. 근데 서두르세요. 너무 무섭단 말이에요."

그리고 그들은 서로의 눈을 무심히 그리고 찬찬히 뚫어지게 바라보았다.

"페트루샤."

"조용히 해. 왜 항상 이 순간에 말을 하는 거야!"

"지금이 아니면 언제 당신과 이야기를 나누겠어요. 지금이 아니면요! 이젠 더 이상 입술을 다물지 않을게요. 모스크바에 다른 여자가 없다고 맹세하세요."

"목을 그렇게 꽉 잡지 마."

"제 인생에서 당신만큼 사랑하는 사람은 없을 거예요. 당신이 제게 빠졌을 때 전 제 스스로를 사랑하게 된 것 같았어요. 제가 너무 사랑스러워서 견딜 수가 없을 지경이었거든요. 그런데 만약 저를 버리신다면……."

타냐는 붉게 달아오른 얼굴로 뒷문 처마를 지나 눈보라 속으로 뛰쳐나갔다. 잠시 쪼그려 앉아 있다가 하얀 회오리를 뚫고 집 앞 현관 계단으로 달려가더니 맨 무릎을 드러내며 올라갔다.

현관에서는 사모바르 냄새가 났다. 늙은 하녀는 눈이 쌓인 높은 창문 근처 나무 상자 위에 앉아 접시에 담긴 음식을 들이마시듯 먹고 있었다. 그 하녀는 접시에서 입을 떼지도 않고 곁눈질을 하며 말했다.

"어디 갔다 오는 길이야? 눈밭에 구르기라도 한 모양이군."

"표트르 니콜라이치에게 차를 갖다주고 오는 길이에요."

"혹시 방에서 다른 걸 대접한 건 아니고? 차를 대접한 게 아니라는 것쯤은 이미 알고 있지!"

"예, 그러시겠죠. 어서 식사나 마저 하세요. 근데 마님은 일어나셨나요?"

"뭔가 켕기는 게 있는 모양이군! 너보다 일찍 일어나셨지."

"왜 그리 화를 내세요!"

그리고 타냐는 다행이라는 듯 숨을 한 번 내쉰 후 찻잔을 가지러 칸막이 뒤로 갔다. 그곳에서 노랫소리가 조그맣게 들렸다.

나는 마침 정원으로 나갔지.
녹음이 푸르른 정원으로,

푸른 정원에서 산책도 하고,

사랑하는 사람도 만나기 위해서.

오후가 되자 이미 사방이 온통 새하얀 눈 속에 파묻혀버린 저택 근처에서 나는, 잦아들기도 하고 또 위협적으로 커지기도 하는 소리를 들으며 그는 서재에 앉아 책을 읽었다. 그리고 생각에 잠겼다. '날씨가 좋아지면 떠나야겠어.'

저녁 무렵 그는 타냐에게 저택이 깊이 잠든 늦은 밤에 적당한 때를 엿봐서 자기 방으로 찾아오라고 일렀다. 그녀는 고개를 끄덕이고는 잠시 생각에 잠기더니 입을 열었다. "좋아요. 정말 무서웠지만 참 달콤한 경험이었죠."

그 또한 그렇게 생각했다. 그리고 그녀에게 동정심이 생겼다. 오늘이 마지막 밤이라는 사실을 그녀는 모르고 있다!

밤이 되자 그는 잠깐 잠들었다가 걱정에 잠에서 깨어났다. '정말 타냐가 오기로 결심한 걸까?' 어둠에 잠겨 있는 저택 주위로 온갖 소리가 들리고, 덧창은 요동치며 난로는 줄곧 윙윙대고 있었다. 갑자기 그는 공포에 사로잡혀 정신을 차렸다. 그녀가 짙은 어둠을 뚫고 조심스럽고 은밀히 다가오는 소리는 들리지 않았다. 그 소리가 들리지도, 그녀가 보이지도 않았지만 그는 소파 옆에 타냐가 서 있는 것을 느낄 수 있었다. 그는 팔을 뻗었다. 그녀가 조용히 그의 이불 속으로 들어왔다. 그녀의 심장이 요동치는 소리가 들리고 꽁꽁 얼어붙은 맨다리가 느껴졌다. 그는 자신이 생각해낼 수 있는 가장 정열적인 말을 그녀에게 속삭였다.

그들은 이가 아플 정도로 격정적으로 입맞춤을 나누며 가슴을 맞대고 오랫동안 누워 있었다. 타냐는 그가 입을 다물지 말라고 했던 일이 기억나 그의 기분을 맞춰주기 위해 까마귀처럼 입을 크게 벌렸다.

"정말 한 숨도 안 잔 거야?"

그녀는 들뜬 목소리로 대답했다.

"단 한 순간도요. 때가 오기만을 기다렸죠."

그는 탁자 위를 더듬어 성냥을 찾아내 양초에 불을 붙였다. 그녀는 공포에 사로잡혀 소리를 질렀다.

"페트루샤, 무슨 짓을 하는 거예요? 할멈이 잠에서 깨어 불빛을 발견할지도 몰라요."

"괜찮아." 그가 붉게 달아오른 그녀의 얼굴을 바라보며 대답했다. "괜찮다니까, 네 얼굴을 보고 싶어."

타냐를 붙잡은 채 그는 그녀에게서 눈길을 돌리지 않았다.

그녀가 속삭였다.

"무서워요. 왜 그런 눈으로 저를 쳐다보시는 거예요?"

"그래, 이 세상에 너보다 더 아름다운 존재는 없을 거야. 땋은 머리는 마치 젊은 비너스 같아."

그녀의 눈동자는 미소와 행복으로 빛났다.

"어떤 비너스요?"

"그냥 비너스 말이야. 근데 이 잠옷은……."

"당신이 사라사 잠옷 한 벌 사주실래요. 저를 정말 사랑하시잖아요!"

"조금도 사랑하지 않아. 그런데 또 너한테 메추라기 냄새도 아니고 마른 삼베 냄새도 아닌 묘한 냄새가 나는군."

"이 냄새가 왜 마음에 드는 거죠? 항상 이 순간에 입을 열다고 핀잔을 주시더니 지금은 당신이 말을 하고 있군요."

그녀는 더욱 더 세게 그를 껴안았다. 그리고 무엇인가 더 말을 꺼내고 싶었으나 그럴 수가 없었다.

얼마 후 그는 촛불을 끄고 오랫동안 조용히 누워 있었다. 그리고 담배를 문 채 생각에 잠겼다. '어쨌든 말을 해야만 해. 괴롭지만 그렇게 해야 해!' 그는 겨우 들릴 만한 목소리로 말을 꺼내기 시작했다.

"타네치카."

"왜요?" 그녀는 아주 비밀스럽게 물었다.

"떠나야만 해."

그녀는 벌떡 일어났다.

"언제요?"

"며칠 후에, 최대한 빨리. 급하게 처리해야 할 일이 있어."

그녀는 베개 위로 쓰러졌다.

"맙소사!"

모스크바 어딘가에서 해야만 하는 그의 어떤 일은 그녀에게 경건함 같은 느낌을 불러일으켰다. 그러나 그 일 때문에 그와 헤어져야만 한단 말인가? 그녀는 헤어 나오기 힘든 공포에서 빨리 벗어나고, 마음속으로 해결책을 찾으려고 애쓰며 잠시 입을 다물었다. 그러나 해결책은 없었다. '저도 데려가 주세요!'라고 소리치고 싶었지만 그럴 수가 없었다. 그게 가당키나 하단 말인가?

"여기 계속 머무를 수만은 없어."

그녀는 그 말을 듣고는 동의했다. "그래요, 맞아요."

"너를 데리고 갈 수도 없어."

타냐는 필사적으로 소리쳤다.

"왜죠?"

그는 급히 생각을 했다. '그래, 왜지, 왜 그럴까?' 그리고 서둘러 대답했다.

"모스크바엔 내 집이 없어, 타냐. 난 이곳저곳 떠돌아다니거든. 모스크바에서는 호텔에 묵어. 그리고 누구와도 결코 결혼은 하지 않을 거야."

"왜 그런 거죠?"

"왜냐면 내가 그렇게 태어났기 때문이야."

"그럼 정말 누구와도 결혼하지 않을 거예요?"

"응, 누구와도 결코! 너에게 솔직하게 말할게. 정말로 아주 중요하고 급한 일이 있어. 크리스마스 때 꼭 돌아올게!"

타냐는 그의 어깨에 머리를 기댄 채 누웠다. 그의 팔에 뜨거운 눈물이 뚝뚝 떨어졌다. 그녀는 귓속말로 속삭였다.

"이만 가볼게요. 곧 날이 밝겠어요."

그리고 일어나 어둠 속에서 그에게 성호를 그어주었다.

"성모 마리아시여, 저희를 지켜주소서. 성모님, 지켜주소서!"

그녀는 자신의 방으로 뛰어가 침대에 주저앉았다. 눈물이 입술까지 흘러내렸다. 손으로 자신의 가슴을 부여잡은 채 현관에서 눈보라가 휘몰아치는 소리를 들으며 나지막이 기도했다.

"하느님 아버지! 성모 마리아님! 제발 이틀만이라도 눈보라가 계속되길 간절히 빕니다."

이틀 후 그는 떠났다. 마당이 잠잠해지긴 했지만 여전히 회오리바람이 휘몰아치고 있었다. 하지만 그는 자신과 그녀가 겪고 있는 괴로움을 더 이상 견딜 수가 없었다. 그래서 다음날까지 기다려보라는 카자코바의 제안을 거절했다.

저택과 영지 전체가 인기척이 사라지고 쥐죽은 듯 고요해졌다. 타냐는 모스크바도, 그곳에서 지내는 그도, 그의 생활이나 처리할 일도 감히 상상할 수가 없었다.

크리스마스에도 그는 오지 않았다. 얼마나 초조한 날들인지! 어찌할 수 없는 기다림의 고통 속에서 아무도 기다리지 않는 것처럼 자기 자신을 애처롭게 속이는 와중에 시간은 아침부터 저녁까지 속절없이 흘러갔다. 크리스마스 주간(12월 25일부터 1월 6일까지: 역주) 내내 타냐는 영원히 잊을 수 없는 그 가을 저녁 기차역에서 그와 만났을 때 입었던 가장 좋은 원피스와 반장화를 신고 다녔다.

세례제 날 그녀는 연락도 없이 도착한 그가 기차역에서 고용한 농사꾼의 눈썰매를 타고 언덕 너머에서 나타날 것이라고 애타게 믿었다. 그래서 눈이 아플 정도로 마당을 쳐다보며 현관방 나무 상자 위에 앉아 하루 종일 일어나지도 않았다. 저택은 텅텅 비어 있었다. 카자코바는 이웃에 초대받아갔고, 할멈은 하인방에서 점심을 먹고는 식모 앞에서 온갖 험담을 즐기며 쉬고 있었다. 하지만 타냐는 배가 아프다며 점심을 먹으러 나오지도 않았다.

그렇게 저녁이 찾아왔다. 그녀는 다시 한 번 얼음이 반짝이는 텅 빈 마당을 쳐다보았다. 그리고 혼잣말을 하며 일어났다. '끝이야, 이제 아무도 필요 없어, 아무것도 기대하지 않을 거야!' 예쁘게 차려입은 그녀는 마치 산책하듯이 홀과 응접실을 걸어 다녔다. 그녀는 창문으로 비치는 겨울의 노란 노을빛을 받으며 생의 마지막에 위안이라도 받으려는 사람처럼 거리낌 없이 큰 소리로 노래를 부르기 시작했다.

나는 마침 정원으로 나갔지.
녹음이 푸르른 정원으로,
푸른 정원에서 산책도 하고,
사랑하는 사람도 만나기 위해서.

노래를 부르며 타냐는 서재로 들어가 텅 빈 그의 소파와 책상 근처에 있는, 언젠가 그가 두 손에 책을 들고 앉아 있던 등받이 의자를 바라보았다. 그리고는 흐느껴 울면서 소리치며 의자에 쓰러지더니 머리를 책상에 기댔다. "성모 마리아시여, 저를 데려가주소서!"

그는 2월에 돌아왔다. 이미 그녀가 평생 단 한 번만이라도 그를 다시 만날 수 있을 거라는 희망을 완전히 버린 바로 그 때였다.

그리고 마치 모든 것들이 예전처럼 돌아간 것만 같았다.

그는 타냐의 모습을 보고는 충격을 받았다. 그녀는 무척이나 여위고 기력이 없었으며 눈동자는 초점도 없이 슬픔에 잠겨 있었다. 그녀는 처음에 그를 보고는 깜짝 놀랐다. 그는 마치 타인처럼, 나이든 다른 사람처럼 느껴졌으며 불쾌하기까지 했기 때문이었다. 콧수염은 더 덥수룩해지고 목소리도 더 거칠어진 것 같았다. 현관에서 옷을 벗는 동안 그의 웃음과 말소리는 비정상적으로 크고 부자연스러웠다. 그와 눈을 마주치는 것이 불편했다. 그러나 그들은 서로서로 이 모든 것들을 감추려고 애썼다. 그리고 예전으로 잘 돌아간 것처럼 보였다.

얼마 후 그가 다시 떠나야만 하는 두려운 시간이 다가왔다. 그는 부활절 주간에 돌아와 여름 내내 함께 있겠다고 그녀에게 맹세했다. 타냐는 그 말을 믿으면서도 생각에 잠겼다. '그럼 여름이 지나면 또 어떻게 될까? 다시 지금과 같은 상황이 반복되겠지?' 그녀는 더 이상 견딜 수가 없었다. 그와 헤어지지도 이별하지도 않고, 절망에 빠져 헛되이 기다리면서 고통스러워하지 않아도 되는 예전 같은 생활로 완전히 되돌아갔으면 했다. 타냐는 그런 생각을 지우려고 애쓰면서도 밤이나 낮이나 정원, 들판, 탈곡장 그 어디에서든 얼마든지 자유롭게 오랫동안 그가 자신의 곁에 머무르게 될 행복한 여름을 상상했다.

그가 다시 떠나는 전날 밤은 이미 봄이 성큼 다가와 화창한 날씨에 바람이 불어왔다. 저택 너머로 정원이 일렁이고 있었다. 정원의 전나무 틈 사이로 사나운 개 울음소리가 간간이 쓸쓸하게 바람에 실려 날아왔다. 거기에는 카자코바의 산지기가 덫으로 잡아 마당으로 가져온 여우가 웅크리고 있었다.

그는 소파에 등을 대고 누워 눈을 감았다. 타냐는 슬픔에 잠겨 머리를 손바닥으로 받친 채 그의 곁에 나란히 누워 있었다. 둘 다 말이 없었다. 마침내 그녀가 속삭였다.

"페트루샤, 주무세요?"

그는 눈을 뜨고는 창문 왼쪽에서 들어오는 황금빛으로 부드럽게 빛나는 어둠 속 방을 바라보았다.

"아니, 왜?"

"당신은 더 이상 저를 사랑하지 않아요. 저를 공연히 망쳐 놓으셨어요." 조용히 그녀가 말을 꺼냈다.

"왜 그래? 바보 같은 소리 그만둬."

"당신은 죗값을 치를 거예요. 이제 전 어디로 사라져야 할 까요?"

"왜 사라지려고 하는 거야?"

"그러니까 또다시 당신이 모스크바로 떠나버리면 나 혼자 어떡하란 말씀이세요!"

"예전처럼 그렇게 지내면 되잖아. 부활절 주간에 와서 여름 내내 머무르겠다고 너한테 단단히 약속했잖아."

"그래요, 아마 돌아오시겠죠. 근데 예전에는 '왜 사라지려고 하는 거야'라는 그런 말은 하지 않으셨잖아요. 당신은, 정말로 저를 사랑했고 저보다 더 사랑스러운 여자는 본 적이 없다고 말씀하셨죠. 과연 제가 그랬던 걸까요?"

그래, 지금은 그렇지 않다고 그는 생각했다. 그녀의 모든 것이 끔찍할 정도로 변해 있었다.

"저의 좋은 시절은 이제 사라졌어요." 그녀가 말했다. "당신에게 달려갈 때면 노파가 잠에서 깰까봐 죽을 것같이 두려우면서도 즐거웠던 적도 있었죠. 그런데 전 이제 할멈이 무섭지 않아요."

그는 그녀의 어깨를 잡았다.

"무슨 말인지 모르겠군. 탁자에서 담배 한 대만 줘."

그녀가 담배를 건네주자 그는 피기 시작했다.

"이해가 안 돼. 넌 그저 건강이 좋지 않은 것뿐이야."

"전 왜 이제 더 이상 당신에게 사랑스러운 존재가 아닌 걸 까요. 그리고 왜 제가 아프다는 거죠?"

"내 말을 이해하지 못하고 있군. 네가 정신적으로 건강하지 못하다는 거야. 내가 더 이상 너를 사랑하지 않는다는 생각은 도대체 왜 하게 됐는지 잘 생각해봐. 그리고 왜 자꾸 했던 말을 되풀이하는 거야."

타냐는 대답이 없었다. 창문이 밝아왔고, 정원은 소란스러워졌다. 잔인하고 절망적인 개의 울음소리가 간간이 들려왔다. 그녀는 조용히 소파에서 내려와 소매로 눈물을 훔친 후 머릿수건을 두르고 모직 양말을 신고 응접실 문으로 갔다. 그가 작지만 엄한 목소리로 그녀에게 소리쳤다.

"타냐."

그녀가 뒤돌아서서 겨우 들릴 만한 목소리로 대답했다.

"왜 그러세요?"

"이리로 와봐."

"왜요?"

"할 말이 있어. 어서 와봐."

그녀는 눈물범벅이 된 얼굴을 그에게 들키지 않으려고 고개를 숙인 채 순종적으로 그에게 다가갔다.

"무슨 일이죠?"

"앉아봐. 그만 울어. 내게 입맞춤해주지 않을래?"

그가 앉자 그녀도 나란히 앉았다. 그리고 조용히 울먹이며 그를 껴안았다. '오, 신이시여, 어찌해야 합니까!' 그는 절망에 빠진 채 생각에 잠겼다. '또다시 어린아이 같은 얼굴에 뜨거운 눈물이 흐르는군. 타냐는 내 사랑을 전혀 의심하지 않고 있는 것이 아닌가! 어떻게 해야 할까? 이 아이를 데리고 가야 하나? 어디로? 어떤 삶으로? 탈출구는 과연 뭘까? 나 자신을 영원히 구속하고 망쳐야만 하는 걸까?' 그는 코와 입술을 따라 흘러내리는 자신의 눈물을 느끼자 재빨리 속삭였다.

"타네치카, 내 사랑, 울지 말고 내 말 좀 들어봐. 봄에 돌아와서 여름 내내 여기서 지낼 거야. 언젠가 네가 부르던 노래가사처럼 우리 같이 '녹음이 푸르른 정원'으로 가는 거야. 나도 이 노래를 영원히 잊지 못할 거야. 마차를 타고 숲에도 가고 말이야. 우리가 기차역에서 타고 왔었던 그 마차 기억하지?"

"아무도 제가 당신과 함께 가는 걸 허락해주지 않을 거예요!" 그녀가 그의 가슴에 머리를 부비며 슬픔에 빠진 채 속삭였다. "당신은 저를 아무 데도 데려가지 않을 거잖아요."

그러나 그는 그녀의 목소리에 작은 기쁨과 희망이 담겨 있는 것을 느낄 수가 있었다.

"갈 거야. 갈 거라니까, 타네치카! 그리고 더 이상 높임말은 쓰지 않아도 돼. 울지 마."

그는 모직 양말을 신은 그녀의 다리를 잡고 부드럽게 자신의 무릎에 앉혔다.

"말해봐. '페트루샤, 당신을 정말 사랑해'라고."

그녀는 말도 제대로 잇지 못하면서도 맹목적으로 따라 했다.

"당신을 정말 사랑해."

지독했던 1917년 2월에 일어난 일이었다. 그때가 그의 일생 중 시골에서 보낸 마지막 시간이었다.

파리에서

그가 모자를 쓰고 거리를 걸어가거나 지하철을 타고 서 있을 때면 짧게 자른 불그스름한 머리카락이 이제 꽤 은빛으로 변했다는 사실을 눈치 챌 수 없었다. 깔끔하게 면도한 여윈 얼굴에 긴 방수 외투를 걸친 마르고 키가 크며 곧게 뻗은 몸매 때문에 그는 마흔 살 이상으로는 보이지 않았다. 다만 그의 반짝이는 눈동자만이 우수를 띤 채 무언가를 바라볼 뿐이었다. 그리고 그는 인생에서 많은 경험을 한 사람처럼 말하고 행동했다. 예전에 그는 프로방스 지방에서 농장을 임대한 적이 있어서 신랄한 프로방스식 농담을 잘 알고 있었다. 그래서 그는 파리에 살면서 프로방스식 농담을 끼워 넣어 말하기를 좋아했다. 많은 사람들은 그의 아내가 콘스탄티노플에서 그를 버렸다는 것과 그 일로 인해 항상 마음의 상처를 안고 살아가고 있다는 사실을 알고 있었다. 그는 언제 어디에서도 이 상처의 비밀을 공개하지 않았지만, 여자에 관한 이야기가 나올 때면 자신도 모르게 상처를 건드린 듯 불쾌한 농담을 하곤 했다.

"좋은 수박과 정숙한 여자를 알아보는 것보다 어려운 일은 없지."

어느 늦은 가을 파리의 습한 저녁 무렵, 그는 파시 거리 근처 어두운 골목길에 있는 한 조그만 러시아 레스토랑에 저녁을 먹기 위해 들렀다. 레스토랑 근처에는 식료품점 비슷한 가게가 자리하고 있었다. 그는 무심코 가게의 넓은 창문 앞에 멈춰 섰다. 창문 너머 선반에는 마가목술이 담긴 부채꼴 모양의 붉은 병들과 노란색의 불룩한 향모술병들이 진열되어 있었다. 또한 튀겨 말린 만두, 회색빛이 감도는 잘게 썬 커틀릿, 과자 상자, 청어 통조림 상자 등도 눈에 띄었다. 그 뒤로 간단한 먹을거리가 진열된 판매대가 있었다. 판매대 뒤에는 불친절한 인상을 주는 러시아 여주인이 일하고 있었다. 가게 안은 환하게 빛나고 있었다. 우울한 포장도로가 깔린 춥고 어두운 골목길 위 가게의 불빛은 그를 이끌었다. 그는 안으로 들어가 주인에게 인사를 건넨 후 가게에 착 달라붙어 있는 어슴푸레한 방으로 들어갔다. 그곳은 하얀 종이로 식탁을 덮어 씌워 놓은 방이었다. 그 방에서 그는 서두르지 않고 자신의 회색 모자와 긴 외투를 옷걸이에 건 후, 가장 구석 쪽 식탁에 자리를 정했다. 그리고는 붉은 털이 송송 난 손으로 정신없이 팔을 문지르면서 부분적으로는 인쇄가 되어 있고, 부분적으로는 기름종이에 보라색 잉크로 희미하게 쓰인 메뉴를 계속 읽고 있었다. 그때 갑자기 그가 앉아 있는 구석 자리가 환해졌다. 그는 가지런히 가르마를 탄 검은 머리와 검은 눈동자, 검은 원피스에 레이스가 달린 흰 앞치마를 걸친 서른 살 가량의 아주 우아한 여성을 바라보았다.

"봉주르." 그녀가 경쾌한 목소리로 인사했다.

그녀가 너무 예뻐 보여 그는 당황하고 쑥스러워했다.

"봉주르……. 그런데 당신 러시아인이죠?"

"맞아요. 죄송합니다. 손님과 프랑스어로 이야기하는 것이 습관이 되어서요."

"프랑스인 손님이 많이 찾나 보군요?"

"예, 아주 많아요. 모두들 향모 보드카와 블린(팬케이크: 역주)뿐만 아니라 보르시(고기와 빨간 무 등의 야채를 넣어 만든 수프: 역주)도 주문을 하죠. 결정은 하셨나요?"

"아니요, 너무 많군요. 추천 좀 해주시겠어요?"

그녀는 숙련된 말투로 음식들을 열거했다.

"오늘은 선원식 시(고기와 야채를 넣은 수프: 역주)와 카자크식 커틀릿이 괜찮아요. 송아지 고기 커틀릿이나, 원하신다면

샤쉴릭(소고기, 돼지고기, 양고기, 닭고기 등으로 만든 꼬치구이:
역주)도 추천합니다."

"좋아요. 시와 커틀릿 주세요."

그녀는 허리춤에 꽂아 놓은 수첩을 꺼내 연필로 메뉴를 적
었다. 그녀의 손은 아주 희고 고상해 보였다. 그녀의 원피스
는 약간 해져 있었지만 품질은 좋아 보였다.

"보드카도 주문하시겠어요?"

"물론이죠. 밖이 너무 습하군요."

"안주는 뭐로 하시겠어요? 두나이산 청어, 신선한 연어알,
소금에 절인 오이 등이 있어요."

그는 다시 그녀를 쳐다보았다. 검은 원피스 위로 레이스가
달린 흰 앞치마가 매우 예뻤다. 원피스 아래로 생기발랄한
젊은 여성의 가슴이 봉긋 솟아올라 있었다. 립스틱을 바르지
않은 입술은 선명하고 도톰했으며 검은 머리는 위로 말아 올
렸다. 손은 뽀얗고 피부는 깨끗했으며 반짝이는 손톱은 매니
큐어를 발라 붉은 빛이 감돌았다.

"어떤 걸 주문할까요? 가능하다면 뜨거운 감자를 곁들인
청어만 주문할게요." 그는 미소를 지으며 말했다.

"포도주는 무엇으로 하시겠어요?"

"이 가게에서 흔히 주문하는 평범한 붉은 포도주로 하죠."

그녀는 수첩에 메뉴를 적은 후 옆 탁자에 놓인 물병을 가져왔다. 그러자 그는 고개를 내저었다.

"아니오, 아가씨. 물은 필요 없어요. 물은 포도주와 함께 마시지 않아요. 짐수레가 길을 망치고, 여자가 영혼을 망치듯이 물은 포도주를 망치는 법이죠."

"여자들에 관해 참 좋은 견해를 가지고 계시는군요!" 그녀는 냉담하게 대답한 후 보드카와 청어를 가지러 갔다. 그는 그녀의 균형 잡힌 뒷모습과 걸음을 옮길 때마다 나풀거리는 옷을 바라보았다. 친절하면서도 무심한 것 같군. 종업원으로서 겸손하고 정중한 행동이 몸에 배어 있어. 그런데 비싸 보이는 구두는 어디서 난 걸까? 늙은 부자 남자 친구라도 있는 모양이군. 그는 그녀 덕분에 참으로 오랜만에 활기 넘치는 저녁을 보내고 있었다. 그러나 마지막 생각에 미치자 약간의 분노가 일었다. 그래, 해마다 날마다 은밀하게 오직 하나만을 기다려왔지. 행복한 사랑의 만남을 말이야. 사실 그런 만남만을 꿈꾸며 살아왔어. 하지만 전부 부질없는 짓이야.

다음 날 그는 레스토랑에 다시 와서 같은 자리에 앉았다. 그녀는 두 명의 프랑스인 손님에게 주문을 받고 있어서 처음에는 바빠 보였다. 수첩에 메뉴를 적으며 소리 내어 읽어 내려갔다.

"붉은 연어알, 샐러드, 샤쉴릭 둘."

그녀는 주문을 받은 후 나가더니 다시 돌아와 가벼운 미소를 띠며 마치 잘 아는 사람처럼 그에게 다가갔다.

"좋은 저녁이에요. 우리 레스토랑이 마음에 드시는 것 같아 기쁘네요."

그는 활기차게 몸을 약간 일으켰다.

"안녕하세요. 아주 마음에 들어요. 당신을 어떻게 부르면 좋을까요?"

"올가 알렉산드로브나라고 해요. 당신의 이름은 어떻게 되세요?

"니콜라이 플라토니치입니다."

악수를 나눈 후 그녀는 수첩을 꺼내들었다.

"오늘은 절인 오이를 넣고 끓인 고기 수프가 아주 좋아요. 요리사가 아주 훌륭하거든요. 알렉산드르 미하일로비치 대공의 요트에서 일했었죠."

"멋지군요. 고기 수프가 거기서 거기겠지만……. 그런데 일하신 지는 얼마나 됐죠?"

"석 달째예요."

"그럼 그 전에는 어디서 일하셨나요?"

"그 전에는 팬통(Printemps, 프랑스 백화점: 역주)에서 판매원으로 일했어요."

"그렇군요. 감원으로 그만두셨나 보네요."

"예, 제 의지와는 상관없이 그만두게 됐죠."

그는 만족스러워하며 생각에 잠겼다. '그렇다면 애인은 없다는 거군.' 그는 다시 질문을 했다.

"결혼은 하셨나요?"

"예."

"남편은 어떤 일을 하시나요?"

"유고슬라비아에서 일해요. 예전에 백군 가담자였었죠. 아마 당신도 그렇겠죠?"

"맞아요. 제1차 세계대전과 내전에 참가했었죠."

"바로 알아보았죠. 아마 장군이셨을 것 같아요." 그녀는 미소를 지으며 대답했다.

"퇴역 장군이에요. 지금은 여러 외국 출판사와 계약해 전쟁 역사를 집필하고 있어요. 그런데 당신은 어떻게 혼자 지내시게 된 거죠?"

"보시다시피 어쩌다보니 혼자가 됐어요."

세 번째 저녁 식사를 하러 들른 그는 또 질문을 했다.

"영화 좋아하세요?"

그녀는 탁자에 보르시가 담긴 그릇을 내려놓으며 대답

했다.

"가끔씩 보고 싶긴 해요."

"지금 이투알 극장에서 아주 재미있는 영화를 상영한다고 하네요. 같이 보러 가시겠어요? 쉬는 날은 당연히 있겠죠?"

"고마워요. 매주 월요일마다 쉬어요."

"그럼 월요일에 가면 되겠군요. 오늘이 무슨 요일이죠? 토요일인가요? 그렇다면 모레군요. 괜찮죠?"

"좋아요. 그러면 내일은 아마 오시지 않겠네요?"

"예, 교외 지인에게 가요. 그런데 왜 묻는 거죠?"

"저도 모르겠어요. 저도 모르게 당신에게 길들여졌나 봐요."

그는 고마운 마음으로 그녀를 바라보며 얼굴을 붉혔다.

"저도 당신에게 길들여졌나 봐요. 이 세상에는 행복한 만남이 그렇게 많지 않다는 건 아시죠?"

그리고는 서둘러 화제를 바꿨다.

"그럼 모레 어디서 만날까요? 어디에 사시죠?"

"모테 피큇 지하철역 근처에 살아요."

"아, 아주 잘 됐군요. 이투알 극장까지 바로 가겠군요. 8시 20분 정각에 지하철 출구에서 기다리고 있을게요."

"고마워요."

그는 농담을 하며 인사를 했다.

"제가 더 고맙죠. 아이는 재워 놓고 오세요." 그는 미소 지으며 그녀에게 아이가 없다는 사실을 알면서 말했다.

"다행히도 저에게는 그런 행운이 없군요." 그녀가 대답하고는 능숙하게 접시를 치웠다.

집으로 돌아가는 길에 그는 기분이 좋으면서도 우울했다. '저는 이미 당신에게 길들여졌어요.' 그래, 아마도 오랫동안 기다려온 행복한 만남일 것이다. 다만 그 시기가 너무 늦었다. '자비로운 신은 항상 제때 필요한 것을 주시는 법이 없지(다리가 없는 사람에게 바지를 선물하시는 법이지).' 월요일 저녁은 비가 내렸다. 파리의 안개 낀 하늘은 어슴푸레하게 붉어져갔다. 몽파르나스에서 그녀와의 저녁 식사를 기대하며 그는 점심을 먹지 않고, 샤세 델 라 뮈테에 있는 카페에 들러 햄 샌드위치와 맥주 한 잔을 한 후 담배를 한 대 피고는 택시를 탔다. 이투알 지하철역 입구에서 그가 내리자 볼이 발그레한 뚱뚱한 운전수는 비를 맞으며 인도로 나가서는 우직하게 기다렸다. 지하철역에서 무더운 바람이 불어왔다. 계단을 따라 많은 사람들이 새카맣게 무리지어 우산을 펼치면서 걸어 올라왔다. 한 신문팔이가 그의 근처에서 오리 울음 같은 목소리로 석간신문 제목을 외쳐댔다. 올라오는 군중들

틈에서 갑자기 그녀가 나타났다. 그는 기뻐하며 그녀를 맞으러 갔다.

"올가 알렉산드로브나."

레스토랑에서 일할 때와는 달리 화려하고 멋스럽게 차려입은 그녀가 검은 눈동자로 그를 바라보며 우아한 부인처럼 한 손으로는 긴 이브닝드레스의 옷자락을 잡으며 그에게 우산이 걸린 다른 팔을 내밀었다. 그는 더욱 기쁨에 넘쳤다. '이브닝드레스를 입었다는 것은 그녀도 영화를 본 후 다른 곳을 생각하고 있다는 뜻이야.' 그는 그녀의 장갑 끝을 살짝 걷어내려 그녀의 하얀 손에 입맞춤했다.

"오래 기다리셨나요?"

"아뇨, 저도 방금 도착했어요. 빨리 택시로 가요."

그리고 그는 오랫동안 경험해보지 못한 설렘을 안고 그녀를 뒤따라 축축한 모직물 냄새가 나는 어두컴컴한 택시 안으로 들어갔다. 방향 전환을 할 때 택시는 심하게 흔들려 내부 전등이 순간적으로 깜박였다. 그는 언짢아하며 그녀의 허리를 감싸 안았다. 그녀의 뺨에서 화장품 향기가 풍겨왔다. 이브닝드레스 아래로 그녀의 무릎이 보였다. 새카만 눈동자가 반짝이고 립스틱을 바른 입술은 도톰했다. 그의 옆에는 완전히 다른 여자가 앉아 있었다.

비행기가 날개를 활짝 편 채 큰 소리를 내며 구름 사이로 비스듬히 내려오느라 하얗게 된 화면을 바라보며 어두운 극장 안에서 그들은 조용히 대화를 나눴다.

"혼자 사세요? 아니면 친구와 함께 사나요?"

"혼자 살아요. 하지만 끔찍해요. 숙소는 깨끗하고 따뜻하지만 여자 혼자 밤늦게 나갈 수나 있겠어요. 또 6층이라 엘리베이터는 당연히 없고, 붉은 카펫도 4층까지만 깔려 있어요. 한밤중에 특히 비가 내리면 무서운 슬픔에 빠져버리곤 하죠. 창문을 열어도 어디에서도 영혼을 찾아볼 수 없는 완전히 죽은 도시 같아요. 빗속 어디엔가 불빛이 있다는 건 신만이 알고 있겠죠. 아마 당신도 독신이고 여관에서 사시겠죠?"

"저는 파시에 조그마한 아파트가 있어요. 그곳에서 혼자 살아요. 오래전부터 파리에 살고 있죠. 한때 프로방스에 살면서 농장을 운영하기도 했어요. 그때는 모든 것으로부터 떠나고 싶었죠. 제 힘으로 일하면서 살고 싶었지만 일이 많아 힘들더군요. 카자크 여인을 일꾼으로 고용했지만 알코올 중독자였는지 술에 취하면 우울하고 소란스러웠어요. 닭과 토끼를 키웠지만 죽어버렸고, 노새는 어느 날 나를 물어뜯을 뻔했죠. 아주 영악한 동물이에요. 그리고 중요한 건 정말 외로웠다는 거죠. 그리고 아내는 콘스탄티노플에서 저를 버렸어요."

"농담 하시는 거죠?"

"전혀요. 평범한 이야기죠. 사랑해서 아내를 얻은 남자는 아름다운 밤과 추악한 낮을 보내는 법이죠. 다른 할 말은 별로 없군요. 아내는 결혼한 지 2년 되는 해에 저를 버렸어요."

"아내는 지금 어디에 있나요?"

"글쎄요."

그녀는 오랫동안 입을 열지 않았다. 화면에는 엄청 커다랗고 찢어진 장화를 신고 비스듬히 모자를 눌러 쓴 광대 채플린이 다리를 쭉 펴고는 우스꽝스럽게 뛰고 있었다.

"그렇군요. 아마도 당신은 아주 외롭겠군요." 그녀가 입을 열었다.

"예, 어쩌겠어요. 참아야죠. 인내는 가련한 사람들의 치료제이니까요."

"아주 우울한 약이군요."

"그래요, 유쾌하지 않은 약이죠." 그는 쓴웃음을 지으며 말을 이었다. "가끔씩 잡지 《러시아 삽화》에서 결혼이나 연애에 관한 공고를 들여다보기도 하죠. '라트비아에서 온 러시아 여성이 사진이 담긴 카드를 보내줄 것을 요청하며, 섬세한 러시아인 파리 시민 남성과 편지를 교환하고 싶어 합니

119

다. 일곱 살 아들이 있는 그리 세련되지는 않았지만 매력적인 갈색 머리의 진지한 미망인 부인은 술을 마시지 않고, 경제적으로는 운전사가 있거나 단란한 가정을 꾸릴 수 있는 직업을 가진 마흔 살이 안 된 남성을 찾습니다. 꼭 인텔리일 필요는 없습니다.' 반드시 그럴 필요는 없다는 말에는 저도 완전히 동의하죠."

"그러면 당신은 친구나 아는 사람이 한 명도 없나요?"

"친구는 없어요. 그저 아는 사람은 충분하지 못한 위안이 될 뿐이죠."

"집안일은 누가 하나요?"

"집안일은 간단해요. 제가 직접 커피를 끓이고, 아침도 준비하죠. 저녁에 청소하시는 아주머니가 들러요."

"가엾군요." 그녀는 그의 손을 잡으며 말했다.

뒤쪽 영사실에서 쏘는 희뿌연 청백색의 빛이 그들의 머리 위를 지나 스크린을 비추고 있었다. 그들은 스크린을 응시하며 어둠 속에서 자리 덕분에 하나가 되어 서로 손을 잡고 오랫동안 앉아 있었다. 찢어진 모자가 머리에서 벗겨져 혼비백산한 광대 채플린은 배기통에서 연기가 나는 아주 낡은 자동차를 타고 전신주를 향해 미친 듯이 질주하고 있었다. 담배 연기로 가득한 극장 안 스피커에서 커다란 소리가 울려 퍼졌다. 그들은 발코니에 앉아 있었다. 즐거움에 폭소가 넘치고 박수 소리가 터져 나왔다. 그는 그녀에게 몸을 기울였다.

"저기요? 몽파르나스의 한적하고 조용한 곳으로 갑시다."

그녀는 고개를 끄덕이며 장갑을 꼈다.

다시 어슴푸레한 택시에 앉아서 비가 줄곧 불빛에 형형색색으로 반짝이거나 어두운 차창 위에서 피나 수은처럼 흘러내리는 것을 바라보며 그는 그녀의 장갑 끝을 걷어내려 계속해서 손에 입맞춤을 했다. 그녀 또한 검고 긴 속눈썹이 달린 유난히 반짝이는 눈으로 그를 바라보며 애수에 젖은 채 달콤한 립스틱 향기가 나는 도톰한 입술과 얼굴을 그에게 가져갔다.

카페 '쿠폴'에서 굴과 안쥬산 포도주부터 시작해 메추리와 보르도산 포도주를 주문했다. 샤르트레즈(프랑스의 구르노르브에서 카르토지오 수도회사가 만든 향기 있는 독한 술: 역주)를 섞은 커피를 마신 두 사람은 약간 취기가 올랐다. 그들은 담배를 많이 피워 마치 피로 물든 것 같은 붉은 꽁초들로 재떨이가 가득했다. 그는 대화 도중 그녀의 달아오른 얼굴을 바라보며 그녀가 정말 미인이라고 생각했다.

"사실을 말해줄래요. 최근 몇 년간 여자를 만난 적이 있죠?" 그녀는 입술에서 길이가 짧아진 담배를 조금 떼어내며 말했다.

"있었죠. 그러나 당신도 짐작하다시피 호텔에서 밤만 함께 하는 정도였죠. 그런데 당신은요?"

그녀는 침묵했다.

"아주 힘든 일이 하나 있긴 있었죠. 아뇨, 더 이상 그 일은 언급하고 싶지 않네요. 젊은 놈이었는데 기생충 같았어요. 그런데 아내랑은 어떻게 헤어지게 되었나요?"

"부끄럽군요. 잘생긴데다가 꽤 부자인 그리스놈 때문이었죠. 어느 날 보니 백위군과 우리들을 위해 기도했던 순수하고 매력적인 소녀는 더 이상 없었어요. 그놈과 페라에서 가장 비싼 술집에서 저녁을 먹고 커다란 꽃바구니도 받았더군요. 아내는 '과연 그 사람을 질투할 자격이 있는지 모르겠네요. 당신은 하루 종일 바쁘죠. 저는 그 사람과 있으면 즐거워요. 나에게는 마냥 귀여운 꼬맹이일 뿐이에요. 그 이상 아무것도 아니에요.'라고 말하더군요. 귀여운 꼬맹이라니! 그 녀석은 스무 살이었어요. 예카테리노다르(현재 크라스노다르의 옛 이름: 역주) 출신인 그녀를 잊는다는 건 쉬운 일이 아니었어요."

계산서가 나왔을 때, 그녀는 계산서를 자세히 들여다보고는 10% 이상 팁을 주지 말라고 부탁했다. 이제 30분 후면 헤어져야만 한다는 사실이 두 사람 모두에게 이상하게 여겨졌다.

"우리 집으로 가요. 앉아서 조금 더 이야기를 나눠요." 그는 아쉬워하며 말했다.

"그래요, 그래." 그녀가 그의 손을 잡고 일어서며 대답했다.

러시아인 야간 운전사는 그들을 외진 골목길에 있는 어느 높은 건물의 현관으로 데려다주었다. 그 건물 근처 밝게 빛나는 가로등 불빛 아래 쓰레기가 담긴 양철통으로 빗물이 떨어지고 있었다. 그들은 불빛이 환한 정문 현관으로 들어갔다. 그리고 좁은 엘리베이터 안에서 서로 껴안고 조용히 키스를 하며 천천히 위로 올라갔다. 아직 불이 꺼지지 않은 동안에 그는 열쇠로 문의 자물쇠를 열었다. 그리고 그녀를 현관으로 들인 후 샹들리에 아래 전등 하나만이 외롭게 밝혀져 있는 작은 부엌으로 데려갔다. 그들의 얼굴은 이미 피곤해 보였다. 그는 포도주를 좀 더 마시자고 제안했다.

"안 돼요. 더 이상은 마실 수가 없어요." 그녀가 말했다.

그는 부탁하기 시작했다.

"백포도주 딱 한 잔만 해요. 창문가에 꽤 품질이 좋은 포도주가 있거든요."

"마셔요, 사랑스런 당신. 저는 옷을 벗고 씻으러 갈게요. 그리고 잠을 좀 청해야겠어요. 자야죠. 우리는 애들이 아니에요. 제가 당신의 집에 기꺼이 함께 왔잖아요. 그런데 우리가 왜 헤어지겠어요?"

그는 흥분해서 입을 열 수가 없었다. 말없이 그녀를 침실로 데려가 침실과 욕실에 불을 밝혔다. 침실에서 욕실로 통하는 문은 열려 있었다. 전등불은 밝게 빛나고 있었고, 난방을 하자 열기가 곳곳으로 전달되었다. 빗방울이 거침없이 규칙적으로 지붕을 두드리고 있었다. 그 순간 그녀는 머리 위로 긴 원피스를 벗고 있었다.

그는 부엌으로 나가서 쓴 포도주에 얼음을 띄워 두 잔을 연달아 마셨다. 그러나 자신을 억누를 수가 없어 다시 침실로 향했다. 침실 벽에 붙어 있는 커다란 거울로 반대편의 밝은 욕실이 또렷이 비쳤다. 그녀는 완전히 발가벗은 하얗고 탄탄한 뒷모습을 보이며 세면대 위로 몸을 기울여 목과 가슴을 씻고 있었다.

"들어오면 안 돼요!" 그녀가 소리쳤다. 그리고 샤워 가운을 살짝 걸치고는 풍만한 가슴, 희고 탄탄한 배와 탄력 있는 허벅지를 가리지도 않은 채 다가와 마치 아내처럼 그를 껴안았다. 그 또한 아내에게 하듯 비누 냄새가 풍기는 그녀의 촉촉한 가슴과 눈 그리고 립스틱을 지운 입술에 입맞춤하며 차가운 몸을 껴안았다.

그 다음 날 그녀는 레스토랑을 그만두고 그에게 이사를 갔다.

어느 겨울날 그는 그녀를 설득해 런던의 신용 금고를 개설해 그들이 모은 돈 전부를 저금했다.

"미리미리 대비를 해야 걱정이 없죠. 사랑은 바보조차 춤을 추게 만드는 법이에요. 그리고 마치 꼭 스무 살이 된 것만 같아요. 물론 그럴 리는 없지만요."

부활절 셋째 날 그는 지하철에서 사망했다. 신문을 읽다가 갑자가 의자 등받이로 머리를 젖히더니 눈을 감은 것이다.

그녀가 상복을 입고 묘지에서 돌아온 날은 파리의 부드러운 하늘로 구름이 떠다니는 화창한 봄날이었다. 모든 것들이 젊고 영원한 삶뿐만 아니라 유한한 삶도 말해주고 있었다.

그녀는 집안 청소를 시작했다. 복도의 옷장에서 그녀는 붉은 안감을 덧댄 그의 낡은 잿빛 여름외투를 발견했다. 그녀는 옷걸이에서 그 외투를 벗겨 얼굴에 갖다 대었다. 그리고 그 외투를 꽉 쥐고는 몸이 들썩이도록 흐느껴 울면서 소리치기도 하고, 그의 은총을 빌기도 하면서 바닥에 주저앉았다.

겐리흐

정원의 라일락에 서리가 내려앉은 몹시 추운 저녁 무렵 마부 카사트킨은 높고 비좁은 눈썰매 마차에 글레보프를 싣고 트베르스카야 거리를 따라 로스쿠트나야 호텔로 내달렸다. 그들은 도중에 과일과 포도주를 가지러 엘리세예브에게 잠시 들렀다. 모스크바 위로 맑고 투명한 하늘은 아직 빛나고 있었으나 서쪽은 푸르게 물들어갔다. 종각 꼭대기 사이로 빛이 가늘게 비치고 있었지만, 그 아래는 이미 어두컴컴해졌고 뿌옇고 차가운 안개 사이로 방금 켠 가로등 불빛이 고즈넉하고 부드럽게 빛나고 있었다.

로스쿠트나야 호텔 현관에서 글레보프는 늑대 가죽 담요를 내던지며 눈가루를 뒤집어쓴 카사트킨에게 한 시간 후에 다시 오라고 명령했다.

"브레스트 역으로 데려다주게."

"알겠습니다. 해외로 떠나신다는 말씀이군요." 카사트킨은 대답했다.

"그래, 해외로."

눈썰매의 날이 땅에 긁혀 소리가 나도록 크고 늙은 말을 거칠게 돌리면서 카사트킨은 못마땅하다는 듯 고개를 흔들었다.

"하고 싶은 일을 한다는데 말릴 수야 없지!"

커다랗고 황량한 정문 현관, 넓은 에스컬레이터 그리고 에스컬레이터가 천천히 위로 올라오는 동안 제복을 입고 정중하게 서 있었던 붉은 주근깨에 알록달록한 눈동자의 소년 바샤가 떠올랐다. 갑자기 이미 익숙하고 친숙한 모든 것들을 버린다고 하니 섭섭했다. '정말, 왜 나는 떠나는 것인가?' 그는 거울에 비친 자신의 모습을 바라보았다. 젊고, 씩씩하고, 냉정한 귀족다운 용모, 빛나는 눈동자, 성에가 낀 멋진 콧수염, 단출하게 잘 차려입은 모습이었다. '니스는 지금 환상적이겠군. 겐리흐는 멋진 동료야. 그런데 중요한 건, 거기 어딘가에는 특별한 행복이나 만남이 항상 있을 것만 같아. 여행 도중 어딘가에 머무를 때면 내가 오기 이전에는 누가 지냈을까, 옷장에는 무엇이 걸려 있었고 놓여 있었을까, 탁자 위 잃어버린 여성용 핀은 누구의 것일까 등이 궁금해지곤 하지. 다시 빈(Wien) 역에는 가스, 커피와 맥주 향기가 퍼지겠지.

눈 덮인 젬머링 시를 지날 때쯤 햇빛이 비치는 객실 레스토랑의 탁자 위에 놓여 있는 오스트리아산과 이탈리아산 포도주 병의 상표, 아침 식사를 위해 가득 모인 유럽 사람들의 얼굴과 의상 등도 떠오르곤 할 거야. 그리고 밤이 되면 이탈리아에 도착하겠지. 아침에 바닷가를 따라 니스로 향하는 길에 쿠페(4인용 객실: 역주) 천장에 작은 전등을 희미하게 밝힌 기차가 굉음 소리를 내며 연기 자욱한 어두운 터널을 질주하거나 뜨거운 태양 아래 마치 보석을 박아 놓은 것처럼 움츠러든 작은 만 옆의 장미가 핀 조그마한 역들에 잠시 정차하면 끊임없이 부드럽게 경적소리가 울려 퍼지겠지.' 그리고 그는 재빨리 로스쿠트나야 호텔의 따뜻한 복도 카펫을 따라 걸어갔다.

호텔 방 또한 따뜻하고 아늑했다. 저녁노을이 창문을 밝게 비추고 투명한 하늘은 움푹 들어간 것처럼 보였다. 모든 것들이 정리되어 있고 가방도 준비되어 있었다. 다시 조금 우울해졌다. 익숙한 방과 모스크바의 겨울 생활 그리고 나댜와 리를 떠난다고 하니 섭섭했다.

나댜는 뛰어 들어와서 아마 작별 인사를 할 것이 틀림없었다. 그는 서둘러서 가방에 포도주와 과일을 숨기고 외투와 모자를 둥근 탁자 너머 소파 위로 던졌다. 그 순간 급히 문을 두드리는 소리가 들렸다. 문을 열어줄 새도 없이 그녀가 들어오더니 그를 껴안았다. 다람쥐 가죽 코트와 모자를 쓴, 추위에 붉어진 얼굴과 빛나는 푸른 눈동자에 열여섯 살의 신선함을 간직한 그녀의 몸은 차가웠고 은은한 향기가 났다.

"떠나시는 건가요?"

"그래, 나듀샤."

그녀는 한숨을 쉬고는 외투를 벗으면서 안락의자에 앉았다.

"알아요? 밤에 아팠어요. 아, 정말로 당신을 역까지 배웅해주고 싶다고요! 근데 왜 허락하지 않는 거죠?"

"나듀샤, 불가능한 일이라는 건 네가 더 잘 알고 있잖아. 네가 전혀 모르는 사람들이 나를 배웅해줄 거야. 넌 소외감과 외로움만 느끼게 될 뿐이야."

"당신과 함께 떠날 수만 있다면, 내 목숨도 내놓을 수 있을 것만 같아요."

"그럼 나는 어떻게 해? 불가능하다는 건 너도 알고 있잖아."

그는 그녀의 따뜻한 목에 키스를 하면서 가까이에 바싹 앉았다. 자신의 뺨에 그녀의 눈물이 느껴졌다.

"나듀샤, 왜 그래?"

그녀는 얼굴을 들고는 억지로 미소를 지어 보였다.

"아니, 아니요. 안 그럴게요. 다른 여자들처럼 당신을 구속하고 싶진 않아요. 당신은 시인이니까 당신에겐 자유가 꼭 필요해요."

"넌 참 똑똑한 아이야." 그는 그녀의 진지한 면뿐만 아니라 어린아이처럼 순수하고 상냥한 모습, 붉게 물든 뺨, 반쯤 열린 삼각형 모양의 입술과 마치 물음표처럼 위로 올라간 눈물에 젖은 속눈썹에서 느껴지는 순진함에 가슴이 뭉클해졌다. "너는 내게 다른 여자들과는 달라. 너도 시인이나 다름없어."

그녀는 바닥을 발로 굴렀다.

"내 앞에서 다른 여자 이야기는 꺼낼 생각도 하지 말아요!"

그리고 그녀는 모피 털과 숨소리로 그를 애무하면서 초점을 잃은 눈동자를 한 채 그의 귀에다 대고 속삭였다.

"잠깐만요……. 아직 시간 있잖아요."

꽤 추운 밤 브레스트 기차역 출입구는 푸르스름한 어둠 속에서 빛나고 있었다. 서두르는 짐꾼을 따라 소란스러운 역내로 들어서자마자 그는 리를 발견하였다. 가녀리고 키가 큰 그녀는 윤기가 넘치는 카라쿨산 검은 양털 외투를 걸치고, 커다란 검은 벨벳 베레모 아래로 돌돌 말아 올린 검은 머리카락을 뺨을 따라 드리우고 있었다. 화려한 옷차림을 한 그녀는 커다란 카라쿨산 양털 토시에 팔을 넣은 채 무섭고 커다란 눈으로 악의에 차서 그를 바라보았다.

"결국은 떠나는군요, 몹쓸 사람!" 그의 팔짱을 끼고 굽이 높은 회색빛 덧신을 신은 그녀는 서둘러 짐꾼을 뒤따라가면서 냉담하게 말했다. "두고 봐요, 후회할 걸요. 나 같은 여자는 없을 거예요. 바보 같은 여류 시인과 함께 있겠다니요."

"그 여자는 아직 어린 아이야, 리. 그런 생각을 한다는 것 자체가 죄를 짓는 거야."

"그만해요. 난 바보가 아니에요. 그런 일이 정말로 일어난다면 당신에게 황산을 부어버릴 거예요."

출발을 앞둔 기차 아래에서부터 희미하게 빛나는 전등 위까지 생고무 냄새가 나는 희뿌연 수증기가 '쉿' 소리를 내며 피어올랐다. 국제용 객실 칸은 노란 나무 널빤지로 구분되어 있었다. 객실 안의 좁은 복도에는 붉은 카펫이 깔려 있고, 벽은 무늬가 찍힌 가죽으로 장식되어 알록달록해 보였으며 벽에는 두껍고 오래된 유리가 달려 있었다. 벌써 해외로 온 것만 같았다. 갈색 제복을 입은 폴란드계 승무원이 작은 객실의 문을 활짝 열어젖혔다. 후덥지근한 객실은 이미 잠자리가 준비되어 있었으며 붉은 실크 갓 아래로 전등이 부드럽게 빛나고 있었다.

"당신 정말 운이 좋군요!" 리가 말했다. "개인 화장실도 있네요. 옆방에는 누구죠? 추잡한 여성 동행자라도 있나 봐요?"

그리고 그녀는 옆칸의 객실 문을 끌어당겼다.

"아니, 여긴 잠겨 있네요. 진짜 운이 좋군요! 빨리 키스해 줘요. 곧 세 번째 종소리가 울릴 거예요."

그녀는 토시에서 푸르스름하고 창백하지만 맵시 있고 가녀린 손을 뺐다. 손에는 길고 뾰족한 손톱이 자라 있었다. 그녀는 몸을 굽히며 급하게 그를 껴안았다. 그녀는 눈빛을 반짝이며 그의 입술과 뺨에 입맞춤도 하고 살짝 깨물기도 하면서 속삭였다.

"당신을 정말 사랑해요. 사랑한다고요, 몹쓸 사람!"

어두운 창문 너머로 거대한 오렌지색 불빛들이 마치 불의 마녀처럼 질주했다. 기차의 불빛에 반짝이는 눈에 덮인 하얀 비탈과 비밀스럽고 쓸쓸한 겨울 밤 생의 수수께끼에 싸여 미동도 없는 검은 소나무 밀림이 아른거렸다. 그는 작은 탁자 아래 시뻘겋게 달아오른 난로를 닫았다. 그리고 차가운 창문의 촘촘한 블라인드를 내리고는 이웃한 객실과 연결되는 세면대 옆의 문을 두드렸다. 그쪽에서 문이 열리고 젠리흐가 미소 지으며 들어왔다. 그녀는 큰 키에 회색 원피스를 입고 머리는 주홍색에 레몬 빛이 살짝 도는 그리스 스타일이었다. 그리고 영국 여인처럼 얼굴선은 가녀렸으며 호박색과 갈색이 섞인 눈동자는 생기가 넘쳤다.

"작별 인사는 잘 했나요? 다 들었어요. 무엇보다 그 여자가 내 쪽에 대고 추잡한 여자라고 욕설을 퍼붓는 것이 마음에 들더군요."

"질투하기 시작한 거야, 젠리흐?"

"시작한 게 아니라 계속하는 거죠. 그녀가 그렇게 위험한 여자라면, 오래 전부터 그 여자를 완전히 해고하라고 요구했을 테니까요."

"그녀가 위험하다면 즉시 해고시켜보지 그래! 그러면 난 당신의 오스트리아 남자친구를 데려올 거야. 내일모레쯤이면 당신은 그 사람과 지내야 할걸."

"안 돼요. 그 사람과 함께 있지 않을 거예요. 무엇보다 그 사람과 헤어질 목적으로 내가 떠나왔다는 것을 당신은 잘 알고 있잖아요."

"당신이 그 말을 편지로 전할 수 있었다면, 나와 멋지게 곧바로 떠날 수 있었을 텐데."

그녀는 예쁜 손가락으로 머리를 부드럽게 매만지면서 깊은 한숨을 쉬었다. 그러고는 은고리가 달린 사슴가죽 구두를 신은 다리를 꼬고 앉았다.

"안 돼요. 나는 그 사람 옆에서 계속 일할 수 있는 가능성은 유지한 채 헤어지고 싶었다고요. 그는 용의주도한 사람이라 평화롭게 헤어지려고 할 거예요. 그 사람의 잡지에 모스크바와 페테르부르크의 연극계나 문학계, 그리고 미술계의 가십거리들을 제공할 수 있는 나 같은 사람을 찾을 수 있을까요? 누가 그의 천재적인 단편소설을 번역하고 엮어낼 수 있을까요? 오늘이 15일이니까 당신은 니스에 18일쯤 가 있고, 난 늦어도 20일이나 21일 이전엔 갈 거예요. 이 이야기는 이제 그만해요. 우리는 누구보다 좋은 친구이자 동료잖아요."

"동료라……." 그는 두 뺨에 선홍빛의 맑은 반점이 나 있는 가녀린 그녀의 얼굴을 기쁨에 젖어 바라보며 말했다. "당연하지. 젠리흐, 당신보다 좋은 동료는 더 이상 없을 거야. 오직 당신과 함께 있을 때만 항상 편안하고 스스럼없이 모든 것들을 터놓고 이야기할 수 있지. 실제 친구처럼 말이야. 하

지만 문제가 뭔지 알아? 난 더욱 더 당신을 사랑하게 되었단
거야."

"어제 저녁 어디에 있었죠?"

"저녁에? 집에 있었어."

"그럼 누구와 같이요? 아, 그렇군요. 지난밤에 당신을 '스
트렐네'에서 봤다는 사람이 있어요. 꽤 많은 일행들이 있었
는데 당신은 집시들과 개인 룸에 있었다던데요. 스테프이,
그루쉬. 정말 불쾌한 어감의 이름이에요. 눈빛도 불쾌할 것
같아요."

"그러면 프쉬브이세프스키 같은 빈의 술주정뱅이들은 어
떻고?"

"우연히 만났을 뿐 나와는 전혀 상관없는 사람들이에요.
남들이 말하는 것처럼 마샤가 그렇게 괜찮은 여자인가요?"

"집시도 나와는 상관없는 사람들이야, 겐리흐. 그런데 마
샤는……."

"그 여자에 대해 말해줘요."

"아니, 당신은 완전히 질투하게 될 거야, 엘레나 겐리호브
나. 어떻게 설명해야 하나. 당신은 집시 여자들을 본 적도 없
지 않나? 아주 말랐고 별로 괜찮지도 않아. 평범한 검은 색
머리에 얼굴은 투박하면서 새카맣고 흰자위는 약간 푸르스

름한 빛이 돌아. 또 다부진 쇄골에 커다랗고 노란 목걸이를 걸고 있고 배는 납작하지. 하지만 황금빛이 도는 긴 실크 원피스를 입고 있으면 정말 예쁘지. 그거 알아? 두텁고 낡은 실크 숄을 팔에 걸치고, 긴 은 귀걸이를 흔들며 탬버린에 맞춰서 치맛자락 아래로 작은 단화가 보일락 말락 춤추는 모습은 그야말로 끝내주지! 그럼 점심이나 먹으러 가지."

그녀는 가볍게 웃고는 일어났다.

"가요. 당신은 구제불능이군요. 하지만 이렇게 만났으니 이제 걱정할 일은 없을 거예요. 봐요, 얼마나 좋아요. 두 개의 멋진 방이라니!"

"하나는 아예 필요 없잖아."

그녀는 오렌부르크산 머리 수건을 대충 걸치고 그는 외출용 모자를 쓰고 있었다. 그들은 객차 사이로 차가운 바람이 새어 들어오고 눈보라가 퍼붓는 주름 덮개 아래 철커덩 소리가 나는 강철 통로를 건너 끝없는 객차의 터널을 흔들리며 지나갔다.

그는 레스토랑에 앉아 담배를 피우고 혼자 돌아왔다. 그녀가 먼저 자리를 떴기 때문이었다. 따뜻한 객실로 돌아오자 그는 마치 가족과 함께 밤을 보내는 것처럼 아주 행복했다. 그녀는 이불과 침대 시트를 침대 구석에 내던진 후 그에게 잠옷을 꺼내주었다. 그리고 탁자에 포도주를 갖다놓은 후 배가 들어 있는 나무 상자를 내놓았다. 그 다음 가슴은 앞으로 내민 채 셔츠 하나만을 걸치고 북극여우가죽으로 테를 두른 슬리퍼를 맨발로 신고 머리핀을 입에 문 채 맨살이 드러난 팔을 들어올려 머리를 매만지며 세면대의 거울 앞에 서 있었다. 그녀의 허리는 날씬했으며 엉덩이는 토실했고 복사뼈는 부드럽고 곧았다. 그는 선 채로 오랫동안 그녀에게 키스를 했다. 그들은 침대에 앉아 라인산 포도주를 마셨다. 포도주로 차가워진 입술로 다시 키스를 하면서 그녀가 말했다. "그런데 리는요? 그리고 마샤는요?"

한밤 그는 어둠 속에서 그녀 곁에 누워 쓸쓸하게 농담조로 말했다.

"아, 겐리흐, 이 흔들리는 열차 안의 밤과 커튼 뒤로 언뜻언뜻 보이는 정거장의 불빛들 그리고 당신, 당신을 정말로 사랑해. '여자들이여, 유혹의 덫이여!' 이 덫은 정말로 설명하기 힘들 뿐더러 신성하기도 하고 악마 같기도 한 것이야. 난 이것을 글로 표현하려고 노력해. 사람들은 나를 파렴치하고 저질이라고 비난하곤 하지. 저열한 영혼을 가졌다고 말이야! 어떤 고서적에 보면 잘 나와 있잖아. '작가는 사랑과 사랑의 특징을 글로 묘사하는 데 있어 대담해질 수 있는 완벽한 권리를 가지고 있다. 이것은 항상 화가와 조각가에게만 허용된 것이었다. 오직 저열한 인간들만이 아름다운 것에서도 추악한 것에서도 저열한 것만 본다.'고 말이야."

"리의 가슴은 분명 뾰족하고 작고 밋밋하겠죠? 히스테리를 가진 여성이 대개 그렇죠."

"맞아."

"그 여자 바보 같죠?"

"아니야. 그런데 잘 모르겠어. 가끔은 매우 영리하고 이성적이고 정직한 데다 부드럽고 밝은 점이 있어서 입을 열기 시작하면 모두를 사로잡아버리지. 그런데 가끔은 몹시 과장되고 저속하거나 악의에 차 있거나 사소한 것에 발끈하기도 해. 난 긴장을 하면서도 동시에 무덤덤하게 들으며 앉아 있곤 하지. 그런데 리 이야기는 그만 꺼내는 게 좋겠어."

"나도 그래요. 더 이상 당신의 동료가 되고 싶지 않아요."

"나도 더 이상 원하지 않아. 다시 한 번 더 말할게. 돌아가는 길에 만나자고 그 멍청한 빈(Wien) 출신 녀석에게 편지를 써. 니스에서 유행성 독감에 걸려서 지금은 몸이 좋지 않아 쉬어야 한다고 해. 그리고 우린 헤어지지 않고 니스가 아닌 이탈리아로 떠나는 거야."

"왜 니스로 가지 않는 거죠?"

"나도 모르겠어. 갑자기 싫어졌어. 중요한 건 함께 떠난다는 거야!"

"이미 다 끝난 이야기잖아요. 왜 이탈리아로 가겠다는 거죠? 당신은 이탈리아는 진절머리가 난다고 했잖아요."

"그래, 사실이야. 멍청한 탐미주의자들 때문에 이탈리아에 화가 났던 거야. 누군가 '나는 피렌체에서 오직 트레첸토(14세기 이탈리아의 예술: 역주)만을 좋아한다네.'라고 그랬지. 사실 난 빌료프에서 태어나 피렌체에는 일주일 정도 머물러본 게 고작이야. 트레첸토 콰트로첸토(15세기 이탈리아의 예술: 역주)라니. 게다가 프라 안젤리코, 기를란다요, 트레첸토 콰트로첸토뿐만 아니라 베아트리체와 수척한 얼굴에 부인용 모자를 쓰고 월계관을 두른 단테도 정말 싫어했지. 만약 이탈리아가 내키지 않는다면 티롤이나 산이 높은 스위스도 괜찮고 눈 덮인 화강암 산이 하늘로 우뚝 솟아 있는 작은 석조 마을로 가도 좋아. 한번 상상해봐. 강렬하면서도 축축한 공기, 거친 돌집들, 볼록한 돌다리 근처에 옹기종기 모여 있는 가파른 지붕들과 그 다리 아래로 푸른 냇물이 세차게 흘러가는 소리, 양떼들이 오밀조밀 몰려가면서 딸랑거리는 방울소리를 말이야. 그곳에는 약국과 가게에서도 등산용 지팡이를 팔지. 문 위에는 돌로 자른 사슴뿔을 걸어 놓은 작은 여관도 있어. 한마디로 이 세상에서는 보기 힘든 천연의 야생상태를 수천 년 동안 간직한 계곡이 생명을 잉태하고 짝을 맺어 주고 다시 거둬들이기까지 하는 곳이지. 태곳적부터 화강암 설산이 마치 거대한 죽은 천사처럼 저 높이서 바라보고 있는 거야. 거기 아가씨들은 말이야, 젠리흐! 뺨은 발그스레하고 검은 코르셋에 붉은 실크 양말을 신은 탄탄한 몸매를 하고 있지."

"오, 멋진 시 같네요!" 그녀는 가벼운 하품을 하며 말했다. "그런데 또 여자 이야기군요. 싫어요. 시골 마을은 추워요. 그리고 더 이상 여자 이야기는 하지 말아요."

저녁 무렵 바르샤바에서 빈행 기차역으로 이동할 때 습기를 머금은 바람이 드문드문 크고 차가운 빗방울을 싣고 불어왔다. 지붕이 달린 넓은 사륜마차의 마부석에 앉아 매섭게 한 쌍의 말을 모는 주름살이 많은 마부의 콧수염이 나부끼고 가죽 모자에서 빗방울이 흘러내렸다. 거리는 마치 시골 같았다.

새벽녘 블라인드를 올리자 드문드문 내린 눈으로 하얗게 변한 평원이 펼쳐져 있었다. 벽돌집이 군데군데 있던 곳이었다. 그 순간 러시아를 떠나 커다란 기차역에 아주 오랫동안 정차해 있어서인지 길 위의 마차들, 좁은 철길, 철로 만든 가로등 등 모든 것들이 아주 작게 느껴졌다. 가는 곳마다 검은 석탄 더미가 보였다. 보총을 메고 높다란 모자를 쓰고 짧고 푸르스름한 잿빛 외투를 걸친 키 작은 군인이 기관실에서 나와 길을 건너갔다. 토끼털 깃이 달린 격자무늬 외투에 알록달록한 깃털이 달린 푸른 티롤산 모자를 쓴 키가 껑충하고 콧수염이 긴 사람이 나무 바닥을 지나가는 모습이 창문 너머로 보였다. 겐리흐는 잠에서 깨어나 블라인드를 내려달라고 속삭이듯 부탁했다. 그는 블라인드를 내린 후 이불 아래 그녀의 곁에 누웠다. 그녀는 그의 어깨에 머리를 기대고는 울기 시작했다.

"겐리흐, 왜 그래?"그가 물었다.

"모르겠어요."그녀는 조용히 대답했다. "새벽이 오면 자주 울곤 해요. 당신이 잠에서 깨어나니까 갑자기 제 자신이 가여워지네요. 몇 시간 후면 당신은 떠날 테고 그러면 난 혼자 남겨지겠죠. 그리고 카페에 가서 그 오스트리아 남자를 기다리겠죠. 저녁이 되면 다시 카페에서 연주하는 헝가리 오케스트라의 바이올린 소리에 마음이 심란해지겠죠."

"그래, 맞아. 귀청을 찢을 것만 같은 심벌즈도 있지. 그럼 제안할게. 오스트리아 녀석을 버리고 나와 함께 떠나."

"아니요, 당신. 안 돼요. 그 사람과 싸우게 된다면 난 무슨 일을 해서 생계를 꾸릴 수 있겠어요? 하지만 당신에게 맹세하건대 그 사람과는 아무 일도 일어나지 않을 거예요. 당신도 알다시피 최근에 빈에서 떠날 때, 한밤중 가스 가로등 아래에서 그 사람과의 관계를 확실히 해뒀죠. 그의 얼굴이 증오심으로 어떻게 변했는지 당신은 상상도 하지 못할 거예요. 얼굴이 악의에 차서 붉으락푸르락 달아오르더군요. 당신과 이렇게 다정하게 쿠페에서 시간을 보낸 다음에 어떻게 그 사람에게 마음을 줄 수 있겠어요."

"정말이야?"

그녀는 그를 바싹 당기더니 숨이 막히도록 격렬하게 키스하기 시작했다.

"겐리흐, 난 당신을 모르겠어."

"나도 그래요. 그래도 내게로 와요."

"가만히 있어."

"아니요, 아뇨. 잠깐만요!"

"한 마디만 할게. 빈을 언제 떠날 건지 정확하게 말해줘."

"오늘 저녁, 오늘 저녁에요!"

기차는 이미 움직이고 있었고 문 옆으로 국경수비병의 발자국 소리가 카펫을 따라 지나가며 울렸다.

빈(Wien)역이었다. 가스와 커피, 맥주 냄새가 났다. 아름답게 꾸민 겐리흐는 씁쓸한 미소를 지으며 호리호리한 유럽산 늙은 말이 모는 마차를 타고 떠났다. 지붕이 없는 사륜마차의 높은 마부석에서 모자가 달린 짧은 망토에 반들반들한 실크해트를 쓴 코가 빨간 마부가 말을 덮었던 모포를 걷어낸 후 날카로운 소리가 나는 기다란 가죽 채찍을 휘둘렀다. 그러자 꼬리가 짧게 잘린 말은 몸을 부르르 떨더니 우아하고 길지만 맥이 풀린 다리로 노란 궤도전차를 뒤따라 비스듬히 내달렸다. 기차는 젬머링 지역에 도착했다. 외국의 산지에서 맞는 정오의 즐거운 순간이었다. 식당 칸의 왼쪽 창문 쪽은 후덥지근했다. 창문 옆에 놓인 새하얀 탁자 위에는 꽃다발과 아폴리나리스 탄산수 그리고 '페슬라우' 적포도주가 놓여 있었다. 장엄하면서도 유쾌한 옷을 입고 깨어난 눈 덮인 산봉우리가 정오의 햇살을 맞아 눈부시도록 새하얗게 빛나고 있었다. 아직은 아침의 기운을 떨치지 못한 겨울 그림자가 차갑게 드리워져 있는 좁은 골짜기의 절벽을 따라 구불구불 지나가는 기차 안에서도 천국 같은 하늘이 손에 닿을 것만 같았다. 신선하고 부드러운 눈이 많이 쌓인 푸른 가문비나무에 파묻힌 어느 고갯길에서 태곳적 순수하고 깨끗함을 간직한 추운 밤을 맞았다. 얼마 후 기차는 이탈리아 국경 근처 단

테의 검은 지옥과 같은 산 한가운데의 어두운 협곡에서 오랫동안 정차해 있었다. 그을린 터널 입구로 들어갈 때 불꽃은 작열하며 연기를 내뿜었다. 터널을 통과한 후부터 모든 것들이 바뀌어서 지나온 풍경과는 완전히 달랐다. 이탈리아 기차역은 곳곳에 페인트칠이 벗겨지고 낡아 있었다. 자부심에 찬 키가 작은 역내 군인들의 전투모에는 수탉의 깃털이 달려 있었다. 식당을 대신해 기차 옆으로 남자아이가 혼자 오렌지와 병을 실은 조그마한 수레를 느긋하게 끌고 가고 있었다. 그 다음부터 기차는 자유롭게 전속력으로 남부지방으로 내달렸다. 저 멀리 이탈리아의 아늑한 불빛으로 뒤덮인 롬바르디아 평원의 바람이 어둠 속의 열린 창문으로 부드럽고 따뜻하게 밀려왔다. 그리고 한여름 날씨처럼 무더운 다음 날 저녁 니스의 기차역에 도착했다. 플랫폼에는 제철을 맞은 인파들로 북적였다.

마치 흐린 환영처럼 서쪽 앙티브 만까지도 어둠 속으로 사라졌을 무렵, 푸르스름한 석양 속에 헤아릴 수 없이 수많은 바닷가 불빛들이 굽이굽이 다이아몬드 고리처럼 늘어서 있었다. 그는 연미복을 입고 바닷가에 위치한 호텔방 발코니에 서서 모스크바는 지금 영하 20도쯤 될 거라고 생각했다. 그러면서 방문을 두드리고 들어와서 겐리흐의 전보를 전달

해줄 사람을 기다렸다. 반짝이는 샹들리에 아래 연미복과 파티 드레스를 입은 사람들로 붐비는 호텔 식당에서 저녁을 먹으며 그는 푸른 제복에 흰 장갑을 낀 저기 저 소년이 쟁반 위에 놓인 전보를 정중하게 가져오기를 또다시 기다리고 있었다. 그는 멀건 야채수프와 보르도 적포도주를 먹는 둥 마는 둥 했다. 커피를 마시고 현관문에서 담배를 피운 후 더욱 불안감에 휩싸인 채 또다시 전보를 기다렸다. 지금까지 한 번도 경험해본 적이 없는 일이었다. 엘리베이터가 반짝이며 나타났다 사라졌다 하면서 위아래로 미끄러졌다. 소년들은 담배와 시가, 석간신문을 나르며 앞뒤로 뛰어다녔다. 무대에는 현악합주단이 연주를 하고 있었다. 그러나 전보는 도착하지 않았다. 이미 10시가 넘은데다가 그녀가 빈에서 기차를 탔다면 12시까지는 도착해야만 했다. 피곤에 지치고 신경질이 난 그는 커피 대신 코냑을 다섯 잔 마시고는 화가 난 채 제복을 입은 소년을 쳐다보며 엘리베이터를 타고 방으로 올라가면서 생각에 잠겼다. '아, 노련하고 친절하지만 이미 타락해버린 저 소년은 얼마나 더 파렴치한으로 자라날 것인가! 누가 이 소년들에게 견장과 장식이 달린 푸른색 또는 갈색의 바보 같은 모자와 외투를 입힐 생각을 한 걸까!'

아침에도 전보는 오지 않았다. 그는 전화를 했다. 연미복을 입은 눈이 큰 젊은 이탈리아 미소년 심부름꾼이 그에게 커피를 가져왔다. "편지도 전보도 없었습니다, 나리." 그는 파자마를 입은 채 바다로 쏟아져 황금 바늘처럼 흔들리는 햇빛에 눈을 찡그리며 바닷가를 바라보거나 산책하는 수많은 인파를 바라보기도 하고, 발코니 아래쪽에서 들려오는 행복과 즐거움에 기진맥진한 이탈리아 노래를 들으며 발코니 쪽 문 옆에 한동안 서서 생각에 잠겼다.

"빌어먹을 여자 같으니. 이제 다 알겠어."

그는 몬테카를로에 가서 오랫동안 카드놀이를 하며 200프랑을 잃었다. 시간을 죽이기 위해 되돌아와서는 마차에서 거의 세 시간을 보냈다. 뚜벅—뚜벅, 뚜벅—뚜벅, 히힝! 허공에 강렬한 가죽채찍 소리가 울려 퍼졌다. 호텔 문지기가 헤벌쭉 웃었다.

"전보는 없었습니다, 나리!"

그는 역시 마찬가지로 생각하며 무표정하게 점심 식사를 하기 위해 옷을 입었다.

'만약 지금 그녀가 문을 두드리고 들어와 흥분한 채 왜 전보를 보내지 않았는지, 왜 어제 오지 못했는지 서둘러 설명한다면 아마 죽을 만큼 행복할 거야! 내 인생에서 단 한 번도, 이 세상에서 그녀만큼 사랑한 사람은 그 누구도 없었다고 말할 텐데. 그 사랑을 위해 신이 많은 것과 나댜를 사랑한 일까지도 용서하실 것이니 나를 가지라고 겐리에게 말할 텐데! 그래, 지금 겐리흐는 오스트리아 녀석과 점심을 먹고 있을 거야. 그녀의 뺨을 때리고 지금 그들이 함께 마시고 있을 샴페인 병으로 녀석의 머리를 깨부숴버린다면 얼마나 통쾌할까!'

점심 식사를 마친 후 그는 따뜻한 공기 중으로 풍겨오는 달콤하면서도 역한 싸구려 이탈리아 담배냄새를 맡으며 군중들로 넘치는 거리를 걸어갔다. 그리고 어둠이 내려앉은 바닷가로 나가서 저 멀리 오른쪽에 애처롭게 사라져가는 값비싼 목걸이와도 같은 검은 만곡을 바라보았다. 그는 술집에 들러 코냑과 진, 위스키 등 모든 술을 마셨다. 하얀 넥타이와 하얀 조끼에 실크해트를 써서 분필처럼 하얀 그는 호텔로 돌아와서 점잖고도 무심하게 문지기에게 다가가 생기를 잃은 입술로 물었다.

"전보는 오지 않았나요?"

문지기는 아무것도 눈치 채지 못한 척하며 환한 얼굴로 미리 준비한 대답을 꺼냈다.

"네, 전보는 오지 않았습니다, 나리!"

그는 실크해트와 외투, 연미복만을 벗어던진 채 뒤로 자빠져 잠들 만큼 술에 취해 있었다. 그래서 반짝이는 별들이 점점이 박힌 한없는 어둠 속으로 현기증이 나도록 날아갔다.

셋째 날 그는 아침 식사를 한 후 깊이 잠들었다. 그리고 깨어나서는 갑자기 자신의 초라하고 부끄러운 행동을 냉철하고 정확하게 바라보았다. 그는 방으로 차를 한 잔 부탁하고는 그녀를 생각하지 않으려고, 또한 허무하게 망쳐버린 여행을 아쉬워하지 않으려고 애쓰면서 옷장에서 물건을 꺼내 트렁크에 넣었다. 저녁 무렵 정문 현관으로 내려가 계산서를 준비해달라고 부탁한 후 침착한 발걸음으로 쿡으로 가서 베네치아를 거쳐 모스크바로 가는 저녁 기차표를 구매했다. '베네치아에서 낮을 보내고 새벽 3시에 곧장 로스쿠트나야 호텔로 가는 것이다. 그 오스트리아 녀석은 어떤 사람일까? 겐리흐의 말에 따르면 챙이 넓은 모자 아래 비스듬히 숙인 그의 얼굴은 우수에 차 있으면서도 차갑고 가식적이며 키가 크고 근육이 발달한 사람이다. 그러나 그를 생각한다는 것이 무슨 소용인가! 그리고 인생에서 무슨 일이 더 일어난다고 해도 어쩌랴! 내일은 베네치아에 있을 것이다.' 또다시 호텔 아래 바닷가 길거리 가수들의 노래와 기타 소리가 들려왔다. 검은 머리에는 아무것도 쓰지 않은 채 양어깨에 숄을 두른 여인의 날카롭고 냉정한 목소리가 두드러졌다. 그녀는 낡은 모자를 쓰고 난쟁이처럼 키가 작고 다리가 짧은 테너가 아름답게 부르는 노래를 따라 불렀다. 곤돌라에 타는 걸 돕는 일을 하는 누더기를 걸친 노인도 보였다. 작년에 달랑거리는 크리스털 귀걸이를 달고 올리브색 머리에 노란 미모사 꽃 한 송이를 꽂았던, 눈동자가 빛나는 시칠리아 여인과 곤돌라를 탔을 때 도와준 노인이었다. 운하의 물이 썩는 냄새, 뱃머리에 이가 들쑥날쑥한 사냥용 도끼가 달려 있고 관처럼 래커 칠을 한 곤돌라, 곤돌라의 흔들림과 붉은 천으로 가는 허리를 동여맨 젊은 뱃사공이 선미에 높이 서서 왼발을 단정하게 뒤로 내밀고는 긴 노를 저으며 단조롭게 앞으로 움직이는 모습 등이 떠올랐다.

저녁이 되었다. 희미한 저녁 바다는 오팔의 광택과 푸르스름한 빛깔이 합쳐지며 고요하고 잔잔하게 펼쳐져 있었다. 그 위로 갈매기들이 내일의 악천후를 직감하고는 맹렬하고도 애처롭게 울고 있었다. 앙티브 만 너머 희뿌연 서쪽 편으로 원반 크기의 오렌지를 닮은 작은 태양이 떠 있었다. 절망에 빠져 우수에 잠긴 채 그는 오랫동안 바다를 바라보았다. 얼마 후 그는 정신을 차리고 재빨리 자신의 호텔로 돌아갔다. "해외판 신문 한 부만 주세요!" 그가 맞은편에서 달려오는 신문판매원에게 소리치자 그는《새 시대》지를 넘겨주며 달려가버렸다. 그는 의자에 앉아 희미한 노을빛에 의지해 신문의 새로운 면을 넘기며 정신없이 살펴보았다. 그리고 마치 폭발로 눈과 귀가 멀어버린 것처럼 갑자기 펄쩍 뛰어올랐다.

빈. 12월 17일. 오늘, '프랑젠스링' 레스토랑에서 저명한 오스트리아 작가인 아르투르 쉬피글레르가 권총으로 '겐리흐'라는 필명의 러시아 여류 기자이자 오스트리아 및 독일의 여러 현대 소설들을 번역한 여류 번역가를 쏴 죽이는 사건이 발생했다.

나탈리

그 해 여름 나는 처음으로 학생모를 쓰고 그 시기에만 경험할 수 있는 젊은 시절의 자유로운 생활을 시작한다는 특별한 행복감에 젖어 있었다. 나는 뜨거운 사랑을 꿈꾸며 시골의 엄격한 귀족 가문에서 자랐지만 정신적으로나 육체적으로나 아직 순수했다. 나는 고등학교 친구들이 음담패설을 늘어놓을 때면 부끄러워했고 그럴 때면 그들은 얼굴을 찌푸리며 핀잔을 주었다. '메세르스키, 수도승이나 되지 그래!' 만약 그 여름이었다면 나는 얼굴을 붉히지 않았을 것이다. 방학 동안 집으로 돌아온 나는 다른 모든 사람들처럼 순수함을 부수고 육체적인 사랑을 찾을 시간이 다가왔다고 확신했다. 나는 푸른 테를 두른 모자를 자랑도 할 겸 이 확신을 실행에 옮길 만한 사랑의 만남을 찾아서 이웃한 영지며 친척과 지인들의 집을 들르기 시작했다. 그렇게 나는 하나뿐인 외사촌 소냐의 아버지이자 퇴역 경기병이며 오래 전 홀아비가 된 외삼촌 체르카소프의 영지에 가게 되었다.

나는 밤늦게 도착했고 집에서 나를 맞아준 건 소냐 한 사람뿐이었다. 사륜마차에서 뛰어내려 어두운 현관문으로 달려 들어가자 플란넬 잠옷을 입은 그녀가 왼손에 촛불을 높이 들고 나왔다. 그리고 입을 맞추도록 뺨을 내밀고는 잔잔한 미소를 머금은 채 고개를 내저으면서 말했다.

"아, 언제 어디서나 늦는 청년이군!"

"하지만 이번엔 내 잘못이 아냐. 늦은 건 청년이 아니라 기차거든." 나는 대답했다.

"조용히 해. 모두들 주무시고 계셔. 저녁 내내 초조하게 기다리다가 지쳐서는 마침내 다들 포기해버리셨지. 아버지는 너를 가벼운 녀석이라고, 아침 기차가 올 때까지 역에 있을 예프렘을 늙은 바보라고 욕하고는 화가 나서 잠자리에 드셨어. 기분이 상한 나탈리도 들어갔고, 하녀도 가버렸어. 나만 혼자 참을성 있게 널 믿었지. 그럼 옷은 벗어두고 저녁 먹으러 가자."

나는 그녀의 푸른 눈동자와 맨살이 드러난 팔을 황홀하게 바라보며 대답했다.

"고마워. 나를 끝까지 믿어줘서. 근데 너 진짜 예뻐졌구나. 정말 진지하게 너를 마음에 두고 있어. 팔도 목도 예쁘고 아마도 그 아래 아무것도 걸치지 않았을 부드러운 잠옷도 매혹적이야!"

그녀는 웃기 시작했다.

"거의 아무것도 안 입었지. 그리고 너도 멋있어지고 어른이 다 되었네. 눈에 생기가 넘치고 콧수염까지 거뭇거뭇하게 자랐어. 이제 막 이렇게 된 거야? 항상 수줍어서 얼굴이 빨개지더니 내가 못 본 지난 2년 동안 완전히 재미있는 파렴치한으로 변했구나. 그리고 내일 아침 네가 죽을 때까지 사랑에 빠지게 될 나탈리만 아니라면, 옛 어른들 말마따나, 우리 사이에 즐거운 로맨스가 많이 기다리고 있을 텐데 말이야."

"나탈리가 누구야?" 나는 어둡고 따뜻하며 고요한 여름 밤하늘을 향해 창문이 열려 있는 램프가 밝게 켜진 식당으로 들어가며 물었다.

"나타샤 스탄케비치는 나한테 놀러 온 고등학교 친구야. 나보다는 그 애가 진짜 미인이야. 상상해봐. 금발에 검은 눈동자가 매혹적인 얼굴을 말이야. 눈동자라기보단 페르시아식으로 표현하자면 검은 태양이야. 속눈썹도 아주 길고 새카맣거든. 얼굴이며 어깨며 다른 모든 부위들도 아름다운 황금빛이야."

"어느 부위가 말이야?" 나는 대화에 더욱 흥미를 느끼며 물었다.

"내일 아침 우리는 목욕하러 갈 거야. 네가 풀숲에 기어들어가서 확인해보면 되잖아. 몸매도 마치 어린 요정 같아."

식탁 위에는 식어버린 커틀릿, 치즈 조각과 크림산 적포도주가 놓여 있었다.

"미안하지만 이것밖에 없어." 그녀는 자리에 앉아 잔에 포도주를 따르며 말했다. "보드카는 없어. 오, 신이시여, 포도주 잔으로라도 건배해."

"왜 신이시여라고 한 거야?"

"우리 집에 데릴사위로 들어올 약혼자를 빨리 찾을 수 있었으면 해서 말이야. 난 벌써 스물한 살이나 되었지만 결혼해서 남편을 따라 다른 곳으로 떠날 수는 없어. 그러면 아버지는 누구와 지내시겠어?"

"그렇다면 신이시여!"

그리고 우리는 잔을 부딪친 후 천천히 술잔을 비웠다. 그녀는 다시 묘한 웃음을 지으며 내가 포크질하는 모습을 바라보기 시작했다. 그리고 마치 혼잣말을 하듯 입을 열었다.

"와, 너 그러고 보니 조지아인을 닮았구나. 그만하면 꽤 미남이야. 예전엔 얼굴이 홀쭉하고 덜 여물었는데 말이야. 완전히 변했어. 부드러우면서도 유쾌해졌어. 다만 요 눈동자들이 바삐 굴러다녀서 그렇지."

"그건 너의 매력에 푹 빠졌기 때문이야. 너도 예전과 많이
달라졌어."

그리고 나는 소냐를 바라보았다. 그녀는 식탁 다른 편에
앉아 있었다. 그녀는 의자에 바짝 등을 대고 앉기도 하고, 한
쪽 다리를 오므리거나 통통한 다리를 꼬기도 하고, 몸을 약
간 내 쪽으로 기울이기도 했다. 전등 아래로 햇볕에 고르게
그을린 그녀의 팔이 빛나고 있었고, 미소를 머금은 푸른 눈
동자가 반짝이고 있었다. 그리고 잠자리에 들려고 커다랗게
땋은 숱이 많고 부드러운 머리카락은 밤색을 띠었다. 활짝
젖혀진 옷깃 사이로 햇볕에 탄 둥근 목과 삼각형 모양으로
그을려 있는 풍만한 가슴골이 드러났다. 예쁘게 땋은 검은
머리채를 드리운 왼쪽 뺨에는 주근깨가 나 있었다.

"그런데 아버지는 어떠셔?"

소냐는 미소를 머금은 채 나를 계속 바라보더니 호주머니
에서 작은 은색 담뱃갑과 성냥을 꺼낸 후 다리를 고쳐 앉으
며 능숙하게 담배를 피우기 시작했다.

"아버지는 다행히도 건강하시지. 여전히 솔직하고 강직하
셔. 가끔씩 지팡이를 짚고 다니시기도 하고, 하얗게 센 머리
카락을 이마 위로 부풀리고 콧수염과 짧은 구레나룻을 갈색

으로 염색하고는 성상을 바라보기도 하셔. 다만 예전보다 더 크고 완강하게 고개를 내저으며 흔드시지. 결코 무엇과도 타협하지 않으려는 것처럼 보이지." 그녀는 입을 벌리고 웃기 시작했다. "담배 피울래?"

나는 그 당시 담배를 피우지 않았지만 한 대 피우기로 했다. 소냐는 다시 내게 포도주를 따르고는 열린 창문을 뒤로 하고 어둠 속에서 나를 바라보았다.

"그래, 아직은 별일 없어서 다행이야. 아름다운 여름에 정말 멋진 밤이야, 안 그래? 꾀꼬리들만 울지 않고 조용히 있네. 난 네가 와서 정말로 기뻐. 6시에 늙어서 기억력이 나빠진 예프렘을 기차역으로 마중 보내면서 혹시나 늦지 않을까 걱정했었거든. 얼마나 초조해하며 너를 기다렸는지. 하지만 다들 가버리고 네가 늦게 와서 이렇게 단둘이 앉아 있는 게 더 만족스러워. 왠지 네가 아주 변했다고 생각되는 건 너 같은 사람들은 항상 그렇기 때문이지. 여름밤 혼자 덩그러니 집에 앉아 기차를 타고 온 누군가가 마침내 방울을 울리며 현관에 도착하는 소리를 듣는 게 얼마나 즐거운 일인지 아니?"

나는 이미 그녀의 온몸에 강한 이끌림을 느끼며 식탁 너머 그녀의 손을 꽉 잡고는 한동안 쥐고 있었다. 기분이 좋아진 그녀는 입술에서 도넛 모양의 담배 연기를 부드럽게 내뿜었다. 나는 손을 내려놓고는 농담조로 말했다.

"참, 나탈리에 대해 네가 말했지. 그 어떤 나탈리도 너와는 비교가 되지 못할 거야. 근데 누구야, 어디서 왔어?"

"보로네쉬 태생으로 훌륭한 집안 출신이야. 한때는 정말 부자였는데 지금은 아주 가난해. 영어와 프랑스어로 대화도 할 수 있지만 먹을 것조차 없을 정도야. 호감형에 몸매도 훌륭하지만 아직 연약해. 똑똑하긴 한데 아주 내성적인 성격이라 똑똑한지 바보인지 금방 알아채지 못할 거야. 스탄케비치 가족은 너의 가장 친한 사촌 형제인 알렉세이 메세르스키의 가까운 이웃이야. 나탈리가 말하길 알렉세이가 자주 집에 들러서 자신의 독신 생활을 불평한다고 그러더군. 그러나 나탈리는 알렉세이를 마음에 두고 있지 않아. 게다가 그는 부자여서 사람들은 나탈리가 돈을 보고 시집을 가는 것이고, 부모님을 위해 희생한 거라고 의심할 테니까 말이야."

"그렇겠지." 나는 말했다. "근데 문제의 핵심으로 되돌아가자고. 나탈리, 나탈리 이야기는 그만. 우리 사이의 사랑은 어떻게 되는 거야?"

"나탈리는 우리 사랑을 전혀 방해하지 않을 거야." 그녀가 대답했다. "넌 나탈리에게 빠져 정신이 아찔해지겠지만 키스는 나와 하게 되겠지. 그 애의 냉정함에 넌 내 가슴에 얼굴을 파묻고 울 테고 난 널 위로하게 될 거야."

"하지만 아주 오래전부터 내가 너를 사랑하고 있다는 사실을 잘 알고 있잖아."

"그래, 그러나 그건 사촌 사이에 흔히 있는 평범한 애정일 뿐이야. 게다가 너무 은밀해서 넌 그때 바보 같기만 했고 재미도 없었어. 하지만 괜찮아. 너의 어리석었던 과거를 다 용서하고, 나탈리와는 상관없이 내일이라도 당장 우리 사랑을 시작할 준비가 되어 있으니 말이야. 이제 그만 자러 가자. 내일 집안일 때문에 일찍 일어나야 하거든."

그리고 그녀는 잠옷을 여미면서 자리에서 일어나 현관에서 거의 다 탄 촛불을 가져와 내 방까지 바래다주었다. 나는 기대했던 사랑을 체르카소프 외삼촌 집에서 갑작스럽게 이뤘다는 행복감에 진심으로 감탄하며 저녁 시간 내내 즐거웠다. 문지방에서 나는 놀라움과 기쁨에 들떠 오랫동안 정신없이 그녀에게 키스하며 그녀를 문지방으로 밀어붙였다. 그녀는 촛농이 떨어지는 촛불을 내려놓고 가만히 눈을 감았다. 그녀는 얼굴이 붉게 달아오른 채 나를 위협하듯이 나지막하게 말했다.

"지금 충분히 봐둬. 내일 모든 사람들 앞에서 나를 뚫어지게 쳐다볼 생각은 하지도 마! 아버지가 눈치를 채시면 안 돼. 아버지가 나를 두려워하는 것 같아도 내가 아버지를 더 무서워하거든. 그리고 나탈리도 아무것도 눈치 채지 못했으면 좋겠어. 정말 쑥스럽거든. 내가 너처럼 행동할 거라고 판단하지는 말아줘. 내 부탁을 들어주지 않는다면 곧바로 너를 미워할 거야."

나는 옷을 벗고 현기증을 느끼며 침대에 쓰러졌다. 그러나 나는 앞으로 얼마나 커다란 불행이 나를 기다리고 있는지, 소녀의 말이 농담이 아니라는 사실을 전혀 의심하지 못한 채 행복감과 피곤함에 기진맥진해 순식간에 달콤한 잠에 빠져들었다.

그 이후 나는 내 방으로 들어와 초에 불을 밝히기 위해 성냥을 그었을 때 커다란 박쥐가 나에게 날아든 일이 불길한 징조였음을 여러 번 회상하곤 했다. 박쥐가 내 얼굴에 얼마나 가까이 날아들었는지 나는 성냥불로도 그 추악하고 거무스레한 피부와 귀가 크고 들창코에 죽음을 연상시키는 포식자의 얼굴을 선명하게 볼 수 있었다. 곧 이어 박쥐는 난폭해져서는 역겹게 날개를 퍼덕이며 열려 있는 창문의 어둠 속으로 몸을 감추었다. 그러나 그 당시에는 박쥐에 대한 일을 금방 잊어버렸다.

II

　다음 날 아침 나는 처음으로 짧은 순간이었지만 나탈리를 볼 수 있었다. 그녀는 갑자기 현관에서 식당으로 뛰어 들어와서는 눈부신 금발 머리와 검은 눈동자를 반짝이며 한번 주위를 둘러보고는 사라져버렸다. 그녀의 머리는 아직 정돈되지 않은 상태였으며 오렌지색 가벼운 잠옷을 입고 있었다. 나는 그때 식당에 혼자 있었다. 외삼촌은 커피를 마시고 먼저 나가셨고 나도 막 커피를 마시고 식탁에서 일어나 우연히 돌아선 순간이었다.

　나는 아직 온 집안이 완전히 고요에 싸여 있는 이른 아침에 잠에서 깨었다. 집에는 방이 여러 개여서 가끔씩 내 방이 헷갈리곤 했다. 나는 정원의 그늘진 쪽으로 창문이 나 있는 어느 외딴 방에서 실컷 잠을 자고 일어나 행복감에 젖어 샤워를 한 후 전부 깨끗한 옷으로 갈아입었다. 특히 붉은 실크로 만든 새 셔츠를 입는다는 사실이 기분 좋았다. 어제 보로네쉬에서 깎은 물기에 젖은 검은 머리카락을 더 정성들여 빗질한 후 복도로 나가 방향을 돌리자 문 앞에 외삼촌의 침실이 딸린 집무실이 보였다. 외삼촌이 여름에는 5시쯤 일어난다는 사실을 알고 있어서 문을 두드렸다. 아무런 대답이 없자 나는 문을 열어 둘러보았다. 백년 묵은 은백양 나무 아래 삼중 창문이 달려 있는 오래되고 넓은 방은 다행스럽게도 변하지 않고 그대로였다. 왼쪽 벽 전체에는 참나무로 만든 책꽂이들이 놓여 있었고 그 사이로 청동 진동추가 달린 마호가니 나무 시계가 서 있었다. 다른 편에는 구슬 담뱃대가 한 무더기로 세워져 있었고 그 위로 기압계가 걸려 있었다. 그 옆 다른 벽에는 호두나무 널빤지로 만든 조상대대로 내려오는 큰 옷장이 들어서 있었다. 그 위로 빛이 바랜 푸른 브로드천이 깔려 있었고 펜치, 망치와 못, 청동 망원경 등이 놓여 있었다. 문 옆의 벽 쪽에 묵직한 목재 소파 위로 타원형 액자 속 색이 바란 초상화들이 쭉 걸려 있었다. 창문 아래에는 커다란 책상과 움푹한 안락의자가 놓여 있었다. 오른편에는 넓은 참나무 침대 위로 그림이 벽 전체를 덮고 있었다. 니스 칠을 한 검은 배경과 그 위로 언뜻 보이는 거무스레하고 뿌연 뭉게구름과 아름답고 짙푸른 나무들, 그 앞쪽에는 꼭 달걀흰자처럼 굳은 통통한 나체의 미인이 광채를 내고 있었다. 그녀는 거의 실물과 같은 크기로 고상한 얼굴에 전체적으로 볼록하게 살집이 많은 등과 툭 튀어나온 엉덩이 그리고 튼실한 다리를 비스듬히 보여주며 서 있었다. 그리고 한 손으로는 유혹하듯이 긴 손가락을 벌려 유두를 가리고 다른 손으로는 그 아래 통통하게 주름이 진 배를 가리고 있었다. 이 모든 것들을 다 둘러보았을 무렵 뒤쪽에서 목발을 짚고 현관에서 내게 다가오는 외삼촌의 굵직한 목소리가 들려왔다.

"아니, 젊은 친구. 이 시간에 내가 침실에 있을 리 없지. 자네나 참나무 세 그루까지 침대에서 뒹굴고 있겠지."

나는 그의 널찍하고 메마른 손에 입맞춤을 하고는 물었다.

"참나무 세 그루라니요, 외삼촌?"

"시골 사내들이 하는 말이란다." 그는 이마 위로 올린 하얗게 센 머리를 흔들고 누렇지만 명철하고 현명한 눈빛으로 나를 바라보며 대답했다. "태양이 참나무 세 그루 높이에 떠올랐는데도 아직도 상판대기를 베개에 묻고 있는 거냐고 시골 사내들이 그러곤 하지. 어쨌든 커피나 마시러 갈까."

나는 그를 따라 열린 창문으로 아침 정원의 녹음이 보이는 식당으로 들어가며 '신기한 노인네에 신비로운 집이군.'이라고 생각했다. 키가 작고 나이 많은 곱사등이 유모가 시중을 들고 있었다. 외삼촌은 은제 받침대 위의 두꺼운 찻잔에 든 크림을 넣은 진한 차를 마셨다. 찻잔 속 동그랗고 낡은 금제 숟가락의 가늘고 긴 꽈배기 모양의 손잡이를 굵은 손가락으로 잡고 있었다. 나는 버터를 바른 흑빵을 먹으며 뜨거운 은제 커피포트에서 차를 따라 마셨다. 외삼촌은 내게는 아무런 질문도 하지 않은 채 오로지 자신에게만 신경을 썼다. 이웃 지주들을 욕하고 비웃으며 이야기를 늘어놓았다. 나는 듣는 척했지만 그의 콧수염과 짧은 구레나룻이며 코끝의 굵은 코털을 쳐다보고 있을 뿐이었다. 사실 나는 이 자리에 없는 나탈리와 소냐를 애타게 기다리고 있었다. '나탈리는 어떤 여자일까, 그리고 어젯밤 일 때문에 소냐를 어떻게 대해야 할까?' 나는 그녀에게 고마움을 느끼며 기분이 들떴다. 그리고 소냐와 나탈리의 침실, 즉 아침에 흐트러져 있을 여자 침실을 생각하며 음란한 상상에 빠져들었다. '어쨌든 소냐는 나탈리에게 어제 시작되었던 우리 사랑에 관해 무슨 이야기를 하지는 않았을까? 만약 그렇다면, 나는 나탈리에게 사랑 비슷한 어떤 감정을 느끼게 될 것이다. 그녀가 예뻐서가 아니라 소냐와 나 사이의 은밀한 공범자가 되었기 때문이다. 두 사람을 사랑하지 말란 법이라도 있단 말인가? 바로 지금 소냐와 나탈리가 아침의 신선함을 머금은 채 들어와서는 조지 아인을 닮은 나의 멋진 모습과 붉은 셔츠를 보게 되겠지. 이야기를 하고 미소도 짓기 시작할 거야. 그리고 뜨거운 커피 포트에서 차를 예쁘게 따르면서 의자에 앉겠지.' 한창 때의 아침 식욕, 생기 넘치는 아침의 홍분, 잠에서 깬 반짝이는 눈동자, 자고 난 후 더 어려진 것 같은 두 뺨 위의 부드러운 화장기 그리고 한 마디 한 마디 끝날 때마다 부자연스러워서 더 매력적인 미소를 짓는 모습을 상상하곤 했다. '아침을 먹기 전에 그들은 정원을 지나 강으로 가서 수영을 하려고 옷을 벗겠지. 그러면 위로는 푸른 하늘, 아래로는 투명한 물이 반사되어 그들의 벌거벗은 몸을 비추게 될 거야.' 나의 상상력은 항상 생생하여서 소냐와 나탈리가 수영장 계단 난간을 붙잡고서 물밑으로 잠긴 축축하면서도 차갑고 역한 나무 진액으로 뒤덮여 미끄러워진 계단을 따라 서툴게 내려가는 모습을 머릿속으로 그릴 수 있었다. '소냐는 숱이 많은 머리를 뒤로 젖히고 가슴을 치켜세운 채 과감하게 물속으로 뛰어들겠지. 물속에서 푸르스름하게 비치는 하얀 몸으로 팔다리를 움직이는 모습은 개구리처럼 이상하게 보일 거야.'

"그럼, 점심 때 보자꾸나. 기억하고 있겠지? 점심시간은 12시야." 외삼촌은 머리를 가로저으며 말하고는 일어났다. 그의 턱은 깨끗이 면도되어 있었고 갈색 콧수염은 남아 있었다. 그는 키가 컸으며 강직해 보였다. 넓은 명주 양복에 코끝이 뭉툭한 반장화를 신고 메밀가루가 잔뜩 묻은 커다란 손에 지팡이를 쥔 외삼촌은 내 어깨를 잡아 흔들고는 빠른 걸음으로 사라졌다. 나 또한 발코니 쪽으로 난 옆문으로 나가기 위해 일어섰을 때였다. 바로 그곳에서 나탈리가 뛰어 들어와 아른거리며 나를 기쁨과 환희에 젖게 만들더니 사라져버렸다. 몹시 놀란 나는 발코니로 나갔다. '정말로 미인이군!' 나는 마치 생각을 가다듬기라도 하듯 오랫동안 서 있었다. 식당에서 한참을 기다리던 나는 마침내 발코니에서 그들의 목소리가 들려오자 정원으로 곧장 뛰쳐나갔다. 이미 한 사람과 매혹적인 비밀을 간직하고 있었기 때문에 두 사람이 두려워서 그런 것은 아니었다. 나탈리가 30분 전쯤 홀연히 나타나 나를 현혹시켰던 그 순간에 대한 두려움 때문이었다. 나는 강가 저지대에 마치 농촌 저택처럼 펼쳐진 정원을 잠시 거닐었다. 그리고 마침내 용기를 내어 일부러 소탈한 척하며 소냐가 크게 기뻐하는 것도, 금발임에도 불구하고 검은 속눈썹에 새카만 눈동자를 한 나탈리가 눈을 반짝이며 나에게 미소를 지은 채 하는 귀여운 농담도 받아들였다.

"우리 이미 만난 적이 있잖아!"

그리고 우리는 머리 위로 햇볕이 따갑게 내리쬐는 여름을 만끽하며 발코니 석조 난간에 팔꿈치를 기대고 서 있었다. 나탈리는 내 근처에 서 있었고 소냐는 그녀를 껴안은 채 어딘가를 멍하니 바라보며 노래를 불렀다. "시끌벅적한 무도회 중에 우연히……." 그러다가 몸을 쭉 뻗었다.

"그럼, 수영하러 가자! 우리가 먼저 다녀올 테니 넌 나중에 가렴."

나탈리는 수건을 가지러 달려갔고, 소냐는 남아서 나에게 속삭였다.

"지금부터 넌 나탈리에게 사랑에 빠진 것처럼 행동해도 돼. 그러다가 정말 사랑에 빠지게 되면 그땐 조심해."

나는 즐거워하다가 대담하게 "이미 그렇게 됐어."라고 대답할 뻔했다. 그녀는 문 쪽을 곁눈질하더니 덧붙였다.

"점심식사 끝나고 너한테 갈게."

그들이 돌아왔을 때 나는 수영장으로 갔다. 처음에는 자작나무 가로수 길을 따라가다가 강 냄새가 따뜻하게 풍겨오고 나무 꼭대기에서는 까마귀 떼가 큰 소리로 울고 있는 강가의 노목들이 늘어선 곳을 지나갔다. 그리고 나탈리와 소냐에 대한 두 가지 완전히 상반된 감정에 다시 사로잡혀 그들이 방금 수영을 했던 바로 그 물 속에서 내가 수영하는 것을 상상했다.

정원 쪽으로 열린 창문 너머로 하늘과 녹음과 태양을 바라보며 행복하고 자유로우며 평온하게 고기 수프와 튀긴 병아리, 크림을 곁들인 딸기로 오랜 시간을 들여 점심식사를 마쳤다. 나탈리가 등장하면 나는 남몰래 두근거렸다. 또한 점심시간 이후 집 전체가 고요해지면 예쁜 붉은 장미를 머리에 달고 식사하러 온 소냐가 어제 했던 일을 여유롭게 계속하기 위해 은밀히 나에게 달려올 바로 그 시간을 기다리며 아찔해하고 있었다. 나는 곧장 내 방으로 가서는 덧문을 살짝 열어놓고 넓은 소파에 누워 그녀를 기다렸다. 대저택의 무더위에 지친 고요함 속에 정원에서는 오후의 나른한 새소리가 들려왔다. 정원에서 꽃과 풀의 달콤한 향기가 덧문으로 밀려들어왔다. 나는 절망적인 생각에 빠져들었다. '소냐를 남몰래 만나며 나탈리의 곁에 머무는 이중적인 상황 속에서 어떡하면 좋을까?' 이러한 생각은 기쁨에 찬 사랑만으로 나탈리를 바라보겠다는 순수한 사랑의 환희와 열정적인 환상으로 바뀌면서 나를 사로잡았다. 열렬한 사랑에 빠져 나는 조금 전 햇볕에 달구어진 낡은 석조 난간에 반쯤 기대어 서 있는 그녀의 가녀린 몸과 여성스러운 뾰족한 팔꿈치를 바라보고 있었다. 소냐는 나탈리와 나란히 팔꿈치로 기대어 서서 그녀의 어깨를 안고 있었다. 주름장식이 달린 삼베 실내복을 입은 소냐는 방금 시집 간 젊은 아가씨 같았다. 아마포 치마와 자수를 놓은 셔츠 아래로 청춘의 완전무결한 몸매가 느껴지는 나탈리는 거의 소녀처럼 보였다. 어젯밤 소냐에게 키스를 했던 바로 그 감정으로 나탈리와 키스를 나누는 것을 감히 생각조차 할 수 없다는 것은 차라리 다행이었다! 붉은색과 푸른색으로 어깨 부분에 자수를 놓은 가볍고 헐렁한 셔츠 속으로 그녀의 가녀린 팔이 보였으며 금발의 머리카락은 그 팔의 메마른 황금빛 살결 위에 달라붙어 있었다. 나는 그녀를 바라보며 생각에 잠겼다. '만약 내 입술이 그녀의 머리카락에 닿는다면 어떤 느낌일까!' 그녀는 나의 시선을 느끼며 반짝이는 검은 눈동자와 크게 땋은 머리채를 둥글게 감아올린 눈부신 얼굴을 들어 나를 쳐다보았다. 나는 물러서서 다급하게 눈을 내리깔고는 햇빛에 비치는 치맛자락을 통해 그녀의 다리와 투명하고 긴 회색 양말 속의 갸름하면서도 단단하고 우아한 복사뼈를 바라보았다.

머리에 장미를 단 소냐는 서둘러 들어오더니 문을 닫고는 조용히 소리쳤다. "자고 있었구나!" 나는 벌떡 일어나서 "무슨 말을 하는 거야, 내가 어떻게 잘 수가 있겠어!"라고 말하며 그녀의 팔을 잡았다. "열쇠로 문 좀 잠가." 나는 문가로 달려갔고 그녀는 눈을 감으며 소파에 앉았다. "이제 나한테 와." 우리들은 곧바로 모든 수치심과 이성을 잃어버렸다. 우리는 이 순간 거의 한 마디도 하지 않았다. 한껏 달아오른 매혹적인 몸으로 그녀는 이미 곳곳에 키스를 허락하고 있었다. 오직 키스만 허락했지만 그녀는 더욱 괴로워하며 눈을 감았다. 그리고 얼굴은 점점 더 붉게 달아올랐다. 얼마 후 그녀는 머리를 매만지면서 다시 속삭이는 목소리로 위협했다.

"나탈리에 대해서 다시 한 번 말할게. 선을 넘지 않도록 조심해. 내 성격은 생각보다 너그럽지 않거든."

장미는 바닥에 나뒹굴고 있었다. 나는 장미를 책상 안에 숨겼다. 저녁 무렵이 되자 예쁘고 붉은 장미는 시들어서 보랏빛으로 변했다.

Ⅲ

내 일상은 겉으로는 평온했지만 속으로는 잠시도 그러지 못했다. 이제는 습관처럼 밤마다 소냐와의 정열적이고도 달콤한 만남에 점점 더 집착했다. 그녀는 집 전체가 잠든 늦은 저녁에만 나에게로 왔다. 또 고통스럽긴 하지만 보다 큰 환희에 싸여 은밀하게 나탈리의 움직임을 매 순간 지켜보았기 때문이다. 여름은 별일 없이 평범하게 지나갔다. 아침에 얼굴을 보고 나서는 수영을 했다. 그리고 점심을 먹은 다음엔 방에서 쉬다가 정원으로 산책을 나왔다. 소냐와 나탈리는 자작나무 가로수 길에 앉아 나에게 곤차로프의 시를 큰 소리로 읽도록 시키고는 자수를 놓거나 집에서 멀지 않은 발코니 오른편의 참나무 아래 그늘진 공터에서 과일 잼을 만들었다. 4시쯤엔 왼편의 다른 공터에서 차를 마시고 저녁이 되면 산책을 하거나 저택 앞 넓은 마당에서 크로켓을 했다. 나와 나탈리가 같은 편이 되어 소냐와 대결하거나 소냐와 나탈리가 같은 편이 되기도 했다. 노을이 질 무렵 식당에서 저녁을 들었다. 저녁식사가 끝나면 외삼촌은 자러 들어갔다. 그러면 우리들은 발코니의 어둠 속에 오랫동안 앉아 있었다. 나와 소냐는 농담을 주고받으며 담배를 피웠지만 나탈리는 아무 말도 하지 않았다. 결국 소냐가 말했다. "이제 잠자리에 들 시간이야!" 그들과 작별 인사를 하고 나는 방으로 돌아왔다. 그리고 침대 머리맡에서 타다 남은 양초 아래 회중시계 초침의 째깍째깍 소리가 들릴 정도로 집 전체가 어둡고 고요해지는 은밀한 시간을 초조하게 기다렸다. 나는 모든 것이 놀라우면서도 무서웠다. 신이 동시에 서로 다르지만 격정적인 두 개의 사랑을 주며 나를 벌하고 있다는 사실 때문이었다. 나는 아름다운 나탈리를 사랑하면서도 소냐의 육체에 황홀해했다. 나는 소냐와의 불완전한 관계를 견딜 수 없을 것만 같았다. 또한 한밤중의 만남을 기다리다가 그 다음 날 하루 종일 그 두 여자와 함께 한다는 사실에 완전 미쳐버릴 것만 같았다. 나탈리는 항상 곁에 있었다. 소냐는 벌써 질투를 하며 가끔씩 무섭게 발끈하면서 단 둘이 있을 때 나에게 말했다.

"우리가 나탈리 앞에 앉아 있을 때면 뭔가 어색해 보여서 걱정이야. 내 생각에 아버지가 뭔가 눈치를 채기 시작하신 것 같아. 나탈리도 그렇고 유모도 우리 사이를 확신하고 아버지에게 고자질할 것이 틀림없어. 좀 더 자주 나탈리와 단둘이 정원에 앉아서 이 지겨운 『절벽』도 읽어주고, 가끔씩 저녁마다 산책도 같이 해. 정말 끔찍해. 네가 바보처럼 나탈리를 뚫어져라 바라보는 것을 알고 있어. 그럴 때면 가끔씩 나 자신에게 증오감을 느끼곤 해. 오다르카처럼 당장 모든 사람들이 보는 앞에서 네 머리카락을 쥐어뜯을 것만 같거든. 난 어찌해야 하지?"

내가 생각했던 것보다 모든 상황이 더 악화되었다. 나탈리는 고민하지도 분노하지도 않았지만 나와 소냐 사이에 무언가 비밀이 있다는 사실을 눈치 채기 시작했다. 그렇지 않아도 말수가 없던 그녀는 점점 더 조용해졌다. 그리고 크로켓 놀이를 하거나 아주 열심히 수를 놓곤 했다. 우리는 서로에게 익숙해지면서 가까워졌다. 나는 응접실에서 나탈리가 소파에 반쯤 누운 채 악보를 뒤적이고 있을 때 농담을 건넸다.

"나탈리, 우리가 친척이 될지도 모른다는 말을 들었는데."

그녀는 나를 뚫어져라 쳐다보았다.

"어떻게 말이야?"

"내 사촌 알렉세이 니콜라이치 메세르스키와……."

그녀는 내가 말할 틈을 주지 않았다.

"아, 기가 막혀! 미안하지만 뚱뚱하고 검은 머리가 온통 덥수룩한데다가 새빨간 입으로 혀 짧은 소리를 하는 키가 아주 큰 네 사촌 말하는구나. 누가 너한테 그런 이야기하라고 시킨 거야?"

나는 당황했다.

"나탈리, 나탈리. 왜 나한테만 그렇게 까다로운 거야! 농담도 못하겠군! 사과할게." 나는 그녀의 손을 잡으며 말했다.

그녀는 손을 뿌리치지 않고 대답했다.

"지금까지도 이해가 안 돼. 너를 모르겠어. 하지만 이런 이야긴 이제 그만두자."

소파에 비스듬히 놓인 흰 테니스화를 집으며 괴로워하는 그녀를 보지 않기 위해 나는 일어나 발코니로 나갔다. 정원으로 먹구름이 몰려오고 하늘은 흐려지고 있었다. 정원을 따라 부드러운 여름의 소리가 넓고도 가깝게 밀려왔다. 비를 머금은 들판의 바람이 달콤하게 불어왔다. 갑자기 이유는 알 수 없지만 즐겁고도 자유로운 행복감에 사로잡혀 나는 소리쳤다.

"나탈리, 잠시만!"

그녀가 문턱으로 다가왔다.

"왜?"

"숨을 깊이 들이켜봐. 바람이 끝내줘! 모든 것들이 정말이지 행복해!"

그녀는 한동안 가만히 있었다.

"그래."

"나탈리, 왜 그렇게 쌀쌀맞게 구는 거야! 나한테 나쁜 감정이라도 있어?"

그녀는 어깨를 으쓱했다.

"무엇 때문에 내가 너에게 나쁜 감정을 가지겠어?"

저녁 무렵 우리 셋은 어둠 속 발코니 의자에 가만히 누워 있었다. 별빛만이 검은 구름 속에서 빛나고 있었고, 개구리들이 졸린 듯이 울고 있는 강가 쪽에서 나른한 미풍이 불어왔다.

"비가 내릴 모양이군, 잠이 오네." 소냐가 하품을 참으며 입을 열었다. "유모가 초승달이 떴다고 그러더라. 이제 일주일 정도는 깨끗해지겠군." 그리고 잠시 조용하더니 덧붙였다. "나탈리, 첫사랑에 대해 어떻게 생각해?"

나탈리는 어둠 속에서 대답했다.

"난 하나는 확신해. 남자와 여자의 첫사랑은 완전히 다르다는 것 말이야."

소냐는 잠시 생각에 잠겼다.

"여자들마다 다르겠지."

그리고는 단호하게 일어났다.

"자, 이제 자러 갈 시간이야."

"난 잠시 더 있을게. 밤이 마음에 들거든." 나탈리가 말했다.

나는 멀어져가는 소냐의 발자국 소리를 들으며 속삭였다.

"오늘은 너와 뭔가 이야기가 잘 안 통하는 것 같아."

그녀가 대답했다.

"응, 맞아. 이야기가 잘 안 되네."

다음 날 우리는 태연한 척하며 만났다. 밤에 비가 조용히 내리더니 아침에는 개었다. 점심 이후에는 건조해지면서 무더웠다. 4시쯤 차를 마시기 전 소냐가 외삼촌의 사무실에서 가계지출에 관련된 일을 하고 있을 때 나는 자작나무 가로수 길에 앉아『절벽』을 소리 내어 계속 읽으려고 애썼다. 나탈리는 몸을 숙여 오른손을 움직이며 수를 놓았다. 나는 책을 읽으며 달콤한 애수에 젖어 때때로 소매 속에 드러나는 그녀의 왼손과 손 위로 흘러내린 머리카락이며 목덜미에서 어깨로 이어지는 부위를 쳐다보곤 했다. 그리고 실제로는 한 단어도 제대로 이해하지 못한 채로 활기차게 읽어내려 갔다. 마침내 나는 입을 열었다.

"이젠 네가 읽어봐."

나탈리가 허리를 펴자 얇은 블라우스 아래로 유두가 도드라져 보였다. 나탈리는 수놓던 천을 옆에 두고는 다시 몸을 굽히며 신비로우면서도 아름다운 머리를 낮게 숙였다. 그러자 그녀의 뒷덜미와 어깨선이 드러났다. 그녀는 책을 무릎 위에 놓더니 빠르지만 정확치 않은 목소리로 책을 읽기 시작했다. 나는 나탈리의 손과 책 아래 무릎, 그리고 목소리에 완전히 반한 채 바라보았다. 저녁이 올 무렵 정원 여러 곳에서 여름의 꾀꼬리 소리가 울려 퍼졌다. 맞은편으로 자작나무 가로수길 사이에 외로이 자란 한 그루 소나무의 높다란 가지에 붉은 회색 딱따구리가 앉아 있었다.

"나탈리, 머리 색깔이 정말 아름다워! 잘 익은 옥수수보다 진해 보여."

그녀는 계속 읽어 내려갔다.

"나탈리, 딱따구리야. 저기 봐!"

그녀는 위를 쳐다보았다.

"그래, 맞아. 이미 봤어. 지금도 봤고 어제도 봤지. 책 좀 읽게 방해하지 말아줄래."

나는 잠시 입을 다물었다가 다시 말을 꺼냈다.

"여기 한번 봐봐. 마치 말라죽은 회색 벌레 같아."

"뭐, 어디에?"

나는 우리 사이에 있는 벤치 위 말라비틀어진 새의 배설물을 가리켰다.

나는 행복감에 중얼거리고 미소를 지으며 그녀의 손을 꽉 잡아 눌렀다.

"나탈리, 나탈리!"

그녀는 조용히 그리고 한참 동안 나를 바라보더니 말했다.

"하지만 넌 소냐를 사랑하잖아!"

나는 마치 사기꾼으로 붙잡히기라도 한 것처럼 얼굴이 빨개졌다. 그러나 나탈리가 입술을 살짝 떼며 말을 하려고 할 때 나는 이미 소냐를 단념했다.

"그건 사실이 아니지?"

"사실이 아니야. 거짓말이야. 나는 소냐를 무척 사랑하긴 하는데 그건 사촌 누나로서야. 우린 어릴 적부터 서로를 잘 알던 사이거든!"

IV

다음 날 나탈리는 아침에도 저녁에도 나타나지 않았다.

"소냐, 나탈리에게 무슨 일이 있는 거니?" 외삼촌이 물었다. 소냐는 쓸쓸한 미소를 지어 보이며 대답했다.

"아침 내내 머리도 빗지 않고 잠옷을 입은 채 누워 있더군요. 얼굴엔 운 흔적도 보였어요. 커피를 가져다줘도 잘 마시지도 않더군요. 무슨 일이냐고 물어보니 머리가 아프다고만 하네요. 아마 사랑에 빠진 것이 아닐까 해요!"

"그럴 때도 있는 법이지." 외삼촌은 소냐의 말에 동조하는 눈빛으로 나를 바라보면서도 머리로는 부정하는 듯한 대답을 했다.

나탈리는 저녁 무렵 차를 마실 즈음 밖으로 나왔다. 그러나 발코니로 재빨리 들어가 버렸다. 나탈리는 나를 반기면서도 어색한 미소를 지어 보였다. 나는 그녀의 활달함과 미소, 그리고 화려한 새 옷차림에 놀랐다. 머리를 바싹 빗어 올렸고 앞머리는 집게로 웨이브를 만들어서 약간 곱슬곱슬했다. 처음 보는 녹색 원피스는 소박하면서도 편안해 보였는데 특히 허리 부분이 그랬다. 그리고 검은 하이힐을 신고 있었다. 나는 환희에 차 속으로 환호성을 질렀다. 나는 발코니에 앉아 외삼촌이 준 『역사통보』를 읽고 있었다. 그때 갑자기 나탈리가 어색한 듯 호의를 보이며 재빨리 들어왔다.

"좋은 저녁이야. 차 마시러 가자. 오늘은 내가 차를 준비할 거야. 소냐는 몸이 안 좋은가 봐."

"어떻게? 네가 아프더니 이젠 소냐가 아픈 거야?"

"난 그저 아침부터 머리가 아팠을 뿐이야. 말하긴 쑥스럽지만 방금 괜찮아졌어."

"이 녹색 원피스는 네 눈동자와 머리카락에 정말 잘 어울려!" 나는 그렇게 말했다. 그리고 얼굴을 붉히며 갑자기 물었다. "어제 내 말 믿은 것 맞지?"

그녀 또한 살짝 얼굴이 빨개지며 고개를 돌렸다.

"다 믿은 건 아니야. 그런데 너를 믿지 못할 근거도 없고, 특히 너와 소냐의 감정이 지금 나와 무슨 상관이 있냐는 생각이 갑자기 들더라. 그럼 가자."

소냐는 저녁 먹으러 나와서는 나에게 말할 기회를 엿보았다.

"나 아파. 이때만 되면 항상 힘들어. 5일은 누워 있어야 하거든. 오늘은 움직일 수 있는데 내일은 안 될 거야. 내가 없어도 지혜롭게 행동해야 해. 널 끔찍할 정도로 사랑하고 미치도록 질투하고 있거든."

"지금 나한테 잠깐 들르면 안 돼?"

"넌 바보야!"

이것은 행복인 동시에 불행이기도 했다. 5일 동안 나탈리와 단 둘이 완전히 자유롭게 지낼 수 있게 되었지만 이 기간 동안 소냐를 내 방에서 밤마다 만날 수 없었기 때문이었다.

일주일 정도 나탈리가 집을 돌보고 관리했다. 그녀는 흰 앞치마를 걸치고 마당을 가로질러 큰 주방을 들락날락했다. 이전엔 한 번도 이렇게 능숙한 그녀의 모습을 보지 못했다. 그녀는 소냐 대신 집안을 돌보는 여주인으로서의 역할에 크게 만족하는 모습이었다. 그리고 나와 소냐가 이야기를 나누고 시선을 주고받는 것에 남몰래 신경 쓰더니 잠시 무디어진 것처럼 보였다. 나탈리는 이 기간 내내 점심식사 시간이 되면 모든 일에 대해 불안해하다가 순조롭게 진행되고 나서야 만족해했다. 나이든 요리사와 우크라이나 하녀 흐리스챠가 외삼촌이 화가 나지 않도록 제때에 음식을 요리해 가져왔기 때문이다. 그리고 식사 후 나탈리는 소냐에게 가서 저녁 무렵 차 마시는 시간까지 머물렀고, 식사 이후에는 저녁 내내 그녀에게 붙어 있었다. 내가 소냐의 방에 들르는 것은 허락되지 않았다. 나탈리는 어쩌다 나와 단둘이 있는 경우가 생기면 자리를 피해버렸다. 나는 그 이유를 알지도 못한 채

외로움 속에서 고통스러운 시간을 보냈다. '상냥해지더니 왜 갑자기 도망치는 걸까? 소냐가 무서운 걸까, 아니면 나에 대한 감정이 두려운 걸까?' 나는 깊은 생각에 빠졌다. '소냐와 영원히 함께 하는 것도 아니고 여기서 계속 손님으로 묵을 수도 없잖아. 나탈리도 마찬가지고 말이야. 일주일 후면 어쨌든 떠나야 하잖아.' 그렇게 생각하자 고통이 끝나는 것 같았다. '나탈리가 집으로 돌아가자마자 스탄케비치 가족에게 인사하러 떠나야 한다는 구실을 만들어야겠어.' 나탈리에게 남몰래 연정을 품으며 사랑과 손길을 기대하느라 소냐를 속이면서 떠나야 한다는 사실은 괴로운 일이었다. '정말 욕정 때문에 소냐에게 입맞춤을 한 것일까, 아니면 진정 그녀를 사랑하는 것일까? 그러나 언제가 됐든 피할 수 없는 일인 건 마찬가지야.' 나는 정신적 고통 속에서 끊임없이 그렇게 되새기며 나탈리와 만났을 경우 가능한 한 침착하고 정답게 행동해야겠다고 다짐했다. '만남의 시간이 올 때까지 참고 참아야 한다.' 나는 괴로우면서도 지루했다. 공교롭게도 3일 동안 비가 내렸다. 규칙적으로 빗방울이 떨어지며 지붕을 수천 번 두드렸다. 집 안에 어둠이 찾아들었고, 천장과 식당 램프 위에는 파리가 졸고 있었다. 그러나 나는 가끔씩 정해진 시간에 외삼촌의 서재에 앉아 시시콜콜한 이야기를 들으며 힘든 시간을 견뎌냈다.

소냐가 긴 덧옷을 입고 나오기 시작하더니 점점 머무르는 시간이 늘어났다. 그녀는 놀라는 나에게 애틋한 미소를 지어 보이며 발코니 안락의자에 누워서는 나탈리가 옆에 있어도 망설이지 않고 변덕스러우면서도 부드럽게 나와 이야기를 주고받았다.

"내 옆에 앉아. 지금 아프고 우울하거든. 뭔가 재밌는 이야기 좀 해줄래. 달이 정말 깨끗해졌어. 그래 정말 깨끗해진 것 같아. 날씨가 맑아지고 달콤한 꽃향기가 느껴지잖아."

나는 남몰래 흥분해서 대답했다.

"꽃향기가 진하게 나야만 깨끗해지는 거야."

그녀는 손으로 나를 때렸다.

"환자한테 감히 반항을 하다니!"

마침내 소냐는 점심 식사와 저녁시간 차를 마시러 나오게 되었지만 여전히 창백한 그녀는 안락의자를 가져다줄 것을 부탁했다. 그러나 저녁 식사 무렵과 식사 이후에는 발코니로 나가지 않았다. 한번은 저녁차를 마신 후 소냐가 방으로 돌아가고 흐리스챠가 사모바르를 주방으로 가지고 나갔을 때 나탈리가 나에게 말했다.

"내가 소냐 곁에 있느라 너를 죽 혼자 내버려둬서 소냐가 화가 났어. 나는 소냐가 그리 마음에 들지 않아. 근데 넌 소냐가 없으면 보고 싶어?"

"난 네가 없을 때만 네가 보고 싶을 뿐이야." 나는 대답했다. "네가 없을 때만……."

나탈리는 표정이 달라졌지만 이내 진정하고는 웃으려고 노력했다.

"하지만 우리는 더 이상 싸우지 않기로 약속했잖아. 명심하는 게 좋을 거야. 너는 집 안에 머물러 있다가 저녁 식사 전까지 나가서 산책을 해. 그런 다음 정원에서 너와 함께 있어줄게. 날씨가 맑아질 거라는 예측은 틀렸지만 다행히도 밤은 아름다울 거야."

"소냐는 네가 아니고 내가 불쌍한 걸까? 아니면 전혀 그렇지 않은 걸까?"

"정말 불쌍하게 여기지." 나탈리는 대답하고는 쟁반에 찻잔을 올려놓으며 부자연스럽게 웃기 시작했다. "그러나 다행히도 소냐는 이제 건강하니 넌 곧 지루해하지 않아도 될 거야."

'저녁에 너와 함께 있어줄게.'라는 말에 나의 가슴은 달콤하면서도 비밀스럽게 아려왔다. 하지만 그 순간 나는 생각에 잠겼다. '아니야! 그냥 인사치레로 한 말일 거야!' 나는 내 방으로 돌아와 천장을 바라보며 오랫동안 누워 있었다. 얼마 후 일어나 현관에서 모자와 지팡이를 집어 들고는 무의식적으로 영지에서 넓은 길로 나갔다. 그 길은 영지와 우크라이나 시골 마을 사이 황량한 초원의 작은 언덕 위로 뻗어 있었다. 길은 인기척이 없는 저녁 들판으로 나 있었다. 곳곳에 언덕이 솟아 있었지만 광활해서 멀리까지 보였다. 왼편에는 작은 시냇물이 낮게 흐르고 있었고, 그 뒤편으로 텅 빈 들판이 지평선을 향해 펼쳐져 있었다. 그곳에는 그때 마침 태양이 내려앉아 노을이 불타고 있었다. 오른편으로 황폐해진 마을의 똑같이 생긴 하얀 농가들이 노을에 물들고 있었다. 나는 애수에 젖어 노을과 농가를 번갈아 바라보았다. 뒤로 돌아섰을 때 맞은편에서 뜨거운 바람이 불어왔다. 그리고 하늘에는 불길한 예감이 도는 초승달이 빛나고 있었다. 달의 한쪽만이 빛나고 있었지만 마치 투명한 거미줄처럼 다른 쪽도 희미하게 보여서 전체적으로 도토리를 연상시켰다.

이번에도 정원에서 저녁 식사를 했다. 집안은 더웠기 때문이었다. 저녁을 들면서 나는 외삼촌에게 말했다.

"외삼촌, 날씨 어떻게 생각하세요? 내일 비가 올 것 같아요."

"왜 그렇게 생각하니?"

"방금 들판에 다녀왔는데 곧 이 집을 떠나야 할 것만 같은 우울한 생각이 드네요."

"무엇 때문에 그런 거니?"

나탈리 또한 고개를 들어 나를 쳐다보며 입을 열었다.

"떠나려고?"

나는 애써 웃음을 지어 보이며 말했다.

"더 이상 있을 수가 없어요."

외삼촌은 매우 단호하게 고개를 저으며 적절한 순간에 말을 이었다.

"허튼 소리야. 그런 말은 그만 둬! 네 엄마와 아빠는 너와 떨어져 있어도 잘 견딜 거야. 2주가 지나기 전에는 너를 보내지 않을 거란다. 나탈리도 너를 보내주지 않을 거야."

"저는 비탈리 페트로비치에게 아무런 권리도 없어요." 그녀가 말했다.

나는 하소연하듯 소리쳤다.

"외삼촌, 나탈리가 저를 저렇게 부르지 못하게 해주세요."

외삼촌은 손바닥으로 식탁을 내려쳤다.

"그래, 못하게 할게. 떠난다는 이야기는 그만하렴. 비에 관해서라면 네 말이 맞을 거다. 날씨가 또다시 나빠질 가능성이 아주 크거든."

"들판은 벌써 아주 깨끗하고 환하던 걸요. 그리고 달의 한 쪽 면은 정말 맑고 마치 도토리 같았어요. 남쪽에서 바람이 불어왔고요. 저기 보이시죠. 구름이 몰려들고 있어요." 나는 말했다.

외삼촌은 뒤로 돌아 어두워진 정원을 바라보았다. 달빛은 더 밝게 빛나고 있었다.

9시경 나탈리는 발코니로 나왔다. 그때 나는 그녀를 기다리며 우울한 생각에 젖어 앉아 있었다. '그녀가 나에게 가진 감정이 진지하지 않고 순간적인 것이라면 다 쓸데없는 일이야.' 잔뜩 몰려와 하늘을 가득 채운 먹구름 사이로 맑은 초승달이 높게 떠올라 밝게 빛나고 있었다. 구름 사이로 하얗게 내민 달의 한쪽 얼굴은 밝았지만 마치 죽은 사람의 창백한 옆모습인 것만 같았다. 사방이 밝은 달빛으로 가득 차서 환했다. 나는 인기척이 느껴져 주위를 돌아보았다. 나탈리는 두 손을 등 뒤로 한 채 나를 말없이 바라보며 문지방에 서 있었다. 내가 일어나자 그녀는 차분하게 물었다.

"아직 안 자고 있었던 거야?"

"네가 나한테 함께 있자고 했잖아."

"미안해, 오늘 너무 피곤하거든. 가로수 길을 잠깐 산책하자. 그리고 자러 갈 거야."

나는 나탈리를 뒤따라 나갔다. 그녀는 번개가 소리 없이 번쩍이고 거대한 구름으로 뒤덮인 정원 꼭대기를 바라보며 발코니 계단에 멈춰서 있었다. 잠시 후 나탈리는 길게 늘어서 있는 자작나무 가로수길 아래 빛과 그림자가 어른거리는 곳으로 들어갔다. 그녀와 나란히 걸으며 나는 무슨 말이든 하기 위해 입을 열었다.

"저 멀리 자작나무가 아주 멋지게 반짝이고 있네. 달이 뜬 밤 깊은 숲속의 자작나무 줄기들이 하얗게 빛나고 있는 것보다 더 신비하고 아름다운 것은 아마 없을 거야."

나탈리는 걸음을 멈추고 어스름 속에서 검은 눈으로 나를 똑바로 쳐다보며 물었다.

"너 정말 떠날 거야?"

"응, 때가 됐어."

"하지만 왜 갑자기 그렇게 빨리 떠나는 거야? 솔직하게 말할게. 네가 떠난다고 말했을 때 많이 놀랐어."

"나탈리, 네가 집으로 돌아가면 내 가족들에게 소개시켜주고 싶은데 우리 집으로 올 수 있겠어?"

그녀는 잠자코 있었다. 나는 그녀의 팔을 잡고 완전히 아찔한 상태로 입맞춤을 했다.

"나탈리."

"응, 그래, 널 사랑해." 그녀는 무표정한 채 서둘러 말하고는 집으로 되돌아갔다. 나는 몽유병 환자처럼 그녀를 뒤따랐다.

"그럼 내일 떠나." 그녀는 돌아보지도 않은 채 걸어가면서 말했다. "나도 며칠 후 집으로 돌아갈 거야."

V

나는 방으로 들어와 양초를 켜지도 않은 채 소파에 앉았다. 내 인생에 갑자기 불쑥 일어난 이 상황에 나는 겁이 나면서도 동시에 황홀감에 젖어 온몸이 굳어지고 정신이 혼미해졌다. 나는 시간이 어떻게 흘러가는지도 모른 채 앉아 있었다. 방과 정원은 이미 먹구름이 만든 어둠 속에 잠겨 있었다. 열린 창문 너머 정원에서 온갖 소리가 들리고 불빛이 가물거렸다. 푸르스름한 번갯불이 순식간에 사라지며 선명하게 나를 비췄다. 이 소리 없이 빠르고 강력한 빛은 더욱 더 커져갔다. 갑자기 밝은 빛이 방 안에 독특한 모양을 만들어냈다. 신선한 바람이 불어오고 정원에서는 요란한 소리가 들려왔다. 정원은 마치 공포에 사로잡힌 듯했다. 지상과 하늘이 불타오르고 있었다. 나는 벌떡 일어나 창문틀을 잡고는 불어오는 바람에 맞서며 힘겹게 창문을 하나하나 닫았다. 그리고 발끝으로 어두운 복도를 따라 식당으로 뛰어갔다. 나는 창문이 열려 있어서 폭풍우에 식당과 거실의 유리가 깨질지도 모른다는 생각을 할 만한 정신이 있었던 것은 아니지만 근심어린 마음으로 달려갔다. 나는 푸르스름한 번갯불을 통해 식당과 거실의 모든 창문이 닫혀 있다는 사실을 알게 되었다. 그 선명한 섬광은 재빠른 눈동자처럼 그 안 곳곳에 초자연적인 무엇인가가 존재했다. 섬광은 창문틀의 새시 하나하나까지 거대하고 또렷하게 만들더니 곧 짙은 암흑 속으로 잠겼다. 그리고 잠시 눈이 멀어 있는 동안 금속성의 붉은 흔적을 남기기도 했다. 내가 없는 사이 무슨 일이 일어났을지도 모른다는 불안감에 휩싸여 서둘러 방으로 돌아왔다. 어둠 속에서 화가 난 속삭임 소리가 들려왔다.

"어디에 있었던 거야? 무서워. 얼른 촛불 좀 켜줘."

내가 성냥을 긋자 잠옷 하나만 걸치고 맨발에 신발을 신은 소녀가 소파에 앉아 있는 모습이 보였다.

"아냐, 아니야, 촛불을 켤 필요 없어." 그녀가 급히 입을 열었다. "빨리 와서 안아줘. 무서워."

나는 조용히 앉아 그녀의 차가운 어깨를 껴안았다. 그녀는 속삭이기 시작했다.

"키스해줘. 키스해달라고. 나를 완전히 가져. 일주일 동안이나 너랑 키스를 못했잖아!"

그리고 힘껏 나를 소파의 방석 위로 밀어붙였다. 그 순간 잠옷을 걸친 나탈리가 한 손에 촛불을 들고 열려 있는 문지방에 나타났다. 그녀는 바로 우리를 보았지만 못 본 척하며 소리쳤다.

"소냐, 어디에 있는 거니? 나 정말 무서워."

그리고는 곧장 사라졌다. 소냐는 그녀를 뒤따라 뛰어갔다.

VI

일 년 후 나탈리는 메세르스키에게 시집을 갔다. 그들은 블라고다트노예의 텅 빈 교회에서 결혼식을 올렸다. 우리 식구를 비롯해 나탈리 쪽의 친인척뿐만 아니라 메세르스키 쪽의 친인척들도 결혼식에 초대장을 받지 못했다. 신혼부부는 결혼식이 끝난 후 으레 하는 친지 방문도 하지 않은 채 바로 크림으로 떠났다.

다음 해 1월, 성녀 타티야나의 날에 보로네쉬에서 그 지역 대학생들의 귀족 클럽 무도회가 열렸다. 모스크바 대학생이었던 나는 시골에서 크리스마스 주간을 보내고 그날 저녁 보로네쉬에 도착했다. 눈보라 때문에 온통 하얗게 눈을 뒤집어쓴 기차가 연기를 뿜으며 정거장에 도착했다. 마차가 나를 드보란스카야 호텔로 데려다주는 동안 눈보라 사이로 가로등 불빛이 희미하게 반짝였다. 그러나 시골에서 올라온 터라 도시의 눈보라와 불빛은 나를 흥분시켰다. 그뿐만 아니라 낡은 호텔의 따뜻한 방으로 들어가 차를 주문하고 옷을 갈아입은 후 무도회에서 긴 밤을 보내며 동이 틀 때까지 술을 마시게 될 즐거움이 약속되어 있었다. 체르카소프 영지에서의 두려웠던 밤과 나탈리의 결혼식이 가져다준 충격은 시간이 흐르면서 점점 회복되어갔다. 어쨌든 나는 겉으로는 다른 사람들처럼 살면서 남몰래 마음속으로 아파하는 상태에 익숙해져가고 있었다.

내가 도착하자 무도회가 막 시작되었다. 정면 계단과 무대에는 사람들로 이미 가득 차 있었다. 중앙 홀에서 요란하게 연주되는 애절하면서도 흥겨운 왈츠 음악에 모든 소리가 묻혔다. 추위 때문에 몸이 차가워진 나는 세련된 새 제복을 입고는 지나칠 정도로 점잖게 계단의 붉은 카펫을 따라 군중들 속으로 들어갔다. 그리고 무대 위 홀의 문 앞을 빽빽이 가득 메운, 열기에 취한 사람들 사이로 올라갔다. 그 다음 마치 홀에 급한 볼일이 있는 관리자처럼 사람들 무리를 강하게 뚫고 지나갔다. 마침내 그곳을 지나온 나는 바로 위쪽에서 연주하는 오케스트라의 음악을 들으면서 반짝이는 샹들리에 아래 왈츠에 맞춰 다양하게 춤을 추는 수십 쌍의 커플들을 바라보며 서 있었다. 그리고 나는 갑자기 뒤로 물러섰다. 춤을 추는 손님들 사이로 한 쌍의 커플이 빠르게 돌진해왔기 때문이었다. 나는 그가 누구인지 쳐다보면서 비켜섰다. 그 남자는 왈츠를 출 때 등이 약간 구부정했지만 덩치가 크고 건장했다. 그리고 검은 머리는 윤기가 흘렀고 연미복 때문에 전체가 까맣게 보였다. 그는 사람들이 놀랄 정도로 부드럽게 춤을 추고 있었다. 그의 상대는 무도회용 올림머리에 흰 드레스를 입고 세련된 황금빛 구두를 신은 키가 큰 여자였다. 그녀는 몸을 약간 뒤로 젖히고 눈을 내리깔고는 팔꿈치까지 오는 흰 장갑을 낀 팔을 남자의 어깨에 올린 채 춤을 추고 있었다. 흰 장갑의 곡선 때문에 그녀의 팔은 마치 백조의 목 같았다. 한 순간 그녀의 검은 속눈썹이 바로 내 앞에서 살짝 올라가면서 검은 눈동자가 반짝거렸다. 그 남자는 육중한 몸으로 능숙하게 발끝으로 미끄러지듯이 움직이며 그녀를 크게 돌렸다. 회전하는 도중 그녀의 입술이 살짝 열리고 은빛 드레스의 옷자락이 반짝였다. 그들은 반대쪽을 향해 빠르게 멀어졌다. 나는 다시 한 번 군중을 헤치고 나와 한동안 서 있었다. 내 맞은편에 차가운 기운이 도는 텅 빈 홀의 문 옆 식당에 우크라이나 전통 의상을 입은 두 명의 여학생이 샴페인 잔을 든 채 파티에서의 만남을 기대하며 서 있는 모습이 눈에 들어왔다. 한 여학생은 예쁜 금발에 마르고 얼굴이 까무잡잡한 카자크 미인이었는데 다른 여학생보다 키가 두 배는 커 보였다. 나는 그곳으로 들어가 인사를 건네며 100루블짜리 지폐를 내밀었다. 그 여학생들은 얼굴을 마주 보며 미소를 짓더니 판매대 아래의 얼음이 담긴 통에서 묵직한 술병을 꺼낸 후 우물쭈물하면서 서로를 쳐다보고 있었다. 마개를 딴 병은 아직 없었다. 나는 판매대 쪽으로 다가가 남자답게 코르크 마개를 땄다. 그런 다음 유쾌하게 그녀들에게 술잔을 치켜들며 말했다. "즐거운 시간 되시길!" 그리고 한 잔 한 잔씩 나 혼자 다 마셨다. 여학생들은 처음에는 놀라워하며 나를 쳐다보더니 이내 걱정스러운 듯 말했다.

"아, 얼굴이 정말 창백해 보여요!"

나는 술잔을 다 비운 후 곧장 그 자리를 떠났다. 호텔로 가서 카프카스산 코냑을 방으로 주문해 심장이 터져버렸으면 좋겠다는 생각을 하며 찻잔에 따라 마셨다.

그리고 다시 일년 반의 시간이 흘렀다. 어느 5월 말 모스크바에서 집으로 돌아왔을 때 급사가 블라고다트노예에서 온 나탈리의 전보를 가지고 왔다. '오늘 아침 알렉세이 니콜라예비치가 뇌출혈로 갑자기 생을 마감했습니다.' 아버지는 성호를 긋고는 말씀하셨다.

"천국으로 가길. 참으로 안타깝구나. 그 아이에게 잘해주지 못해서 미안한 마음이 앞서는구나. 어쨌든 안된 일이야. 나탈리가 너무 불쌍하구나. 그 젊은 나이에 벌써 남편을 잃고 어린 아이와 단 둘이라니. 그녀를 만난 적은 한 번도 없지만 참 매력적이라고 사람들이 그러더구나. 조카 녀석이 서운하게도 나탈리를 한 번도 집으로 데리고 오지 않았지. 이제 어쩌지? 나와 네 어머니는 나이가 많아 150베르스타나 되는 거리를 갈 수가 없으니 네가 가야 할 것 같구나."

나는 거절할 수가 없었다. 어떻게 거절할 수 있을까? 갑자기 또다시 닥쳐온 뜻밖의 소식에 나는 이성을 잃었다. 그러나 하나만은 확실했다. 그녀를 만날 수 있다! 만남의 구실은 무서웠지만 합법적이었다.

우리는 서로 전보를 주고받았다. 그 다음 날 5월의 저녁놀이 질 무렵 블라고다트노예의 정거장에서 마차는 30여 분을 달려 영지로 나를 데려다주었다. 나지막한 초원을 따라 작은 언덕을 넘어 나탈리에게 가면서 나는 저 멀리 그녀의 집 서쪽 벽이 아직까지 황혼에 물들어 있는 광경을 바라보았다. 모든 창문들은 덧창으로 잠겨 있었다. 나는 무거운 생각에 온몸이 떨려왔다. '저 창문 너머로 그와 나탈리가 나란히 누워 있었겠지!' 새롭게 자란 풀로 무성한 마당의 마차고 근처에 세워둔 두 대의 삼두마차에 달린 방울이 가볍게 달랑달랑 울렸지만 마부석에 앉아 있는 마부 이외에는 아무도 보이지 않았다. 조문객들과 하인들은 추도식에 참석해 이미 집안에 있었다. 5월의 노을이 깔린 시골 곳곳은 고요함과 동시에 봄날의 청명함과 신선함을 머금고 있었다. 들판과 냇가의 공기, 마당에 새로 빽빽하게 돋아 올라온 풀들, 집 뒤편과 남쪽 정원에 활짝 핀 꽃들, 이 모든 것들이 새로웠다. 그러나 차양이 달린 낮은 정면 현관의 활짝 열린 문 옆에는 커다란 황금색 비단으로 만든 관 뚜껑이 똑바로 벽에 세워져 있었다. 저녁 공기는 약간 서늘했다. 정원에 가지런하게 활짝 핀 하얀 배꽃의 달콤한 향기가 강하게 실려 왔다. 그 하얀 배꽃 때문에 장밋빛 노을이 불타고 있는 지평선은 희뿌옇게 보였다. 이 싱그럽고 아름다운 모든 것들이 젊고 아름다웠던 나탈리를 떠올리게 만들었다. 그리고 그녀가 나를 사랑했던 시간들과 슬프고 행복했던 순간들, 사랑의 갈구로 내 가슴을 찢어지게 만든 일 등이 머릿속을 맴돌았다. 사륜마차에서 현관 계단으로 뛰어올라 간 나는 마치 낭떠러지 앞에 서 있는 기분이 들었다. '이 집 안으로 들어가 헤어진 지 3년이 지난 지금 미망인이자 아기 어머니가 된 그녀의 얼굴을 어떻게 마주 대한단 말인가!' 어쨌든 나는 노란 촛불을 피워 놓은 음산하고 어두운 응접실로 들어갔다. 그리고 성화를 모셔 놓은 한쪽 모퉁이에 비스듬히 솟아나온 관 앞에서 촛불을 들고 있는 조문객들 사이로 갔다. 황금빛 테두리가 씌워진 성화의 위쪽에는 크고 붉은 등불이 빛나고 있었고, 그 아래에는 긴 촛불 세 개가 은빛을 내며 불타고 있었다. 향을 들고 절을 하며 관 주위를 돌고 있는 신부들의 추도가가 들리는 곳에 이르렀을 때 나는 관 속의 노란 비단과 고인의 얼굴을 보지 않기 위해 고개를 숙였다. 사실은 무엇보다 그녀의 얼굴을 보기가 두려웠다. 누군가가 나에게 촛불을 건네주었다. 나는 떨리는 마음으로 촛불을 받아들었다. 촛불은 창백하고 수척해진 내 얼굴을 따뜻하게 비추고 있었다. 나는 신부들의 기도와 향로에 달린 종소리를 귓등으로 들으면서 얼굴을 들어 눈을 치켜뜨고 천장으로 날아가는 매캐한 연기를 바라보았다. 결국 나는 상복을 입고 자신의 뺨과 금발을 비추는 촛불을 한 손에 든 채 맨 앞에 서 있는 나탈리를 쳐다보았다. 나는 마치 성화와도 같은 그녀의 모습에서 눈길을 뗄 수가 없었다. 모두가 잠잠해지고 촛불이 꺼진 냄새가 날 무렵 조문객들은 조심스럽게 다가가 그녀의 손에 입을 맞추었다. 나는 마지막으로 차례를 기다렸다. 환희에 젖고 공포에 사로잡힌 나는 그녀에게 다가가면서 상복을 입어 순수해 보이는 그녀의 날씬한 몸매, 젊고 아름다운 얼굴과 속눈썹뿐만 아니라 나와 마주치자 내리뜨는 눈동자를 바라보았다. 나는 그녀의 손에 입을 맞추며 몸을 낮추어 인사를 하고는 친척으로서 예의를 갖춰 아주 작은 목소리로 해야 할 말만 했다. 그리고 밖으로 나가서 정원에 있는 오래된 별채에서 밤을 보낼 수 있도록 허락을 구했다. 그곳은 내가 고등학교 시절 블라고다트노예로 놀러왔을 때 묵었던 건물이었다. 무더운 여름밤이면 메세르스키가 침실로 사용했던 곳이었다. 그녀는 눈을 내리뜬 채 대답했다.

"지금 당신을 그곳으로 안내해주고 저녁 식사를 대접하라고 지시할게요."

다음 날 아침 추도식과 매장이 끝난 다음 나는 곧장 떠났다. 우리는 작별 인사를 하면서 또 다시 몇 마디 말만 주고받았을 뿐 서로 눈도 마주치지 않았다.

VII

나는 학교를 졸업했다. 졸업 후 얼마 되지 않아 아버지와 어머니는 거의 동시에 돌아가셨다. 나는 시골로 이사해 일을 했다. 그리고 우리 집에서 자라며 어머니 방을 청소했던 시골 고아 소녀인 가샤와 가깝게 지내게 되었다. 가샤는 한때 우리 집의 하인이었던 머리가 하얗게 세고 어깨가 튼튼한 이반 루키치와 함께 나의 시중을 들었다. 그녀는 키가 작고 말라서 마치 어린아이 같았다. 그리고 검은 머리에 까만 눈동자는 아무것도 말하고 있지 않은 듯했으며 모든 것에 무관심한 듯 수수께끼처럼 입을 다물고 있었다. 그녀의 부드러운 피부 또한 까무잡잡했다. 언젠가 아버지께서는 이렇게 말씀하셨다. '그래, 맞아. 아가르가 바로 저랬지.' 그녀는 나에게 한없이 상냥했으며 나는 그녀에게 입을 맞추며 매우 애지중지했다. 그리고 문득 생각에 잠기곤 했다. '오직 이 아이만이 내 삶의 전부야.' 가샤 또한 내가 무슨 생각을 하고 있는지 알고 있는 것처럼 보였다. 그녀는 작고 까무잡잡한 사내아이를 낳자 내 시중을 드는 일을 그만두고 내가 어린 시절을 보냈던 방으로 옮겼다. 나는 그녀와 결혼하고 싶었다. 그녀가 대답했다.

"안 돼요. 저한텐 과분해요. 다른 사람들 앞에 나서는 게 부끄러울 것 같아요. 제가 귀족 부인이라니요! 왜 당신은 결혼하려고 하시죠? 당신은 곧 제게 싫증을 느끼실 거예요. 모스크바로 떠나세요. 저와 함께 있으면 많이 갑갑해지실 거예요. 저는 괜찮아요." 그녀는 품에 안겨 젖을 물고 있는 아이를 바라보며 말했다. "떠나세요. 그리고 행복하게 사세요. 그러나 하나만 기억해주세요. 만약 당신이 누군가와 사랑에 빠져 결혼을 하게 된다면 저는 주저하지 않고 이 아이와 함께 물에 빠져 죽어버릴 거예요."

나는 가샤를 쳐다보았다. 그녀의 말을 믿지 않을 수가 없었다. 그리고 고개를 숙였다. '내 나이 스물여섯 살이 아닌가.' 사랑과 결혼은 상상할 수도 없었지만 가샤의 말은 다시 한 번 나의 끝장난 삶을 상기시켜주었다.

이른 봄 나는 해외로 떠나 그곳에서 넉 달 정도를 보냈다. 6월 말 모스크바를 통해 집으로 돌아오면서 나는 생각에 잠겼다. '시골에서 가을을 보내고 겨울에는 다시 어디론가 떠나야겠어.' 모스크바에서 툴라로 가는 도중 나는 조용히 애수에 젖어들었다. '다시 집으로 돌아가고 있어. 그런데 왜지?' 나탈리가 떠올라 다시 생각에 빠져들었다. '소냐가 나에게 농담조로 말한 영원한 사랑은 존재해. 사람들은 팔다리가 잘려 나가도 시간이 지나면 익숙해지듯이 나도 그 사랑에 익숙해져 있을 뿐이야.' 나는 툴라의 정거장에 앉아 환승을 기다리다 갑자기 전보를 보냈다. '모스크바에서 당신이 사는

곳 근처를 지나갑니다. 저녁 9시쯤 그곳에 도착할 것 같은데 괜찮으시다면 잠깐 들러 근황을 알고 싶군요.'

나탈리는 현관에서 나를 맞았다. 그녀의 뒤쪽에서 하녀가 램프를 비추고 있었다. 그녀는 엷은 미소를 머금은 채 두 팔을 벌렸다.

"정말 반가워요!"

"이상하게도 키가 조금 더 큰 것 같군요." 나는 고통스러움을 느끼며 인사를 건넸다. 그리고 하녀가 들고 있는 램프에 비친 그녀의 모습을 찬찬히 살펴보았다. 비가 온 후라 공기는 신선했으며 램프 주위로 작은 분홍 나비들이 빙빙 돌고 있었다. 그녀의 검은 눈동자는 더욱 또렷하고 확신에 차 있었다. 날씬한 몸매에 푸른 명주 원피스를 소박하게 차려입은 그녀는 이미 젊은 여인으로서 아름다움의 절정에 도달해 있었다.

"맞아요. 아직 자라고 있는 중이죠." 그녀가 씁쓸한 미소를 지으며 대답했다.

응접실 한 쪽 모퉁이의 오래된 황금빛 성화 앞에는 예전처럼 크고 붉은 램프가 불이 꺼진 채 걸려 있었다. 나는 재빨리 시선을 떼고 식당으로 들어갔다. 화려한 식탁보 위에는 커피 포트가 놓여 있었고 찻잔 세트가 반짝이고 있었다. 하녀는 차갑게 식은 송아지 고기와 피클, 물통, 포도주 한 병을 가져왔다. 커피포트 너머로 그녀가 나타났다.

"난 저녁은 먹지 않을 거예요. 차 한 잔이면 충분해요. 어서 식사하세요. 모스크바에서 오는 길인가요? 왜죠? 여름에 할 일이 있나 봐요?"

"파리에서 돌아오는 길이에요."

"그렇군요! 거기에 오랫동안 있었나요? 아, 나도 어디론가 떠날 수 있다면 좋겠네요! 하지만 딸이 이제 네 살이라……. 당신이 아주 열심히 일한다고 사람들이 그러더군요."

나는 보드카 한 잔을 들이킨 후 안주도 먹지 않고 담배를 피워도 되는지 허락을 구했다.

"예, 그러세요!"

나는 담배를 피우며 입을 열었다.

"나탈리, 나한테 예의를 차릴 필요는 없어요. 너무 신경 쓰지 말아요. 나는 그저 당신을 한번 만나보려고 온 것뿐이에요. 너무 거북해하지 말아요. 과거의 일은 완전히 잊었고 지나간 일은 되돌아오지 않으니까요. 물론 내가 당신에게 다시 반했다는 사실을 알아차리지 않을 수가 없겠지만 나의 이러한 마음 때문에 난처해할 필요는 없어요. 당신을 향한 황홀한 마음은 사심이 없는 평온한 것이니까요."

그녀는 머리를 숙이고 속눈썹을 내리깔았다. 그 놀라운 대비는 결코 익숙해지지 않는 것이었다. 그리고 그녀의 얼굴은 조금씩 장밋빛으로 변해갔다.

"정말 그래요." 나는 창백한 얼굴이었지만 사실을 말하고 있다고 확신하며 단호하게 소리쳤다. "이 세상에서 모든 것들은 지나가지요. 당신에게 끔찍한 죄를 저질렀지만 그 죄는 이미 오래전부터 당신과는 상관없는 일이 되었으니 이해와 용서를 받을 수 있을 것이라는 확신이 들어요. 나의 잘못은 어쨌든 내 의사와는 상관이 없었어요. 그 당시 나의 어린 나이와 상황이 기가 막히게 맞아떨어졌기 때문이기도 했죠. 그 후 나의 파멸로 그 죄의 대가를 충분히 치렀다고 생각해요."

"파멸이라니요?"

"그렇지 않은가요? 언젠가 당신이 내게 말했듯이 지금까지도 나를 이해하지도 알지도 못하고 있군요?"

그녀는 잠시 침묵했다.

"보로네쉬의 무도회에서 당신을 보았어요. 그때는 참 젊었지만 정말 불행했었죠! 그러나 행복하지 않은 사랑이 과연 존재할까요?" 그녀가 고개를 들어 검은 속눈썹이 난 눈을 크게 뜨며 물었다. "세상에서 가장 슬픈 음악일지라도 우리에게 행복을 느끼게 해줄 수 있지 않을까요? 당신에 대해 이야기 해줄래요. 정말 완전히 시골로 이사를 간 거예요?"

나는 강한 어조로 물었다.

"그렇다면 그 당시에도 나를 사랑하고 있었단 뜻인가요?"

"그래요."

나는 내 얼굴이 정열로 불타오르는 것을 느끼며 잠시 침묵했다.

"당신에게는 사랑하는 사람과 아이가 있다고 하던데 사실인가요?"

"그건 사랑이 아니에요." 나는 말했다. "지독한 동정과 애정일 뿐이죠."

"나에게 모두 말해줘요."

나는 가샤가 '떠나서 행복하게 살라'고 한 충고까지 모든 것을 털어놓았다. 그리고 이야기를 끝맺었다.

"이제 내가 완전히 몰락했다는 사실을 알겠죠?"

"그만해요." 그녀는 무언가 생각하며 소리쳤다. "당신의 앞길은 아직도 창창해요. 하지만 결혼은 역시나 불가능하겠군요. 가샤는 아이를 소중히 여기거나 자신을 아끼는 그런 여자는 아닌가 봐요."

"결혼이 본질은 아니에요. 오, 신이시여! 내가 결혼이라니요!" 나는 말했다.

나탈리는 생각에 잠긴 채 나를 쳐다보았다.

"그래요, 그래. 참 신기하죠. 우리가 친척이 될 것이라는 당신의 예상이 맞았어요. 그런데 내가 당신의 사촌이 되었다는 사실이 실감이 나나요?"

그리고 그녀는 나의 손에 자신의 손을 포개었다.

"먼 길 오느라 많이 피곤한 모양이군요. 아무것도 입에 대지 않았네요. 얼굴도 창백해 보이고요. 오늘 이야기는 이걸로 충분한 것 같네요. 별채에 침실을 마련해두었으니 가서 쉬세요."

나는 공손히 그녀의 손에 입맞춤을 했다. 나탈리는 달이 충분히 밝았음에도 불구하고 아까 램프를 들었던 정원 옆에 서 있는 하녀를 불렀다. 그 하녀는 처음에는 본채로 다음에는 측면 가로수 길을 지나 넓은 초지에 위치한 나무 원기둥이 세워진 낡고 둥근 별채로 나를 안내했다. 나는 열려 있는 창문 근처의 의자에 앉아 담배를 피며 생각에 잠겼다. '공연히 어리석고 돌발적인 행동을 했어. 마음의 안정과 활력을 기대했는데 괜히 온 것 같아.' 늦은 밤은 고요 속에 잠겨 있었다. 아마 비가 조금 내린 모양이었다. 공기는 따뜻하고 부드러웠다. 무거운 온기와 정적에 훌륭하게 조화를 이루며 저멀리 마을 여러 곳에서 수탉들이 길고 조심스럽게 첫 울음

소리를 내었다. 정원 너머 별채의 지붕 맞은편에 걸려 있는 밝고 둥근 달은 마치 죽은 듯이 한 곳에 멈춰 있는 듯했다. 그리고 저 멀리 나무들과 여기 가까이 달빛을 가리며 서 있는 가지가 무성한 사과나무들 사이에서 기회를 엿보며 빛나고 있는 것 같았다. 빛이 새어나오는 곳은 밝고 투명했으며 그림자가 진 곳은 알록달록하고 비밀스러웠다. 그리고 어두운 색의 반짝이는 긴 명주 원피스를 입은 나탈리가 창문으로 다가갔다. 그 모습 또한 비밀스럽고 조용했다.

얼마 후 달은 정원 아래로 떨어지며 별채를 곧장 바라보고 있었다. 우리는 차례대로 이야기를 했다. 그녀는 침대에 누워 있었고 나는 그 곁에 무릎을 꿇고 그녀의 손을 잡고 있었다.

"번개가 치던 그 무서운 밤 이미 나는 당신만을 사랑하고 있었어요. 이제 오직 당신만을 향한 열정적이고 순수한 욕망 이외에 그 어떤 욕망도 나에게는 없습니다."

"그래요, 시간이 지나면서 나도 모두 이해하게 됐어요. 한 시간 전쯤 예전 가로수 길에서 있었던 일을 떠올리는 순간 나도 그 번개가 다시 생각났어요."

"당신과 똑같은 사람은 세상 어디에도 없을 거예요. 조금 전 이 푸른 원피스와 그 아래 당신의 무릎을 보았을 때 나는 내 입술을 한 번만이라도 대볼 수만 있다면 죽어도 괜찮다는 생각을 했어요. 그 원피스 위에만이라도 말이에요."

"지금까지 나를 한 번도 잊은 적이 없나요?"

"살아 숨 쉬고 있다는 사실을 잊는다면 당신을 잊겠죠. 행복하지 않은 사랑은 없다는 당신의 말은 사실이에요. 아직 소녀티가 나던 당신이 노란 잠옷을 입은 채 나타났던 그 날 아침이 당신을 사랑하게 된 첫 번째 아침이에요! 그리고 원피스 소매 속 당신의 팔과 당신이 『절벽』을 읽으면서 고개를 갸우뚱하는 모습, 내가 '나탈리, 나탈리'라고 중얼대던 기억들이 떠오르네요."

"그래요, 맞아요."

"시간이 지나 당신은 무도회에 나타났죠. 당신은 늘씬한 키에 황홀할 정도로 아름다운 여인이었어요. 그날 밤 사랑의 환희와 절망에 빠져 얼마나 죽고 싶었는지 몰라요! 그리고 얼마 후 당신은 한 손에 촛불을 들고 있었죠. 상복을 입은 당신의 모습과 순수함이 떠올라요. 당신의 얼굴을 비추고 있던 촛불이 성스럽게 여겨지기까지 했죠."

"당신은 다시 내 곁으로 돌아왔고 이제 영원히 함께할 거예요. 비록 우리가 자주 볼 수는 없겠지만 말이에요. 정말 내가 당신의 아내인 것을 비밀로 하면서 사람들 앞에서 떳떳한 애인 행세를 할 수 있을까요?"

그해 12월, 그녀는 제네바 호수 근교에서 조산을 하다가 세상을 떠났다.

차가운 가을

그해 6월, 그는 우리 영지에 손님으로 머물고 있었다. 우리는 항상 그를 가족의 일원으로 생각했다. 고인이 되신 그의 아버지는 내 아버지의 친구이자 이웃이었다. 6월 15일 사라예보에서 페르디난트 황태자가 암살되었다. 16일 아침 우체국에서 신문이 배달되었다. 아버지는 모스크바 석간신문을 들고 서재에서 식당으로 나오더니 말씀하셨다. 식당에서 어머니와 나는 그와 함께 차를 마시고 있는 중이었다.

"아, 여보게들, 전쟁이야! 사라예보에서 오스트리아 황태자가 암살되었어. 이건 전쟁이라고!"

성인 표트르의 날(6월 12일 러시아 정교 축일: 역주)은 아버지의 명명일이었기 때문에 많은 손님들이 모여들었다. 점심 식사 시간에 그와 나의 약혼을 발표했다. 그러나 6월 19일 독일은 러시아에 선전포고를 했다.

9월 그는 전선으로 떠나기 전 작별인사를 하기 위해 하루 예정으로 우리 집에 들렀다(그 당시 우리 모두는 전쟁이 곧 끝날 것이고 결혼식은 봄으로 잠시 미뤄진 것으로 생각했다). 그리고 이별의 저녁이 다가왔다. 저녁 식사를 마치고 평소처럼 사모바르가 나왔다. 아버지는 창문에 김이 서리는 광경을 보며 말씀하셨다.

"정말 차가운 가을이 빨리도 왔구나!"

우리는 그날 저녁 조용히 앉아 과장되게 침착한 척하며 은밀한 생각과 감정을 숨긴 채 별 의미 없는 대화만을 이따금 주고받았다. 아버지는 아무렇지도 않은 척하며 가을 이야기를 꺼내셨다. 나는 발코니의 문으로 다가가 손수건으로 창문을 닦았다. 정원 위 어둠이 내려앉은 하늘에 깨끗하고 차가운 별들이 선명하고도 날카롭게 반짝이고 있었다. 아버지는 안락의자에 몸을 기댄 채 탁자 위에 걸린 뜨거운 램프를 멍하니 바라보면서 담배를 피우셨다. 어머니는 안경을 끼고 램프 불빛 아래서 작은 비단 주머니를 바느질하고 계셨다. 우리는 그것이 어떤 의미인지 알고 있었다. 그것은 감동적이면서도 고통스러운 일이었다. 아버지는 그에게 물으셨다.

"어쨌든 아침 일찍 떠나려고 하는 건가, 식사도 하지 않고?"

"예, 만약 허락하신다면 아침에 떠나고 싶습니다." 그가 대답했다. "저도 매우 아쉽지만 아직 집에 처리해야 할 일이 남아 있습니다."

아버지는 가볍게 한숨을 내쉬셨다.

"그래, 자네가 원하는 대로 하게. 그렇다면 나와 아내는 지금 잠자리에 들어야겠네. 내일 자네를 꼭 배웅하고 싶거든."

어머니는 일어나서 미래의 사위에게 성호를 그어주셨고, 그는 어머니의 손에 이마를 갖다 댄 후 아버지에게도 그렇게 했다. 우리 둘만 식당에 남아 조금 더 시간을 보냈다. 나는 갑자기 카드 점을 보고 싶은 생각이 들었다. 그는 조용히 이쪽저쪽을 서성이더니 나에게 물었다.

"잠시 산책 좀 할까?"

나는 머릿속이 점점 더 무거워졌지만 태연한 척 대답했다.

"좋아요."

현관에서 옷을 입으면서 그는 무언가를 계속 생각하더니 사랑스런 미소를 띠며 페트의 시를 읊었다.

얼마나 차가운 가을인가!
숄과 카포트를 걸쳐요.

"카포트(품이 넓은 여성용 겉옷: 역주)가 없는 걸요." 나는 말했다. "그 다음은 어떻게 되죠?"

"잘 기억나지 않아. 아마 이럴 거야."

봐요 ― 검은 소나무 사이를
마치 불이 난 것만 같군요.

"불이라니요?"

"당연히 달이 뜬 걸 그렇게 표현한 거지. 이 시 속에는 가을날 시골의 매력이 살아 있어. '숄과 카포트를 걸쳐요' 우리 할아버지와 할머니 시대 때 이야기잖아. 오, 이런! 맙소사!"

"왜 그래요?"

"아무것도 아니야. 잠시 우울해졌을 뿐이야. 우울하면서도 좋기도 하고. 정말, 정말로 사랑해."

우리는 옷을 입은 후 식당을 지나 발코니를 통과해 정원으로 내려갔다. 처음에는 너무 어두워 나는 그의 소매를 붙잡았다. 조금 후 밝아진 하늘에 반짝이는 별들이 뿌려진 검은 나뭇가지의 윤곽이 드러났다. 그는 걸음을 멈추더니 집 쪽을 향해 돌아섰다.

"저기 봐, 가을이 되니 창문들이 아주 특별하게 빛나고 있어. 살아 있는 동안 오늘 저녁을 영원히 잊지 못할 거야."

나도 그곳을 바라보았다. 그리고 그는 스위스산 망토를 입은 나를 껴안았다. 나는 털이 보송한 스카프를 걷어내고 그가 내게 입맞춤을 할 수 있도록 고개를 옆으로 돌렸다. 입맞춤을 한 후 그는 나를 쳐다보았다.

"눈동자가 정말 반짝거리네." 그가 속삭였다. "춥지는 않아? 완전히 겨울 공기 같잖아. 만약 내가 죽는다고 해도 곧바로 잊어버리지는 않을 거지?"

나는 잠시 생각에 잠겼다. '만약 갑자기 그가 죽는다면? 그러면 정말로 언젠가는 그를 잊게 될까? 결국엔 모든 것들이 잊히는 것일까?' 그런 생각에 깜짝 놀라서 나는 황급히 대답했다.

"그런 말 하지 말아요! 난 당신의 죽음을 견딜 수가 없을 거예요!"

그는 잠시 잠자코 있더니 천천히 입을 열었다.

"만에 하나 내가 죽는다면 저세상에서 널 기다리고 있을게. 넌 이 세상에서 즐겁고 기쁘게 살다가 나에게 오면 돼."

나는 서럽게 울음을 터뜨렸다.

다음 날 아침에 그는 떠났다. 어머니는 전날 저녁에 손수 만든 행운의 주머니를 그의 목에 걸어주셨다. 그 주머니 안에는 어머니의 아버지와 할아버지께서 전쟁 중에 몸에 지니고 계셨던 황금 성상이 들어 있었다. 우리 모두는 깊은 절망에 빠져 그에게 성호를 그어주었다. 우리는 망연자실한 채 현관 계단에 서서 그가 떠나는 뒷모습을 지켜보았다. 아침의 풀잎 위에서 기쁨과 환희에 넘쳐 반짝이고 있는 서리와는 엄청난 괴리감을 느끼며 우리는 누군가를 오랫동안 멀리 떠나보낼 때면 항상 생기는 그런 감정에 젖어 있었다. 우리는 한동안 그렇게 서 있다가 텅 빈 집 안으로 들어갔다. 나는 두 손을 등 뒤로 한 채 통곡을 해야 할지 아니면 큰 소리로 노래라도 불러야 할지, 스스로도 무엇을 해야 할지 갈피를 잡지 못하고 집 안을 서성거렸다.

한 달 후 갈리치야에서 그는 전사했다. 얼마나 이상한 일인가! 그리고 그 후로 딱 30년이란 시간이 흘렀다. 마치 모든 것이 꿈만 같고, 이성으로나 가슴으로나 이해할 수도 설명할 수도 없는 과거라고 불리는 것을 주의 깊게 생각해보고 곰곰이 돌이켜본다면 이 긴 세월 동안 많고 많은 일들이 일어났다. 아버지도 어머니도 이미 돌아가시고 이 세상에 안 계시던 1918년 봄 나는 모스크바의 스몰렌스카야 시장에서 어느 여자 상인의 지하창고에 살았다. 그녀는 항상 나를 '고귀하신 마님, 어떻게 지내고 계시는지요?'라고 놀려댔다. 그 당시에는 많은 사람들이 그랬듯이 나 또한 털모자를 쓰고 외투의 단추를 풀어헤친 군인들에게 반지며 십자가며 좀이 먹은 모피 옷깃 등 나에게 남은 물건을 팔았다. 그렇게 아르바트 거리와 시장 모퉁이에서 장사를 하다가 나는 보기 드물 정도로 훌륭한 품성을 갖춘 중년의 퇴역 군인을 만나게 되었다. 그리고 곧 그와 결혼을 해서 4월에 예카테리노다르로 떠났다. 2주 정도의 짧은 시간 동안 의용군으로 지원했던 열일곱 살의 조카도 우리와 함께 떠났다. 유부녀인 나는 짚신을 신었고, 새치가 드문드문 난 검은 구레나룻을 길게 내려뜨린 그는 다 해진 카자크 덧저고리를 입고 지냈다. 그렇게 돈과 쿠반 지역으로 가서 2년 이상을 머물렀다. 폭풍이 몰아치는 겨울에 우리는 수많은 피난민들과 함께 노보로시스크에서 터키로 배를 타고 떠났다. 가는 도중 바다에서 나의 남편은 장티푸스로 생을 마감했다. 이제 이 세상에 남은 나의 친척은 남편의 조카와 그의 어린 아내 그리고 일곱 달 난 그들의 딸, 이렇게 셋뿐이었다. 그러나 얼마 후 조카와 그의 아내는 나에게 젖먹이를 맡기고는 크림의 브랑겔(1917년 혁명 이후 러시아는 혁명 찬성파(적위군)와 혁명 반대파(백위군)로 나뉘어 1922년까지 내전을 치르게 된다. 브랑겔은 백위군을 이끌었던 총사령관으로 크림에서 의용군을 지휘하기도 했다.: 역주)이 지휘하는 의용부대에 지원했다. 그곳에서 그들은 소식도 없이 사라져 버렸다. 나는 나 자신과 아이를 위해 아주 힘든 막노동을 해서 생계를 꾸리며 콘스탄티노플에서 오랫동안 지냈다. 그 후 다른 많은 피난민들처럼 불가리아, 세르비아, 체코, 벨기에, 파리, 니스 등을 그 아이와 함께 유랑했다. 이제 성인이 된 그 아이는 파리에서 지내면서 어엿한 프랑스 여자가 다되었다. 아주 사랑스러운 아이지만 나에게는 완전히 무관심했다. 그 아이는 마들렌 근처 초콜릿 가게에서 은빛 손톱의 고운 손으로 상자를 매끈한 종이와 금빛 노끈으로 포장하는 일을 했다. 그리고 나는 니스에서 오랫동안 살았고 지금도 여전히 살고 있다. 나는 1912년에 처음으로 니스를 방문했다. 그 행복했던 순간에 니스라는 도시가 앞으로 어떤 의미로 나에게 다가올지 상상이라도 할 수 있었겠는가!

언젠가 그가 죽는다면 견딜 수 없을 거라고 경솔하게 말했음에도 불구하고 나는 그의 죽음을 견뎌냈다. 그러나 그 순간부터 내가 겪었던 모든 일들을 돌이켜보며 내 자신에게 되묻고는 한다. '대체 내 삶에 무엇이 있었던 걸까?' 그리고 스스로에게 대답한다. '오직 그 차가운 가을 저녁만이 있었을 뿐이야.' 정말 그 저녁이 존재하긴 했던 걸까? 그렇다. 내 인생에 남아 있는 것은 오직 그날뿐이다. 다른 것들은 모두 쓸데없는 꿈에 불과하다. 그리고 나는 믿고 또 굳게 믿는다. 그곳 어딘가에서 바로 그날 저녁때처럼 사랑과 젊음이 넘치는

모습으로 그가 나를 기다리고 있을 것이라고. '넌 이 세상에서 즐겁고 기쁘게 살다가 나에게 오면 돼.' 나는 즐겁고 기쁘게 살았다. 그리고 지금 곧 그를 만나러 갈 것이다.

까마귀

내 아버지는 까마귀를 닮았다. 내가 아직 어렸을 때 문득 그런 생각이 들었다. 언젠가 잡지책《니바》에서 하얀 배가 볼록 튀어나오고 가죽 바지에 짧고 검은 장화를 신은 나폴레옹이 절벽 위에 서 있는 그림을 본 적이 있었다. 나는 탐험가 보그다노프의 『극지 탐험』에 나오는 그림을 떠올리며 재미있어서 갑자기 웃음을 터뜨렸다. 나폴레옹이 마치 펭귄과 닮은 것 같았기 때문이었다. 나는 아버지가 까마귀와 닮았다는 생각이 들자 슬퍼졌다.

아버지는 우리 소재지에서 매우 높은 위치에 있다. 그리고 그 자리가 아버지를 더욱 망쳐버렸다. 아버지가 속한 관료사회에서 아버지보다 더 살이 찌고 우울하며 말수가 적으면서도 느릿느릿한 말투와 행동 속에서 차가움과 잔인함이 드러나는 사람은 없었다. 그리 크지 않은 키, 뚱뚱한 몸매, 약간 굽은 등, 검고 거친 머리, 면도를 한 까무잡잡하고 긴 얼굴과 커다란 코는 영락없는 까마귀였다. 현지사 부인의 자선 파티에 검은 연미복을 입고 참석할 때면 특히 그랬다. 러시아 농가처럼 꾸민 스탠드 근처에 등이 굽은 아버지는 꼿꼿하게 서서는 까마귀처럼 생긴 눈을 반짝이며 춤을 추는 사람들이나 스탠드에 오는 사람들과 한 귀족 부인을 곁눈질하면서 까마귀같이 생긴 커다란 머리를 흔들어댔다. 그 귀족 부인은 매력적인 미소를 지으며 스탠드에서 저렴한 샴페인이 담긴 포도주잔을 보석으로 치장한 커다란 손으로 손님들에게 건네주고 있었다. 수가 놓인 비단옷에 전통 모자를 쓰고 화장 때문에 코 부분에 분홍빛이 감도는 키가 큰 귀부인을 바라보고 있는 아버지의 모습은 무척 부자연스러웠다. 아버지는 이미 오래 전에 혼자가 되었고 나와 내 어린 여동생 릴랴, 이렇게 아이가 둘이었다. 성당과 주도로 사이 백양나무가 자란 거리 쪽으로 정면을 바라보고 있는 관사의 넓은 2층에 거울처럼 깨끗한 큰 방들이 쓸쓸하고 외롭게 반짝이고 있었다. 나는 한 해의 절반 이상을 모스크바에서 지내면서 카트코프스키 귀족고등학교에서 공부를 했다. 그리고 크리스마스 주간과 여름 방학 때만 집으로 돌아왔다. 하지만 올해는 전혀 예상치 못한 사건이 나를 기다리고 있었다.

그 해 여름 나는 귀족고등학교를 졸업하고 모스크바에서

돌아와 굉장히 큰 충격을 받았다. 생기라곤 찾아볼 수 없던 집에 말 그대로 태양이 빛을 발하고 있었던 것이다. 젊고 발걸음이 가벼운 아가씨의 존재가 아파트 전체를 환하게 비추었다. 그녀는 여덟 살 난 릴랴의 유모였던 중세 시대의 성자를 닮은 키가 큰 노파를 대신해서 온 것이었다. 그녀는 아버지의 하급 관리 중 한 명의 딸로 가난한 아가씨였다. 그녀는 중등학교를 졸업하고 우리 집에 들어오면서 생활이 안정된 것과 나의 출현, 즉 동갑이 이 집에 나타났다는 사실에 꽤 행복해했다. 그러나 그녀는 겁이 아주 많았다. 아버지와 함께하는 엄숙한 식사시간이면 불안에 떨었다. 얌전히 있다가도 갑자기 몸을 뒤척이는 검은 눈동자의 릴랴를 돌보면서 그녀는 매순간 긴장했다. 릴랴는 마치 무언가를 계속 바라는 것처럼 자신의 검은 머리를 퉁명스럽게 흔들어댔다. 아버지는 식사시간이면 몰라보게 달라졌다. 뜨개질로 만든 장갑을 끼고 음식을 나르는 나이든 시종인 구리이에게 차가운 시선을 보내지도 않았다. 단지 그녀에게만 관심을 기울이며 느릿한 말투로 무언가를 말했다. 아버지는 격식을 차리며 '친애하는 엘레나 니콜라예브나'라고 그녀의 이름과 성을 부르면서 농담까지 곁들이며 미소를 지으려고 애썼다. 그럴 때면 그녀는 매우 당황해서는 애처로운 미소로 화답했고, 가녀리고 사랑스러운 얼굴이 군데군데 붉어지기도 했다. 가벼운 흰 블라우스를 입은 밝은 금발머리 아가씨의 겨드랑이는 젊은 혈기의 뜨거운 땀 때문에 거뭇해져 있었으며 그 아래로 조그마한 가슴이 살짝 드러나 있었다. 식사를 하는 도중 그녀는 눈을 들어 감히 나를 쳐다보지도 못했다. 식당에서는 아버지보다 내가 더 무서웠기 때문이었다. 그러나 그녀가 나를 보지 않으려고 노력하면 할수록 아버지는 내 쪽을 더 차갑게 곁눈질하곤 했다. 그녀가 나를 보지 않고 아버지의 말을 듣고 있거나 잠시도 가만있지 못하는 개구쟁이 릴랴를 보살피려고 애쓰는 모습 너머로 완전히 다른 두려움이 숨겨져 있다는 사실을 아버지뿐만 아니라 나 또한 잘 알고 있었기 때문이었다. 우리 둘만의 행복하면서도 즐거운 공포는 서로 곁에 있을 때만 생기는 것이었다. 저녁이면 아버지는 일을 하는 도중에 항상 차를 마셨다. 그래서 황금 테두리로 장식된 커다란 찻잔을 미리 서재의 책상에 가져다놓았다. 그러나 이제는 식당에서 우리와 함께 차를 마셨다. 사모바르 너머엔 그녀가 앉아 있었다. 릴랴는 이 시간엔 이미 꿈나라에 있었다. 아버지는 붉은 안감을 댄 품이 넓고 긴 재킷을 걸친 채 서재에서 나와서는 안락의자에 앉더니 그녀에게 찻잔을 내밀었다. 그녀는 아버지가 좋아하도록 찻잔이 넘치게 차를 따라서는 떨리는 손으로 건넸다. 그리고 나와 자신의 찻잔에도 차를 따랐다. 그런 후 눈을 내리깐 채 수를 놓기 시작했다. 조금 후 아버지는 천천히 아주 이상한 말씀을 하셨다.

"친애하는 엘레나 니콜라예브나, 밝은 금발에는 검은 색이 어울릴까요? 아니면 진홍색이 어울릴까요? 당신 얼굴에는 작은 보석으로 장식한 마리아 스튜어트식(꼿꼿이 세운 톱니바퀴 모양: 역주) 깃이 달린 검은 새틴 원피스가 아주 잘 어울릴 것 같군요. 아니면 어깨가 살짝 드러나고 루비 십자가가 달린 중세풍의 진홍색 벨벳 원피스도 괜찮을 것 같아요. 리온 벨벳으로 만든 푸른 털외투와 베네치아 베레모도 당신에게 정말 잘 어울릴 것 같군요. 물론, 이 모든 것들은 그저 몽상일 뿐이오." 그는 웃으면서 이렇게 말했다. "당신 아버지는 한 달에 75루블을 월급으로 받아요. 그런데 당신 말고도 아이들이 무려 다섯이나 되죠. 참 많이도 딸려 있단 말이오. 그러니 당신은 평생을 가난 속에서 허덕이며 살아야 한다는 거요. 그렇다고 꿈을 가지는 게 어디 잘못이겠소? 꿈은 활력을 북돋아주고 에너지와 희망을 주죠. 그러다보면 어떤 꿈들은 정말로 이루어지는 경우도 있지 않소? 물론 정말로 아주 드문 경우긴 하지만 이루어지기도 하죠. 바로 얼마 전에 한 요리사가 쿠르스크 기차역에서 20만 루블짜리 복권에 당첨 됐어요. 그저 평범한 요리사였는데 말이오!"

그녀는 이 모든 이야기들을 친근한 농담으로 받아들이려
고 노력했다. 그리고 아버지를 쳐다보며 미소를 지으려고 애
썼다. 나는 아무것도 듣지 못한 것처럼 〈나폴레옹〉 카드의
패를 맞추었다. 아버지는 나를 턱으로 가리키며 더 황당한
이야기를 꺼냈다.

"이 젊은 청년 또한 아버지가 죽고 나면 큰 부자가 될 꿈
을 꾸고 있을지도 모르죠! 하지만 그렇게 되지는 않을 겁
니다. 예를 들면 아버지는 사마라 현에 천 데샤틴(1데샤틴은
1,092헥타르: 역주)의 비옥한 영지를 소유하고 있죠. 다만 아들
에게 물려주지 않을 겁니다. 아들 녀석은 아버지를 그리 사
랑하지 않기 때문이죠. 그리고 제가 알고 있는 한 낭비벽도
꽤 심하거든요."

이것이 내게는 잊지 못할 성 베드로 대축일 전날 저녁의
마지막 대화였다. 다음 날 아침 아버지는 사원으로 떠났다.
그리고 사원에서 명명일을 맞은 현지사의 집에 아침 식사를
하러 갔다. 아버지는 평일에 집에서 아침식사를 한 적이 한
번도 없었다. 그래서 그날 우리는 셋이서 아침식사를 하게
되었다. 식사가 끝나갈 무렵 릴랴가 자기가 좋아하는 튀김
과자 대신 버찌 젤리를 내놓자 두 주먹으로 식탁을 내리치며

시종 구리이에게 소리치고는 접시를 바닥으로 내던졌다. 그리고는 머리를 뒤흔들며 사레가 들 정도로 사납게 울어댔다. 우리는 힘겹게 릴랴를 자기 방까지 데려다 놓았다. 여동생은 발길질을 하며 우리 팔을 물어뜯었다. 제발 조용하라며 애원하고 요리사를 크게 혼내주겠다고 약속까지 한 다음에야 마침내 진정하더니 잠들었다. 끊임없이 서로의 팔이 맞닿으면서 릴랴를 옮기느라 애쓰는 동안 우리는 얼마나 부드러운 떨림을 느꼈던가! 마당에는 빗소리가 요란했고, 어두운 방에는 이따금 번개가 번쩍이고 창문이 천둥소리에 흔들렸다.

"폭풍우가 릴랴에게 효과가 좀 있었나 봐." 복도로 나오자 그녀는 즐겁게 속삭이며 말했다. 그리고 갑자기 놀라 외쳤다.

"어딘가 불이 났나 봐!"

우리는 식당으로 달려가 창문을 열어젖혔다. 소방관들이 가로수 길을 따라 요란한 소리를 내며 질주하고 있었다. 포플러 나무 위로 보슬비가 내렸다. 폭풍우는 이미 지나간 뒤였다. 마치 보슬비가 폭풍우를 잠재운 것만 같았다. 소방 호스와 사다리가 달린 커다란 마차가 청동 헬멧을 쓴 소방관들을 태우고 굉음을 내며 지나갔다. 검은 말의 갈기 위로 종소리가 울렸다. 말발굽 소리를 요란하게 내며 마차는 자갈로 포장된 도로를 따라 내달렸다. 신호수의 나팔소리가 부드러우면서도 경박하게 경고음을 내며 울려 퍼졌다. 얼마 후 '성 이반 보인' 종탑에서 경종이 여러 번 울렸다. 우리는 빗방울이 떨어지고 도시의 축축한 먼지 냄새가 신선하게 풍기는 창문가에 서로 가까이 서 있었다. 우리 둘은 긴장하고 흥분한 채 오직 한 곳만을 응시하고 귀를 기울였다. 거대한 붉은 물탱크를 실은 마지막 마차가 거의 보이지 않게 될 무렵 내 심장은 더 강하게 뛰기 시작했고 이마에는 주름살이 잡혔다. 나는 애원하듯 그녀의 뺨을 바라보며 허벅지 근처에 힘없이 내려뜨린 그녀의 손을 잡았다. 그녀는 얼굴이 창백해져서는 입술을 약간 벌렸다. 그리고 크게 심호흡을 하며 가슴을 바로잡은 후 애원하듯 눈물이 가득 고인 반짝이는 눈동자를 내 쪽으로 돌렸다. 나는 그녀의 어깨를 붙잡았고 생애 처음으로 부드럽고 차가운 여인의 입술을 느끼며 정신이 아찔해졌다. 그 후 우리는 하루도 빠짐없이 계속해서 우연을 가장한 채 응접실이나 홀, 그리고 복도에서 심지어는 저녁 무렵이 되어서야 집으로 돌아오는 아버지의 집무실에서도 짧은 만남을 가지며 열렬하게 길고 강렬한 입맞춤을 나눴다. 아버지는 뭔가 눈치를 채고는 더 이상 저녁에 차를 마시러 식당으로 나오지 않았고 말수가 줄어들었으며 우울해졌다. 그러나 우리는 이미 아버지에게 더 이상 관심을 기울이지 않았다. 그리고 그녀는 식사 시간이면 더 조용해지고 진지해졌다.

7월 초 릴랴가 딸기를 먹은 게 잘못되었는지 자신의 방에 앓아누워 있었다. 차츰 회복되면서 여동생은 색연필로 보드에 붙어 있는 커다란 도화지에 동화 마을을 그리곤 했다. 그녀는 부득이하게 여동생의 침대 옆에서 꼼짝도 않고 자신의 우크라이나풍 셔츠를 만들었다. 릴랴가 끊임없이 무언가를 요구했기 때문에 곁을 떠날 수가 없었다. 나는 텅 빈 고요한 집에서 그녀를 만나 입맞춤을 하며 포옹하고 싶은 강렬한 욕망을 참을 수 없어서 죽을 지경이었다. 아버지의 집무실에 앉아 책장에서 손에 잡히는 대로 책을 집어 읽으려고 애썼다. 하루는 그렇게 앉아 있다 보니 저녁이 가까워졌다. 그런데 갑자기 그녀의 가벼우면서도 빠른 발걸음 소리가 들렸다. 나는 책을 던져버리고 일어났다.

"어찌된 일이야? 잠든 거야?"

그녀는 손을 휘저었다.

"아, 아니야! 너도 잘 알다시피 릴랴는 이틀 정도쯤은 잠을 자지 않을 수도 있잖아. 정신이상자들이 그렇듯이 네 여동생도 그 정도는 별일 아니지. 아버지 집무실에서 노란색과 오렌지색 연필을 가져오라고 내쫓아서 온 거야."

그리고 울음을 터뜨리더니 내게 다가와 가슴에 얼굴을 파묻었다.

"오, 맙소사, 언제 끝이 날까! 네가 나를 사랑한다고, 이 세상 그 어느 것도 우리를 갈라놓을 수 없다고 아버지께 말씀드려!"

그리고 눈물로 범벅이 된 얼굴을 들어 나를 갑자기 껴안더니 입맞춤을 하며 한숨을 내쉬었다. 나는 그녀를 꼭 껴안은 채 소파 쪽으로 몸을 움직였다. 그 순간에도 나는 무슨 상상을 했던가? 그러나 집무실 문턱 너머로 가벼운 기침 소리가 들려왔다. 그녀의 어깨 너머로 아버지가 서서 우리를 지켜보는 모습이 보였다. 조금 후 아버지는 돌아서더니 등을 굽힌 채 사라졌다.

우리들 중 누구도 식사를 하러 나오지 않았다. 저녁에 시종 구리이가 내 방문을 두드렸다. "아버지께서 도련님을 부르십니다." 나는 집무실로 들어갔다. 아버지는 책상 앞 안락의자에 앉아서 뒤를 돌아보지도 않은 채 말했다.

"내일 내 소유의 사마라 마을로 떠나서 여름을 지내거라. 가을이 되면 모스크바나 페테르부르크로 가서 직업을 찾도록 해. 만일 내 말을 거역한다면 유산은 한 푼도 물려주지 않을 참이다. 내일 너를 즉시 시골로 보내고 현지사에게 부탁하여 감시하겠다. 이제 더 이상 내 눈앞에 나타나지 말거라. 여비와 용돈은 내일 아침 사람을 통해 전달하마. 가을이 될 때쯤 시골의 내 사무소로 편지를 써서 대도시에서 처음 자리를 잡는 데 필요한 돈을 네게 전해주도록 하마. 떠날 때까지 그녀를 볼 생각은 아예 꿈도 꾸지 말거라. 이게 전부다, 아들아. 가보거라."

그날 밤 나는 귀족학교 친구들 중 한 명이 살고 있는 야로슬라블 현의 시골로 떠났다. 그리고 그곳에서 가을까지 머물렀다. 가을에 친구 아버지의 소개로 페테르부르크 외무성에 들어갔다. 그리고 유산뿐만 아니라 어떤 도움도 평생 받지 않겠노라고 아버지에게 편지를 썼다. 아버지 또한 퇴직을 하고 페테르부르크로 이사했다는 사실을 겨울 무렵 알게 되었다. 그리고 아름다운 젊은 아내가 생겼다는 말을 들었다. 어느 날 저녁 막이 오르기 몇 분 전 마린스키 극장 1층 자리로 들어가면서 나는 아버지와 그녀를 우연히 보게 되었다. 그들은 무대 근처 자개로 만든 작은 쌍안경이 놓여 있는 난간 옆 특별석에 앉아 있었다. 연미복을 입은 아버지는 까마귀처럼 등을 굽힌 채 한쪽 눈을 가늘게 뜨고 프로그램을 자세히 읽고 있었다. 금발 머리를 높게 올린 그녀는 단정하게 몸가짐을 하고서 샹들리에가 반짝이고 가벼운 웅성거림이 들리는 관람객으로 꽉 찬 따뜻한 극장 1층이며 특별석으로 입장하는 사람들의 이브닝드레스, 연미복과 제복 등을 생기를 띠며 살펴보고 있었다. 그녀의 목에는 루비 십자가가 은은하게 반짝였다. 여전히 가녀리긴 했지만 훤히 드러난 팔은 살이 살짝 붙어 보였고, 붉은 벨벳 상의의 왼쪽 어깨는 루비 고리로 고정되어 있었다.

깨끗한 월요일

모스크바의 흐린 겨울 하루가 저물어갔다. 차가운 가스 가로등이 켜지고 가게 진열대는 따뜻하게 빛나고 있었다. 하루 동안의 일과에서 해방된 모스크바의 저녁 생활이 불타오르기 시작했다. 수많은 썰매 마차들이 활기차게 질주하고, 승객들로 가득한 궤도전차는 요란한 소리를 내며 나타났다 사라졌다. 푸른 불꽃이 전선에서 쉭 소리를 내며 마치 별처럼 어스름 속으로 떨어졌다. 희미하고 까맣게 보이는 행인들이 눈 쌓인 보도를 따라 활기차게 서두르며 지나다니고 있었다. 저녁마다 마부는 일렬로 늘어선 말이 이끄는 마차로 붉은 문 광장에서 구세주 사원까지 나를 태워다주었다. 그녀는 사원 맞은편에 살고 있었다. 매일 저녁 나는 그녀를 데리고 '프라하', '에르미타쉬', '메트로폴' 등의 레스토랑에서 식사를 했다. 식사가 끝나면 우리는 극장이나 음악 연주회에 갔다. 그 이후엔 야르나 스트렐나 레스토랑으로 향했다. 우리의 끝이 어떻게 될지 나는 알 수가 없었다. 그리고 굳이 생각하지 않으려 애썼다. 그녀와 이에 관해 이야기하는 것 또한 아무 소용없는 일이었다. 그녀는 처음이자 마지막으로 딱 한 번 우리의 미래에 관한 이야기를 꺼냈을 뿐이었다. 나에게 그녀는 수수께끼 같고 이해하기 어려운 존재였다. 우리의 관계는 뭔가 이상했다. 우리는 아직 완전히 가까워지지 못했다. 이런 모든 것들이 나를 끝없이 압박하면서도 고통스러운 기대를 하게 만들었다. 그와 동시에 그녀와 함께 보내는 매 시간이 말할 수 없이 행복했다.

그녀는 무슨 이유에선지 강의를 듣고 있었다. 아주 가끔 참석하긴 했지만 어쨌든 참석하긴 했다. 나는 어느 날 그 이유를 물었다. 그녀는 어깨를 으쓱하며 대답했다. '꼭 이유가 있어야 하나요? 과연 우리는 자신의 행동을 정확히 이해하고 있을까요? 실은 역사에 관심이 있거든요.' 그녀는 혼자 살고 있었다. 아내와 사별한 그녀의 아버지는 저명한 상인 가문 출신의 교양이 풍부한 사람이었다. 그녀의 아버지는 트베리에서 조용하게 지내면서 상인들이 보통 그렇듯이 무언가를 수집하곤 했다. 그녀는 모스크바의 전망을 즐길 수 있는 구세주 사원 맞은편 구석의 5층 아파트를 임대했다. 방은 두 개뿐이었지만 넓고 편의시설들이 잘 구비되어 있었다. 첫 번째 방에는 터키산 넓은 소파가 많은 공간을 차지하고 있었다. 그리고 고급 피아노가 한 대 놓여 있었다. 그녀는 피아노에 앉아 느리고 몽환적이면서도 아름다운 월광 소나타의 첫 소절만을 연습하곤 했다. 피아노와 화장대 위의 다면체 꽃병에는 화려한 꽃들이 피어 있었다. 내가 매주 토요일마다 예약해서 그녀에게 배달된 신선한 꽃이었다. 토요일 저녁 그녀의 아파트에 도착하자 그녀는 맨발의 톨스토이 초상화가 위쪽에 걸려 있는 소파에 누워 입맞춤을 할 수 있도록 천천히 팔을 내밀며 무관심한 듯 입을 열었다. '꽃 선물 고마워요.' 나는 초콜릿 한 상자와 호프만—스탈, 슈니츨러, 테트마이어, 프시비세프스키의 새 책을 그녀에게 가져다주었다. 그러면 또한 '고맙다'는 감사인사와 따뜻한 손에 입맞춤할 수 있도록 허락해주었다. 그녀는 이따금 나에게 외투를 벗지 말고 소파 근처에 앉도록 요구하기도 했다. 그녀는 뭔가 깊은 생각에 잠긴 채 나의 비버 가죽 깃을 바라보며 '이유는 알 수 없지만 당신이 밖에서 방으로 들어올 때 신고 오는 겨울 공기 냄새보다 더 좋은 것은 없는 것 같아요.'라고 말했다. 그녀에게는 꽃도, 책도, 점심도, 연극도, 시외에서의 저녁식사도 아무것도 필요 없는 것처럼 느껴졌다. 그럼에도 불구하고 그녀는 좋아하는 꽃과 싫어하는 꽃이 있었으며, 내가 가져다준 모든 책들을 다 읽었고, 초콜릿 한 상자를 하루 만에 다 먹어 치웠다. 점심과 저녁 식사도 나보다 적지 않게 먹었으며, 대구 스프를 곁들인 만두와 스메타나에 볶은 붉은 꿩고기를 좋아했다. 그녀는 이따금 '사람들은 평생 날마다 점심을 먹고 저녁 식사를 하는데도 어떻게 질리지 않을 수 있는지 모르겠어요.'라고 말했다. 그러나 그녀 자신 또한 모스크바 사람들이 먹는 것처럼 점심을 먹고 저녁 식사를 했다. 그리고 벨벳과 실크, 고가의 모피로 만든 고급스러운 옷을 특히 좋아했다.

우리는 둘 다 부자에 건강하고 젊었으며 꽤 선남선녀여서 레스토랑에서도, 연주회에서도 사람들의 시선을 끌었다. 나는 펜젠현 출신으로 그 당시에는 남쪽 지방의 정열적인 느낌을 풍겼고 꽤 미남이었다. 어느 날 아주 뚱뚱하며 엄청난 대식가이자 똑똑하고 저명한 한 배우가 내게 "예의에 어긋날 만큼 잘생겼다."고 언급하기도 했다. 그는 "놀랍군요. 마치 다른 세상에서 온 사람 같소."라고 졸린 듯이 말했다. 그리고 내 성격은 남부 지방 기질로 활달했으며 언제라도 행복한 미소와 기분 좋은 농담을 할 준비가 되어 있었다. 그녀는 인도나 페르시아 계통 같은 아름다움을 지니고 있었다. 그녀의 얼굴은 까무잡잡하면서도 노랬으며 약간은 무서워 보이는 숱 많은 검은 머리카락에 검은담비 털처럼 부드럽게 반짝이는 눈썹과 숯처럼 새카만 눈동자를 가지고 있었다. 보드라운 붉은 입술이 매력적인 입은 검은 솜털로 그림자가 살짝 드리워져 있었다. 외출할 때면 그녀는 진홍색 벨벳 원피스에 황금색 버클이 달린 진홍색 구두를 유난히 즐겨 신었다(그러나 강의를 들으러 갈 때는 소박한 수강생 차림으로, 아르바트 거리의 채식주의자 식당에서 30코페이카짜리 아침 식사를 했다). 그리고 내가 말을 많이 하려고 하거나 진심으로 즐거워하려는 데 비해 그녀는 침묵을 지키는 일이 점점 잦아졌다. 뭔가가 머릿속으로 파고든 것처럼 생각에 빠져 있었다. 두 손에 책을 들고 소파에 누워서는 자주 책을 내려놓은 채 의심스러운 눈빛으로 앞을 응시하곤 했다. 가끔 낮에 그녀의 아파트에 들렀다가 몇 번이나 그런 모습을 목격했다. 그녀는 매달 삼사 일 정도는 집 밖으로 전혀 나가지 않았다. 나에게 소파 옆 의자에 앉아서 조용히 책을 읽으라고 하고 자신도 누워서 책을 읽었다.

"당신은 너무 수다스럽고 잠시도 가만히 있지 못하는군요." 그녀가 입을 열었다. "한 챕터라도 다 읽을 수 있게 해 줘요."

"만약 내가 말을 많이 하지 않고 가만히 있었다면 아마도 당신에 대해 전혀 알지 못했을 거요." 나는 우리의 첫 만남을 그녀에게 상기시키며 대답했다. 12월 어느 날 안드레이 벨르이가 강연하는 예술 소모임에 간 적이 있었다. 그는 무대 위에서 이리저리 뛰어다니며 춤추고 노래를 불렀다. 나는 조용히 있지 못하고 큰 소리로 웃었다. 마침 옆 자리에 우연히 그녀가 앉아 있었는데 처음에는 이해하지 못하겠다는 듯이 나를 쳐다보더니 마침내 웃음을 터뜨렸다. 그때 나는 유쾌하게 그녀에게 말을 걸었다.

"그만 됐어요." 그녀가 말했다. "어쨌든 잠시만 조용히 해줄래요. 책을 좀 읽든가 아니면 담배라도 피우세요."

"난 조용히 있을 수가 없소! 당신을 향한 내 사랑의 크기를 알지 못하는군요! 당신은 나를 사랑하지 않소!"

"이해해요. 제 사랑에 관해서라면 당신도 잘 알잖아요. 아버지와 당신 빼고 저에겐 이 세상에 아무도 없다는 것을요. 어떠한 경우에도 당신은 나의 처음이자 마지막이에요. 이것으로도 부족한가요? 이제 이 얘긴 그만해요. 당신 앞에선 책도 읽지 못하겠군요. 차나 한잔 마셔요."

나는 일어나 소파 뒤 탁자 위에 있는 전기 커피포트에 물을 끓인 후 탁자 너머 구석에 있는 호두나무 찬장에서 찻잔과 접시를 가져왔다. 그리고 머릿속에 떠오르는 것을 말했다.

"『불의 천사』 다 읽었어요?"

"다 봤어요. 미사여구가 너무 많아 읽기가 불편하더군요."

"어제 왜 갑자기 샬랴핀 음악회에서 나가버렸죠?"

"지나치게 대담하더군요. 그리고 노랑머리 러시아인을 그리 좋아하지 않아요."

"모든 것들이 당신 마음에 들지 않는군요!"

"그래요, 많은 것들이."

'이상한 사랑이야!' 하고 나는 생각했다. 그리고 물이 끓는 동안 서서 창밖을 바라보았다. 방 안에는 꽃향기가 퍼져 있었다. 나에게 그 향기는 그녀를 연상시켰다. 창문 너머 멀리 강 건너 눈 덮인 회색빛 모스크바의 거대한 전경이 낮게 펼쳐져 있었다. 왼쪽 편으로는 크렘린의 일부분이 보였으며 맞은편에는 거대한 구세주 사원이 마치 바로 앞에 있는 것처럼 하얗게 빛나고 있었다. 그 사원의 황금빛 원형 지붕에는 마치 영원히 그 주위를 맴돌 것만 같은 까마귀 떼의 푸르스름한 그림자가 반사되었다. '이상한 도시군!' 나는 아호트느이 랴드 거리, 이베르스카야 성화, 바실리 블라젠느이 성당을 생각하며 혼잣말을 했다. 바실리 블라젠느이 성당을 보면 크렘린의 구세주 변형 사원과 이탈리아 사원이 떠올랐다. 크렘린 성벽 위의 뾰족한 첨탑은 키르기스 모자와 닮아 있었다.

해가 질 무렵 그녀의 아파트에 도착하면 나는 가끔 담비 털이 가장자리에 달린 실크 외투 하나만 걸친 채 소파 위에 앉아 있는 그녀의 모습과 마주칠 때가 있었다. 그녀는 그 옷이 아스트라한 주에 사셨던 할머니의 유품이라고 말했다. 나는 불을 켜지도 않은 채 어둠 속에서 그녀 옆에 앉아 그녀의 팔과 다리, 아름답고 부드러운 몸에 입맞춤을 했다. 그러면 그녀는 아무런 저항도 하지 않고 조용히 있었다. 내가 계속해서 그녀의 뜨거운 입술을 찾을 때마다 그녀는 거친 호흡을 내쉬면서 가만히 입술을 내어주었다. 내가 더 이상 자제하기 힘들다는 사실을 눈치 채면 나를 밀쳐내고는 불을 켜달라고 조용한 목소리로 부탁한 후 침실로 가버렸다. 나는 피아노 옆 회전의자에 앉아 조금씩 정신을 차리며 불타올랐던 욕정을 식혔다. 15분쯤 후 그녀는 옷을 갖춰 입고 외출 준비를 한 채 침실에서 나왔다. 그 모습이 태연하고 자연스러워서 마치 아무 일도 일어나지 않은 것처럼 여겨졌다.

"오늘은 어디로 가나요? 아마 '메트로폴' 레스토랑이겠죠?"

그리고 다시 저녁 내내 우리는 별로 상관도 없는 이야기를 나눴다. 우리가 가까워진 지 얼마 지나지 않았을 무렵 내가 결혼 이야기를 꺼내자 그녀가 내게 말했다.

"아뇨, 난 아내가 되기에 적당한 사람이 아니에요. 적당하지 않아요. 그래요."

그 말이 나의 희망을 앗아가지는 못했다. 나는 시간이 지날수록 그녀의 결심이 바뀌길 바라면서 '차차 깨닫게 될 거야!'라고 속으로 되뇌었다. 우리의 불완전한 관계를 참을 수 없을 때도 가끔씩 있었다. 그러나 시간이 주는 희망 말고 내가 기대할 수 있는 것은 무엇이란 말인가? 어느 날 저녁 무렵 고요한 어둠 속에 나는 그녀 곁에 앉아서 머리를 부여잡으며 소리쳤다.

"안 돼, 더 이상 참을 수가 없소! 무엇 때문에 나와 당신 자신을 이렇게 끔찍한 고통 속에 몰아넣는 거요!"

그녀는 가만히 있었다.

"그렇소, 이건 사랑이 아니오, 사랑이 아니란 말이오."

그녀가 어둠 속에서 가만히 대답했다.

"그럴지도 모르죠. 사랑이 무엇인지 누가 알겠어요?"

"바로 나요, 나는 알고 있소!" 나는 소리쳤다. "그리고 당신이 사랑과 행복이 무엇인지 알게 될 때까지 기다리겠소!"

"행복, 행복이라⋯⋯. '친구여, 우리의 행복은 그물 속에 든 물과 같다네. 당길 땐 부풀지만 꺼내보면 아무것도 없지.'"

"무슨 말이오?"

"플라톤 카라타예프가 피에로에게 한 말이에요."

나는 손을 내저었다.

"아, 신이시여, 그녀를 보살펴주소서! 동양의 성인 같은 그녀를!"

그리고 다시 저녁 내내 우리는 예술 극장의 새로운 무대공연이나 안드레예프의 새 소설 등 별로 관계없는 이야기만을 주고받았다. 부드러운 모피 옷을 입은 그녀와 흔들리며 질주하는 썰매 마차에 처음으로 가깝게 앉아 있다는 사실에 나는 또다시 만족했다. 그 다음 오페라 〈아이다〉의 행진곡이 울려 퍼지고 있는 손님들로 가득한 레스토랑 홀에 나란히 앉아 식사를 하면서 그녀의 느린 목소리를 들으며 한 시간 전쯤에 키스를 나눴던 그녀의 입술을 바라본다. '맞아, 키스를 했었지.' 하며 속으로 생각한다. 그녀의 입술과 그 위의 까무잡잡한 솜털, 붉은 벨벳 원피스, 경사진 어깨와 동그란 가슴을 바라보다가 그녀의 머리카락에서 나는 향기로운 냄새를 맡으며 나는 생각에 잠긴다. '모스크바, 아스트라한, 페르시아와 인도가 뒤섞여 있는 것만 같군!' 레스토랑에서 저녁 식사가 끝나고 담배 연기 속에 주위가 점점 소란스러워질 무렵이면 그녀 또한 담배를 피며 흥분해서는 나를 룸으로 데려가기도 했다. 그리고 집시들을 불러달라고 부탁했다. 그들은 일부러 소란스럽고 산만하게 들어왔다. 앞쪽으로 민속춤을 추며 푸른 끈이 달린 기타를 어깨에 맨 채 가는 실이 달린 덧옷을 입은 늙은 집시가 등장했다. 그는 마치 죽은 사람처럼 얼굴이 새파랗고 쇠구슬처럼 대머리였다. 뒤이어 검은 앞머리에 이마가 기다란 여자 집시가 노래를 불렀다. 그녀는 애틋하면서도 묘한 미소를 지으며 노래를 듣고 있었다. 새벽 3시나 4시쯤 나는 그녀를 집으로 바래다주었다. 현관 앞에서 행복감에 젖어 눈을 감고 그녀의 젖은 모피 깃에 입맞춤을 한 후 커다란 절망감에 빠진 채 붉은 문 광장으로 서둘러 귀가했다. 나는 내일도 모레도 마찬가지로 고통과 행복이 반복되는 생활이 계속될 것이라는 생각이 들었다. 그러나 어쨌든 행복했다. 아주 커다란 행복이지 않은가!

그렇게 1월과 2월이 지나고 봄맞이 축제가 다가왔다. 사순절 전 마지막 일요일에 그녀는 오후 4시에 자기에게 오라고 부탁했다. 내가 도착하니 그녀는 이미 양털 외투와 모자를 쓰고 펠트 장화를 신은 채 나를 맞았다.

"온통 검정색이군요!" 나는 들어가며 여느 때처럼 즐겁게 말했다.

그녀의 눈빛은 사랑스러우면서도 온화했다.

"내일이 바로 깨끗한 월요일(부활절 직전의 대재기간인 4순절의 첫 번째 월요일: 역주)이잖아요." 그녀가 토시를 걷어 가죽 장갑을 낀 손을 나에게 내밀며 말했다. "'내 생명의 주인이자 통치자시여.' 노보데비치 수도원으로 갈래요?"

나는 놀랐지만 서둘러 대답했다.

"좋소!"

"어쩐 일인지 세상이 온통 어수선하잖아요." 그녀가 덧붙였다. "어제 아침 로고스키 묘지에 다녀왔어요."

나는 더욱 놀랐다.

"묘지에 말이오? 왜죠? 그 유명한 분리파 신자 묘지 말이오?"

"맞아요. 분리파 신자 묘지예요. 표트르 대제 이전의 러시아죠! 대주교의 장례식이 있었거든요. 상상해보세요. 옛날 방식대로 만든 참나무 관, 황금실로 수놓은 비단, 크고 검은 문양이 새겨진 하얀 성찬보로 덮인 고인의 얼굴을요. 아름다우면서도 섬뜩하죠. 관 옆에는 리피다(긴 막대가 달린 쇠로 만든 부채: 역주)와 트리키리(초를 세 개 꽂는 촛대: 역주)를 든 보제들이 서 있어요."

"어떻게 그런 것들을 알고 있죠? 리피다와 트리키리

라니!"

"당신은 아직 저를 잘 몰라요."

"당신이 그렇게 종교적인 사람인지 몰랐소."

"이건 종교적인 것과는 달라요. 저도 잘 모르겠지만요. 그러나 당신이 나를 레스토랑으로 데리고 가지 않을 때면 아침저녁으로 크렘린 사원에 가죠. 당신은 이 사실을 짐작도 못했을 테죠. 그런데 그 보제들은 누구일까요! 바로 페레스베트와 오슬랴뱌(1380년 모스크바 대공인 드미트리 돈스코이가 지휘하는 러시아와 몽골―타타르 군대가 맞붙은 쿨리코보 전투에 참가한 두 명의 수도사: 역주) 같아요. 그리고 두 개의 합창대 위에 서 있는 합창단 또한 모두 페레스베트처럼 생겼어요. 다들 키가 크고 건장한데 검은 외투를 걸치고선 번갈아가며 노래를 불렀어요. 악보를 보고 하는 것이 아니라 고대 음표대로 제창을 하는 거죠. 묘지 안쪽에는 반들거리는 가문비나무 가지가 깔려 있었어요. 그리고 날씨는 무척 추웠지만 태양이 떠 있고 하얀 눈이 반짝이는 날이었죠. 아니에요. 당신은 이해하지 못할 거예요. 이만 가요!"

평화롭고 햇볕이 쨍한 오후였다. 나무에는 서리가 내려 있었다. 고요한 수도원의 붉은 벽돌로 만든 벽 위에서 까마귀들이 울어댔다. 여수도승을 닮은 탑시계가 종루 위에서 정확하면서도 쓸쓸하게 작동하고 있었다. 정적 속에서 눈을 밟으며 우리는 출입구 안으로 들어갔다. 그리고 눈 덮인 길과 묘지를 따라 걸었다. 해가 막 지기 시작할 무렵이라 아직 환했다. 황금빛으로 물든 노을에 서리가 맺힌 나뭇가지가 잿빛 산호색으로 아름답게 반사되었다. 묘지 위에 드문드문 켜진 등불이 은은하고 애잔한 불꽃으로 우리 주위를 비밀스러우면서도 따뜻하게 감싸고 있었다. 나는 감탄하며 그녀의 검은색 구두가 눈 위에 남기는 조그마한 별 모양의 발자국을 보면서 뒤따라 걸었다. 그녀가 이 사실을 알았는지 갑자기 뒤돌아섰다.

"맞아요. 당신은 정말로 나를 사랑하죠!" 그녀가 고개를 흔들며 약간 의아해하면서 말했다.

우리는 에르텔과 체호프의 묘지 근처에 멈추었다. 토시에 손을 집어넣은 채 그녀는 오랫동안 체호프 묘지의 기념비를 바라보았다. 그러더니 어깨를 으쓱했다.

"겉치레가 심한 러시아 스타일과 예술 극장의 형상이 모순적으로 뒤섞여 있군요!"

어둠이 내려앉고 날씨가 쌀쌀해져서 우리는 천천히 출입구 밖으로 나왔다. 그 근처에 마부 표도르가 마차 운전석에 조용히 앉아 있었다.

"잠깐 마차를 타고 산책 좀 해요." 그녀가 말했다. "그 다음 예고로프 선술집에 갓 구운 블린을 먹으러 가요. 너무 빨리 마차를 몰지 말아요, 표도르. 알았죠?"

"알겠습니다."

"오르드인카 거리 어딘가에 그리보예도프(19세기 초 러시아 극작가: 역주)가 살았던 집이 있대요. 한번 찾아가봐요."

우리는 무슨 이유에선지 오르드인카 거리로 가서는 오랫동안 공원 근처 골목길을 돌아다니다 그리보예도프 골목길에 도착했다. 그러나 누가 그리보예도프가 살았던 집을 가르쳐줄 수 있겠는가! 지나가는 사람이 한 명도 없었을 뿐만 아니라 그리보예도프가 그 사람들에게 무슨 소용이란 말인가? 이미 오래전에 어둠이 찾아와 서리가 낀 나무 너머로 불이 밝혀진 창문이 장밋빛으로 반짝이고 있었다.

"여기에 마르포—마린스카야 수도원도 있어요." 그녀가 말했다.

나는 웃으며 대답했다.

"또 수도원으로 가자는 거요?"

"아니에요, 난 그냥……."

아호트니 거리에 위치한 예고로프 선술집 아래층에는 헝클어진 머리카락에 옷을 두껍게 껴입은 채 버터와 스메타나를 뿌린 블린을 잘라서 먹고 있는 마부들로 가득 차 있었다. 마치 목욕탕처럼 후덥지근했다. 위층의 천장이 낮은 방에는 나이 많은 상인들이 굵은 연어알이 들어간 갓 구운 블린을 먹으며 입가심으로 차가운 샴페인을 마시고 있었다. 우리는 손이 세 개 그려진 성모 마리아 성화 앞에 위치한 구석진 두 번째 방으로 들어갔다. 램프가 빛나고 있었다. 우리는 긴 테이블 너머 검은 가죽 소파 위에 앉았다. 그녀의 윗입술 위에 난 솜털에 성에가 끼어 있었고, 노란 두 뺨에는 홍조가 옅게 번져 있었다. 검은 속눈썹은 눈동자와 하나로 합쳐진 것만 같았다. 나는 그녀의 얼굴에서 환희에 찬 눈길을 거둘 수가 없었다. 그녀가 향기로운 토시에서 손수건을 꺼내며 입을 열었다.

"멋지군요! 아래층에는 거친 남자들이 그리고 여기엔 샴페인과 블린, 성모 마리아 성화가 있네요. 손이 세 개인 성화라니요! 마치 인도 같아요! 당신은 귀족이라 저처럼 모스크바를 전부 이해하지는 못할 거예요."

"이해할 수 있소, 있다니까요!" 나는 대답했다. "성대한 식사를 주문합시다!"

"'성대한'이라뇨?"

"어떻게 모를 수가 있소? '규르기가 말했다네…….'"

"정말 멋져요! 규르기라니요!"

"그래요, 유리 돌고루키(모스크바 공국 건립자: 역주) 공작이죠. '규르기가 스뱌토슬라브 세베르스키 공작에게 말했다네. 형제여, 내가 있는 모스크바로 오게. 성대한 만찬을 차리라고 할 테니.'"

"진짜 멋져요. 지금은 몇몇 북쪽 수도원에서만 고대 러시아의 흔적이 남아 있을 뿐이죠. 그리고 교회 찬송가에도 남아 있죠. 얼마 전 자차티예프스키 수도원에 다녀온 적이 있어요. 얼마나 황홀하게 찬송가를 불렀는지 당신은 상상도 못할 거예요! 하지만 추도프 수도원의 찬송가가 더 좋아요. 작년 고난의 주간 내내 그곳에 있었어요. 아, 얼마나 좋았다고요! 곳곳에 물웅덩이가 생기고, 공기는 벌써 부드러운 봄을 신고 있었죠. 머릿속에는 즐거우면서도 애잔한 생각이 맴돌았고 계속해서 옛날 고향에 온 느낌이 들었어요. 사원 안에 모든 문들이 개방되어 있어서 하루 종일 사람들이 드나들었죠. 하루 종일 열어 놓더군요. 아, 가장 외떨어진 수도원 볼로그다나 뱌트카로 떠날 거예요."

그 말을 듣고 나도 함께 떠나거나 그럴 수 없다면 누군가를 칼로 찌르고 사할린으로 유형을 가버리겠다고 말하고 싶었다. 나는 흥분을 가라앉히고 담배를 피웠다. 그때 흰 바지에 흰 셔츠를 입고 붉은 색 허리띠를 맨 심부름꾼이 다가와 정중하게 말했다.

"죄송합니다만 여기는 금연입니다."

곧 이어 아주 친절하게 빨리 말하기 시작했다.

"블린에 추가 주문을 더 하시겠습니까? 직접 담근 약초 술은 어떠세요? 연어알이나 연어는 어떠신가요? 생선국에 특별히 어울리는 고급 셰리 포도주도 있습니다. 그리고 대구국에……."

"대구국에 셰리 포도주 갖다 주세요." 그녀가 저녁 내내 멈추지 않고 나를 기쁘게 해줬던 친근한 수다로 덧붙여 말했다.

나는 이미 그녀가 무슨 말을 하는지 듣는 둥 마는 둥 했다. 그러나 그녀는 온화한 눈빛으로 이야기했다.

"저는 러시아 연대기와 전설을 정말 좋아해요. 그래서 아직 암기하지 못한 부분 중에 특별히 마음에 드는 부분은 지금도 여러 번 읽어보기도 해요. '러시아 땅에 무르라는 도시가 있었다네. 그곳은 파벨이라는 신실한 공작이 통치하고 있었네. 그리고 악마가 그의 아내에게 날아다니는 타락한 뱀을 보냈다네. 그 뱀은 매우 아름다운 인간의 모습으로 그녀에게 나타났다네.'"

나는 장난스럽게 무서운 눈을 하고 말했다.

"오, 정말 끔찍하군요!"

그녀는 내 말을 듣지 않고 계속했다.

"신이 그렇게 그녀를 시험한 것이죠. '공작부인에게 최후의 순간이 다가왔을 때, 공작과 그의 부인은 한날한시에 이 세상을 떠날 수 있게 해달라고 신에게 기도했다네. 그리고 함께 묻히기로 약속했다네. 하나의 돌을 깎아 두 개의 누울 자리를 만들라고 명령하고는 함께 수도복으로 갈아입었다네."

별로 대수롭지 않게 여기던 나는 놀라기 시작했고 이내 걱정을 했다. '도대체 지금 그녀에게 무슨 일이 일어난 걸까?'

그리고 이날 저녁 평소와는 완전히 다르게 나는 10시쯤 그녀를 집으로 데려다주었다. 그녀가 작별 인사를 하다가 갑자기 마차에 올라탄 나를 붙잡았다.

"잠깐만요. 내일 저녁 10시 이후에 저한테 들러주세요. 내일 예술극장에서 소공연이 있거든요."

"그래서요?" 나는 물었다. "풍자 희극을 보러 가고 싶다는 건가요?"

"그래요."

"하지만 당신은 풍자 희극보다 더 저속한 건 없다고 말하지 않았소!"

"그런데 지금은 잘 모르겠어요. 어쨌든 가고 싶어요."

나는 의문에 잠긴 채 고개를 가로저었다. "정말 변덕스럽군요. 모스크바의 변덕쟁이예요!" 그러고는 재빨리 대답했다.

"좋아요!"

다음 날 저녁 10시에 나는 엘리베이터를 타고 그녀의 아파트로 올라가 열쇠로 문을 연 후 잠깐 기다렸다가 어둠에 싸인 현관 입구로 들어섰다. 현관 너머는 매우 환했다. 샹들리에, 거울 양쪽의 장식 촛대며 소파 머리맡 너머 가벼운 전등갓이 씌워진 키가 큰 램프에 온통 불이 켜져 있었다. 그리고 피아노에서 월광 소나타의 첫 부분이 들려오고 있었다. 음악 소리가 더 커지며 연주가 진행될수록 몽환적이면서도 우울한 분위기에서 더욱 애틋하고 간절한 느낌이 더해갔다. 나는 현관문을 쾅하고 닫았다. 연주 소리가 뚝 멈추고 옷이 바스락거리는 소리가 들려왔다. 내가 들어가자 그녀는 날씬해 보이는 검은 벨벳 원피스를 입은 채 반듯하게, 그러나 약간은 꾸민 듯이 피아노 옆에 서 있었다. 그녀의 의상은 화려했으며 머리에는 아름다운 장신구를 달고 있었다. 약간 까무잡잡하면서도 노란 팔과 어깨가 드러나 있었고, 부드럽고 풍만한 가슴이 살짝 보였다. 화장을 한 양쪽 뺨을 따라 다이아몬드 귀걸이가 반짝였고, 아름다운 검은 눈동자와 비단결같이 부드러운 입술이 빛나고 있었다. 윤기가 흐르는 검은 머리카락은 관자놀이 위에서 반원 모양으로 말려 올라가 있었다. 그 모습은 통속 그림에 등장하는 동양 미인의 모습을 떠올리게 했다.

"내가 가수였다면 무대에서 노래를 불렀을 거예요." 그녀가 당황한 나의 얼굴을 바라보며 말했다. "전 왼쪽과 오른쪽, 위층과 아래층에 앉아 있는 관객들에게 기분 좋은 미소와 가벼운 인사로 박수갈채에 화답하겠죠. 그리고 긴 옷자락에 걸려 넘어지지 않도록 조심스럽게 걸을 거예요."

공연을 보면서 그녀는 계속해서 담배를 피워대고 샴페인을 마셨다. 그리고 뚫어져라 배우들을 쳐다보면서 큰 소리로 고함을 치거나 파리의 광경을 표현하는 것 같은 노래를 따라 부르기도 했다. 또 그녀는 백발에 눈썹은 검고 덩치가 큰 스타니슬라프스키와 네모 난 얼굴에 코안경을 쓴 살찐 모스크바 배우를 쳐다보기도 했다. 그 두 사람은 의도적으로 아주 진지하고 열심히 뒤로 넘어지면서 관객들에게 웃음을 선사하며 정신없이 캉캉 춤을 춰댔다. 술에 취해 얼굴이 창백하고 머리카락 한 줌이 드리워진 이마에는 커다란 땀이 맺힌

백러시아인 카찰로프(19세기 말~20세기 중반 연극배우: 역주)
가 한 손에는 술잔을 들고 다가왔다. 그는 술잔을 높이 들고
는 음침하고 탐욕스러운 얼굴로 그녀를 바라보면서 나지막
한 목소리로 배우처럼 말을 했다.

"처녀들의 왕, 샤마흐(아제르바이잔에 존재했던 봉건제 과거
왕국: 역주)의 여왕이시여, 당신의 건강을 위해!"

그녀는 천천히 미소를 지으며 그와 건배를 했다. 그는 술
에 취한 채 그녀의 팔을 잡고 그녀에게 다가가려다 하마터면
넘어질 뻔했다. 그러나 이를 꽉 물고 몸을 다시 가누더니 나
를 쳐다보며 말을 이었다.

"그런데 이 미남은 누구지? 정말 싫군!"

얼마 후 휴대용 오르간이 요란한 소리를 내며 신나게 폴카
음악을 연주했다. 키가 작고 늘 분주해 보이는 수레르지츠키
(19세기 말~20세기 초 연극 연출가이자 배우: 역주)가 미소를 지
은 채 미끄러지듯 우리에게 다가왔다. 그는 몸을 굽히고 백
화점 판매원처럼 친절한 척하며 재빨리 속삭였다.

"폴카 초대에 응해주십시오."

그녀는 미소를 지으며 일어나더니 능숙하면서도 간결하
게 발로 박자를 맞추면서 황홀해하는 시선과 박수갈채를 받
으며 그와 함께 테이블 사이를 지나갔다. 귀걸이가 반짝이고

검은 머리와 검정 의상이 도드라져 보였으며 드러난 어깨와 팔이 눈에 띄었다. 한편 그는 머리를 쓸어 올린 후 염소처럼 소리쳤다.

"나갑시다, 빨리 나가요. 어서 폴카를 춥시다!"

새벽 2시경 그녀는 눈이 반쯤 감긴 채 자리에서 일어났다. 우리가 옷을 다 입었을 때 그녀는 나의 비버가죽 모자를 쳐다보고 비버가죽 깃을 한 번 쓰다듬더니 농담도 진담도 아닌 말을 하며 출구로 나갔다.

"당연히 당신은 미남이죠. 카찰로프가 진심으로 말한 거예요. '인간의 모습을 한 매우 아름다운 뱀이…….'"

돌아가는 길 내내 그녀는 우리를 향해 날아오는, 달빛에 반짝이는 눈보라에 고개를 숙인 채 아무런 말도 하지 않았다. 보름달이 크렘린 위 구름 속으로 숨어들었다. 그녀는 '마치 반짝이는 두개골' 같다고 말을 했다. 구세주 첨탑의 시계가 세 번 울렸다. 그때 그녀가 입을 열었다.

"참 고풍스러운 소리군요. 15세기에도 저런 소리로 새벽 3시를 알렸겠죠. 플로렌스에도 저렇게 똑같이 울리는 종소리가 있는데 그곳에서는 모스크바가 연상되더군요."

표도르가 마차를 현관 근처에 세웠을 때 그녀는 이미 생기를 잃은 채 말했다.

"저 사람도 내릴 수 있도록 도와주세요."

그녀는 밤에는 단 한 번도 나의 방문을 허락하지 않았다. 놀란 나는 어리둥절해하며 말했다.

"표도르, 난 걸어서 돌아가겠네."

그리고 우리는 엘리베이터를 타고 아무런 말도 하지 않은 채 올라가 따뜻하고 고요한 아파트 안으로 들어갔다. 라디에이터에서 간간이 망치로 두드리듯이 탁탁 소리가 들려왔다. 나는 눈 때문에 미끌미끌해진 그녀의 외투를 벗겨주었다. 그녀는 솜털이 풍성한 젖은 숄을 벗어 내 손에 내려놓고는 실크 속치마를 살랑거리며 서둘러 침실로 들어가 버렸다. 나는 옷을 벗고, 첫 번째 방으로 들어갔다. 그리고 마치 낭떠러지 위에 있는 것처럼 마음을 졸이며 터키산 소파에 앉았다. 불이 환하게 켜진 침실의 열린 문 너머로 핀에 걸린 옷을 머리 위로 힘겹게 벗는 소리와 발걸음 소리가 들려왔다. 나는 일어나 문 쪽으로 다가갔다. 그녀는 백조 모양의 신발만을 신은 채 거북이 빗으로 얼굴을 따라 드리워진 실처럼 길고 검은 머리카락을 빗으면서 나를 등지고 큰 거울 앞에 서 있었다.

"사람들은 모두 제가 당신을 생각하지 않는다고 말하죠."

그녀는 경대 위로 빗을 내던진 후 등 뒤로 머리카락을 넘기면서 내게로 몸을 돌렸다. "아니에요. 생각하고 있어요."

나는 동틀 무렵 그녀의 기척을 느낄 수가 있었다. 눈을 뜨니 그녀는 얼굴을 바싹 들이대고 나를 쳐다보고 있었다. 나는 그녀의 체온 때문에 따뜻해진 침대에서 몸을 살짝 일으켰다. 그녀는 내게 몸을 기울여 차분한 목소리로 나지막이 속삭였다.

"오늘 저녁 트베리로 떠나요. 얼마나 머물지는 신만이 아시겠죠."

그리고 자신의 뺨을 내 뺨에 갖다 대었다. 그녀의 촉촉한 속눈썹이 마치 반짝이는 것만 같았다.

"도착하자마자 편지할게요. 우리 미래에 관해 전부 쓰겠어요. 그러니 지금은 그냥 절 좀 내버려두세요. 너무 피곤하거든요."

그녀는 베개를 베고 누웠다.

나는 조심스레 옷을 입고, 그녀의 머리에 소심하게 입맞춤한 후 까치발을 한 채 이미 희미한 아침햇살이 비치는 계단으로 나갔다. 그리고 갓 내린 진득진득한 눈길을 따라 걸었다. 눈보라는 그쳐서 사방은 고요했고, 길 저 멀리까지 보였다. 눈 냄새와 함께 빵집에서 빵 굽는 냄새가 풍겨왔다. 나는 이베르스카야 예배당에 도착했다. 예배당 안은 수많은 촛불이 활활 타며 빛나고 있었다. 나는 노인들과 거지들 무리 사이의 눈 녹은 곳에서 무릎을 꿇고 모자를 벗었다. 그때 누군가가 나의 어깨를 두드려서 쳐다보았다. 아주 불쌍해 보이는 노파가 나를 바라보면서 동정의 눈물을 흘리며 얼굴을 찌푸렸다.

"오, 자살하지 마시오, 죽지 말아요. 그건 죄요, 죄라오!"

그 이후로 2주쯤 지나 나는 편지를 받았다. 내용은 짧고 다정했지만, 더 이상 기다리지 말고 찾거나 만나려고 하지도 말아달라는 단호한 부탁이었다. '모스크바엔 돌아가지 않을 거예요. 수도생활을 하러 잠시 떠날까 해요. 그 다음엔 아마도 삭발을 결심할지도 몰라요. 신께서 제가 당신에게 답장하지 않도록 힘을 주시길 빌어요. 우리의 고통을 지속하고 확대하는 것은 더 이상 무의미해요.'

나는 그녀의 부탁을 들어주었다. 그리고 오랫동안 지저분한 선술집에 처박혀서 점점 더 나락으로 떨어지며 술독에 빠졌다. 그 이후 약간 정신을 차렸다. 그러나 모든 일에 무관심했고 절망적이었다. 그 깨끗한 월요일 이후로 거의 2년의 시간이 흘렀다.

1914년의 잊을 수 없는 그날처럼 고요하고 맑은 새해 전날 저녁이었다. 나는 집에서 나가 마차를 잡아타고 크렘린으로 향했다. 텅 빈 대천사 사원으로 들어가 성화가 그려진 벽과 모스크바 황제들의 묘석의 오래된 금박이 노을 속에 희미하게 빛나는 것을 바라보면서 기도도 하지 않은 채 한동안 서 있었다. 예전에 텅 빈 교회의 아주 특별한 적막 속에서 숨을 쉬기가 두려울 때면 뭔지 모를 무언가를 기대하면서 서 있었다. 사원에서 나가면서 마부에게 오르드인카 거리로 가 달라고 했다. 그때처럼 정원 안 창문에 불이 켜져 있는 어두운 골목길을 따라 마차는 천천히 나아갔다. 그렇게 그리보예도프스키 골목길을 지나가는 동안 나는 계속 눈물을 흘리고 또 흘렸다.

나는 오르드인카 거리의 마르포—마린스키 수도원 정문 근처에 마차를 세우라고 했다. 그곳 마당에는 사륜마차가 희미하게 보였다. 그리고 불이 켜진 조그마한 교회의 문은 열려 있었다. 문밖으로 구슬프면서도 감동적인 여성 성가대의 노랫소리가 들려왔다. 나는 왠지 그곳으로 꼭 들어가고 싶어졌다. 정문 옆 문지기는 가볍게 부탁하듯이 간청하면서 길을 막았다.

"안 됩니다. 나리, 안 돼요!"

"왜 안 된다는 거죠? 교회 안으로 못 들어갑니까?"

"물론 됩니다, 나리. 되고말고요. 다만 간절히 부탁드리건

대 지금 대공녀 엘리자베타 표도로브나와 대공 미트리 팔리치가 의식을 거행하고 있어서 그곳은 가지 말아주세요."

나는 그에게 1루블을 쥐어주었다. 그는 한숨을 푹 쉬고는 나를 들여보내주었다. 그러나 나는 마당에서 멈추어 섰다. 교회 안에서 두 손에 성화와 깃발을 든 사람들과 그 뒤로 하얗고 긴 옷을 입고 황금 십자가 자수가 놓인 흰 테를 이마에 두른 얼굴이 가녀리고 키가 큰 대공녀가 눈을 내리깐 채 한 손에는 커다란 촛불을 들고 천천히 진지하게 걸어가는 모습이 보였기 때문이었다. 그 뒤로 얼굴 앞으로 촛불을 들고 노래를 부르며 가는 수녀들의 하얀 행렬이 이어졌다. 사실 그들이 누구인지 어디로 가는지 알지는 못했다. 나는 무슨 이유에선지 그 사람들을 아주 유심히 쳐다보았다. 그때 그 행렬 사이에서 갑자기 한 손으로 촛불을 가린 채 하얀 머릿수건을 쓴 한 여인이 머리를 들어올렸다. 어둠 속에서 그녀의 검은 눈동자는 나를 정확히 향하고 있는 것 같았다. 어둠 속에서 그녀는 무엇을 본 걸까, 어떻게 나의 존재를 알아차릴 수 있었던 것일까? 나는 뒤로 돌아 조용히 문밖으로 나왔다.

예배당

무더운 여름날 낡은 저택의 정원 너머 들판에는 오래전부터 버려진 묘지가 있다. 언덕 위에는 키 큰 들꽃과 들풀이 무성하게 자라 있다. 그곳에는 야생 그대로 자라난 들꽃이며 들풀, 쐐기풀과 야생파로 뒤덮인 채 허물어진 벽돌 예배당이 외로이 서 있다. 저택의 아이들이 예배당 아래 쪼그리고 앉아 또랑또랑한 눈빛으로 지상 높이쯤 되는 좁고 긴 부서진 창문 틈으로 안을 들여다보곤 한다. 그러나 아무것도 보이지 않고 그곳에서는 차가운 바람만이 불어올 뿐이었다. 온통 환하고 후덥지근했지만 예배당 안은 어둡고 쌀쌀했다. 그곳 철제 상자 안에는 할아버지와 할머니들, 그리고 권총 자살을 한 아저씨가 누워 있다. 정말 흥미로우면서도 놀라운 일이다. 여기에는 태양, 들꽃, 들풀, 파리, 호박벌과 나비가 있다. 우리들은 놀면서 뛰어다닐 수도 있고 지겨워지면 무릎을 구부리고 앉아 즐거워할 수도 있다. 하지만 그 사람들은 마치 한밤중처럼 캄캄한 곳에서 두껍고 차가운 철제 상자 안에 항상 누워만 있다. 할아버지와 할머니들은 모두 나이가 들었지만 아저씨는 아직 젊을 텐데 말이다.

"아저씨는 왜 권총 자살을 했을까?"

"정말로 사랑에 빠졌대. 진짜 사랑에 빠지게 되면 항상 자살을 하는 거래."

바다처럼 푸른 하늘에 예쁘고 흰 구름이 섬처럼 떠 있다. 들판에서 불어오는 미풍은 호밀꽃 향기를 싣고 왔다. 그리고 태양이 더욱 강하게 내리쬘수록 어둠 속 창문 사이로 더 차가운 바람만이 불어왔다.

1

1917년 10월 혁명을 온몸으로 거부하고 모스크바를 영원히 떠나 1953년 파리에서 83세의 일기로 생을 마친 이반 부닌은 러시아 최초의 노벨 문학상 작가이기도 하다. 그는 1870년 러시아 남부 소도시 보로네쉬에서 오랜 귀족 가문의 셋째아들로 태어났다. 15세기 경 리투아니아에서 건너와 모스크바 대공 바실리 촘느이의 친위 부대원으로 근무한 시몬 분코프스키가 부닌 가문의 시초이다. 부닌은 평소 자신의 가문을 매우 자랑스러워했다. 19세기 초 유명한 여류 시인 안나 부니나와 시인 바실리 쥬코프스키 또한 부닌 가문 출신이다.

소지주였던 아버지 알렉세이 니콜라예비치는 신체적으로 건강하고 강인한 사람이었다. 그는 의용군으로 크림전쟁에 참가하기도 했으며 그곳에서 작가 레프 톨스토이와 만난 일화를 아들에게 자랑스럽게 들려주었다. 그러나 평소 술과 도박을 좋아하고 가정을 돌보는 데 소홀했기 때문에 형편이 어려워지면서 부닌이 4세되던 해 가족은 조그마한 시골 마을로 이사를 간다. 하지만 시골에서 바람, 풀, 나무, 꽃 등 자연과 어울려 지낸 어린 시절의 기억이 향후 러시아의 자연을 탁월하게 묘사하는 부닌의 창작에 커다란 밑거름이 된다. 어머니 류드밀라 알렉산드로브나는 여느 어머니처럼 자녀를 사랑하는 인자하고 신앙심이 깊은 여인이었다.

이반 부닌은 어린 시절 가난한 형편으로 인해 학교를 제때 다니지 못하고 가정교사에게 수업을 받게 된다. 그의 가정교사는 모스크바 대학 학생으로 성미가 급하고 사교성이 뛰어난 편은 아니었지만 회화, 언어, 문학 등에 재능이 풍부했다. 부닌은 가정교사에게 언어와 문학 등을 배우며 예비 노벨문학상 작가로서의 한 걸음을 내딛게 된다. 처음에 부닌은 푸시킨, 레르몬토프 등의 시를 모방하여 습작하기 시작했다. 이반 부닌은 11세 때 엘레츠 시의 중등 기숙학교에 입학하지만 학교생활에 잘 적응하지 못하고 결국 4년 만에 그만두게 된다. 부닌은 학교생활을 자신의 인생에서 가장 끔찍했던 시간이었다고 회상하기도 했다. 학교를 그만둔 후 부닌은 자신의 큰형인 율리에게 개인지도를 받게 된다. 이반 부닌보다 열세 살이 많은 큰형 율리는 모스크바 대학 재학 시절 반정부 활동으로 인해 정부의 비밀 감시를 받으며 집에서 거주 중이었다. 큰형은 이반 부닌의 커다란 정신적 지주이기도 했다. 부닌은 어렵고 힘든 일이 있을 때마다 항상 큰형 율리에게 편지를 써 조언을 구했다.

부닌은 1887년 17세의 나이에 페테르부르크 잡지《조국》에 시를 발표하면서 등단한다. 이후 시집 및 단편집을 발표하면서 점차 명성을 얻어간다. 그리고 1904년과 1909년 두 번의 푸시킨 문학상을 수상하고 명예 아카데미 회원으로 선출되면서 작가로서의 명성은 확고해진다. 또한 여러 작가들과의 교류 활동도 활발하게 이어간다. 그는 러시아의 대문호인 톨스토이를 열렬히 사모하는 지지자였다. 부닌은 톨스토이주의자들과 가깝게 지내며 톨스토이를 직접 찾아가 몇 번의 만남을 갖기도 했다. 그리고 체호프, 발몬트, 브류소프 등의 작가들과 꾸준히 교류했으며 고리키, 브류소프, 쿠프린, 샬랴핀 등이 주축이 된 문학 모임 '수요일'의 멤버로 활동하기도 했다. 망명 이후 그는 〈톨스토이의 해방〉과 미완성작 〈체호프에 관하여〉 등을 집필하여 그 작가들에 대한 존경심과 우정을 그렸다.

동양의 문화와 불교 등에 관심이 많았던 부닌은 이집트, 시리아, 팔레스타인, 실론 등을 여행하기도 했다. 〈형제들〉은 카르마, 고집멸도 등 불교적 세계관이 드러나는 대표적인 그의 작품이다. 또한 아시아가 배경이 되거나 여주인공의 외모가 검은 머리칼, 까무잡잡한 피부, 짙고 새카만 속눈썹 등 동양적 미모를 갖춘 여인으로 그려지는 것은 결코 우연이 아니다. 부닌이 생각하는 이상적인 아름다움을 가진 여성은 동양의 집시를 연상시킨다.

섬세하면서도 서정적인 언어로 러시아의 자연을 그려낸 〈안토노프의 사과〉, 자본주의의 물질문명과 인문주의의 말살을 비판한 〈샌프란시스코에서 온 신사〉, 메마르고 거친 마을을 터전으로 비극적인 운명을 감내해내며 살아가는 사람들을 그린 〈수호돌〉, 두 형제를 통해 고통스럽고 가난한 러시아 민중의 삶을 그린 〈마을〉 등을 망명 이전 부닌의 대표적인 작품으로 꼽을 수 있다.

2

1917년 사회주의 혁명을 온몸으로 거부하며 혁명이 불러올 인간성 말살과 자유의 억압을 예견한 부닌은 1918년 아내 베라 무롬체바와 함께 모스크바를 떠나 오데사, 콘스탄티노플, 소피아 등을 거쳐 1920년 파리에 정착한다. 부닌은 그렇게 그의 조국 러시아와 영영 이별하게 된다. 그의 몸은 조국을 떠났지만 기억이라는 도구를 통해 러시아의 자연과 사람, 도시와 시골은 그의 작품 속에서 생생하게 재탄생하게 된다. 기억이 존재하는 한 모든 것은 영원한 것이다. 부닌은 혁명과 내전을 겪으며 자신의 경험과 철학을 수필 형식으로 쓴 〈저주받은 나날들〉을 집필한다. 그에게 혁명은 국가적 재앙이었으며 절망과 고통에 휩싸인 저주받은 나날들이었다.

망명 이후에도 부닌은 〈일사병〉, 〈미챠의 사랑〉, 〈엘라긴 소위 사건〉 등을 발표하며 활발한 창작활동을 이어간다. 또한 1933년 부닌은 자전적 장편소설 『아르세니예프의 생애』로 러시아 최초의 노벨문학상 수상 작가가 된다. 물론 부닌 자신은 이 작품이 자전적인 소설로 불리는 것을 싫어했다.

　『아르세니예프의 생애』는 총 5권으로 구성되어 있는데 1927~1929년 사이에 4권까지 집필되어 파리 신문 《러시아》에 연재되었으며 1930년 단행본이 출간되었다. 이후 1933년 '리카'라는 제목으로 5권이 신문 《최신 뉴스》에 연재되었다. 전체 단행본은 1952년이 되어서야 뉴욕의 '체호프' 출판사에서 출간되었다. 『아르세니예프의 생애』는 톨스토이의 삼부작(『유년기』, 『소년기』, 『청년기』), 고리키의 삼부작(『어린 시절』, 『세상 속으로』, 『나의 대학』)과 비교되기도 한다. 사실 기존 소설에서는 보기 힘든 구성이기 때문에 이 작품의 장르를 한 가지로 규정하기는 쉽지 않다.

　이 소설은 화자의 자유로운 독백으로 이루어져 있으며 그 속에서 삶과 죽음, 사랑에 관한 다양한 철학적 사색과 사상이 그려진다. 또한 일관된 스토리나 사건을 찾아보기 힘들다. 시공간을 초월한 기억을 통해 모든 것들이 실존하며 그 기억 속에서 영원하고 참된 삶을 살아갈 수가 있는 것이다. 비평가 이반 일닌은 이 작품을 '종교─철학적 몽상'으로 규정하기도 하고 유리 말체프는 '러시아 최초 현상학적 소설'로 분류하기도 한다. 주인공 아르세니예프의 '영혼의 여행'을 통해 중부 러시아, 우크라이나, 페테르부르크, 모스크바, 프랑스 등을 만나고 체험하면서 아름다운 자연과 풍경, 과거와 현재, 삶과 현실에 관한 심오한 철학적 세계를 탐험해볼 수 있다.

3

『어두운 가로수길』은 1937~1949년 사이에 집필된 40편의 단편 모음집이다. 단편집의 제목이자 첫 번째 순서의 〈어두운 가로수길〉은 니콜라이 오가료프의 시 〈평범한 이야기〉 중 한 문장에서 따온 것이다. 부닌은 단편집 『어두운 가로수길』을 그의 창작 세계의 특징을 가장 잘 보여주는 작품, 즉 자신의 저서 전체를 아우를 수 있는 총체로 생각하였다.

이 단편집은 부닌이 평생에 걸쳐 작업한 예술 텍스트의 구조가 완성에 이르렀다고 볼 수 있다. 부닌은 『어두운 가로수길』이 그가 창작한 작품 중 예술적으로 완성도가 가장 높다고 평가하였다. 부닌의 아내인 베라 무롬체바는 A. K. 바보레코에게 보내는 편지에 이러한 그의 견해를 언급하였다. H. A. 테피 또한 『어두운 가로수길』을 놀랄 만한 작품으로 언급하면서 부닌에게 보내는 편지에 '당신은 신이 내린 대단한 작가입니다. 이 단편들은 최고입니다.' 라고 적기도 하였다.

사회주의 혁명을 피해 해외로 망명한 부닌은 평생 조국 러시아를 그리워하며 살았다. 부닌은 생을 마칠 때까지 33년을 타국에서 보내야만 했다. 그래서 망명 이후 집필된 수많은 작품의 등장 배경은 러시아인 경우가 많다. 단편집『어두운 가로수길』에서도 예외가 아니다. 모스크바, 페테르부르크, 보로네쉬, 러시아의 시골과 자연 등이 부닌만의 서정적이고 섬세한 필체로 묘사되고 있다.

『어두운 가로수길』에서는 '영원한 테마'인 '사랑'이 주를 이룬다. 부닌은 평생 사랑의 테마에 커다란 관심과 흥미를 가지고 작품의 주요 테마로 다루었지만 그 개념과 태도는 일정한 변화를 겪게 된다. 특히 모든 인간의 마음속에 내재된 욕망으로서의 사랑은 부닌에게 매력적인 것이었다. 부닌이 사랑의 테마를 최초로 다룬 작품으로 〈혈혈단신〉과 〈벨가〉가 있다. A. 사야칸츠는 이 작품 속에 그려진 부닌의 사랑에 관한 철학적 특징이 이후『어두운 가로수길』에 가장 큰 영향을 끼쳤다고 평가하고 있다. 부닌은 진정한 사랑은 '섬광'의 운명을 지니고 있다고 생각했다. 사랑은 결코 지속될 수가 없는 것이다. 따라서 부닌의 등장인물들은 머리가 아니라 마음으로 사랑을 하며 우연한 숙명적인 만남을 위해서 기꺼이 자신을 불태울 준비가 되어 있다.

비평가 유리 말체프는 단편집 『어두운 가로수길』을 '사랑의 백과사전'으로 불렀다. 그는 부닌이 이 단편집을 통해 모든 유형의 사랑을 반영하고, 다양한 사랑의 상호관계를 표현했다고 보았다. 부닌이 『어두운 가로수길』에서 그린 사랑은 때론 부드럽고, 때론 열정적이며 질투와 변덕이 날뛰듯이 난무하기도 한다. 그러나 작품에 등장하는 여러 사랑들은 운명이며, 마치 〈일사병〉과 같이 한순간에 주인공들이 사랑으로 현기증을 일으키며 인사불성이 되어 졸도하게 만든다. 그리고 그 사랑은 마치 〈가벼운 숨결〉처럼 부드럽고 아름답게 이 세계를 떠나닌다.

H. 베르댜예프에 따르면 인간은 작은 우주, 즉 마이크로코스모스이며 이는 기본적인 인식의 진리이다. 우주 전체가 하나의 인간 속에 포함될 수 있으며 인간과 우주는 동격으로 볼 수 있다. 인간 속에는 우주의 모든 구성 성분과 특징이 들어가 있다. 즉 인간은 우주의 작은 한 부분이 아니라 하나의 작은 우주라고 할 수 있다. M. 바흐친 또한 인간은 예술적 비전을 만들어내는 실질적이며 중요한 중심이라고 언급한다. 예술적 비전을 갖춘 세계는 조직적이고 규칙적이며 완성된 세계이다. 인간을 중심으로 한 주요 구조와 압축된 세계는 미학적 현실을 창조해낸다.

단편집『어두운 가로수길』에는 하나의 소우주적 존재인 인간이 또 다른 소우주의 강한 중력에 이끌리면서 사랑에 빠져 서로 충돌하고 부딪힌다. 그러나 그 자체로도 아직 확실한 규칙과 질서가 정립되지 않은 '사랑에 빠진 소우주'인 인간은 비이성적이며 무모한 순간을 경험하게 된다. 등장인물들은 강한 욕망의 힘에 이끌려 본능에 충실한 결정을 내리기도 한다. 때로는 '사랑하는 인간(호모 에로스)'은 그들을 둘러싼 또 다른 적대적인 세계인 사회 계급이나 일상의 걸림돌과 맞닥뜨리며 충돌 혹은 대립을 하면서 투쟁한다.

『어두운 가로수길』에서 선별한 단편으로 이루어진『부닌 단편선』의 주인공은 '그'와 '그녀', 남성과 여성이다. 그러나 실질적인 주인공은 여성이며 남성은 철저히 배경에 그치기도 한다. 부닌의 여주인공들은 비밀스러움을 간직한 수수께끼 같은 등장인물인 경우가 많다. 그녀들은 〈루샤〉, 〈안티고나〉 〈타냐〉, 〈겐리흐〉, 〈나탈리〉처럼 이름 자체가 단편의 제목으로 등장하기도 하고 단지 '그녀'로만 지칭되는 무명으로 나오기도 한다. 명확한 이름은 작품에 보다 사실성을 부여해주고 무명은 사랑과 삶이 등장인물에 국한되는 것이 아니라 보편성을 가지는 효과가 있다.

부닌의 작품에서 사랑은 실제로 거의 결혼으로 연결되지 않는

다. 그들을 둘러싸고 있는 환경이나 사회 계급 차이에 의한 경우도 있지만 등장인물 자신들이 거부하기도 한다. 단편 〈예배당〉의 "진짜 사랑에 빠지게 되면 항상 권총 자살을 하는 거래."라는 어린아이의 말은 부닌이 생각하는 사랑의 한 개념을 잘 설명해준다. 부닌의 창작 세계에서 사랑은 죽음과 연결되어 있는 경우가 많다. 또한 이 단편선에서 부닌의 사랑은 모든 현상들이 인간의 본성에 완전히 종속된 상태로 그려진다. '사랑의 실재'는 인간 사회의 도덕적인 기준에 근거해 있지 않으며 사랑이 갑자기 식어버리거나 비속적이거나 위선적이기까지 하다. 하지만 이러한 '사랑의 실재'는 스스로의 존재적 가치를 충분히 가지고 있다.

그의 단편에 나타난 사랑은 갑자기 등장인물들의 생활에 침투하여 그들의 삶을 더욱 다양하고 풍부하게 만든다. 그리고 그 사랑은 그들의 기억 속에서 영원하다. 단편 〈어두운 가로수길〉의 나데지다의 말처럼 '모든 것은 사라지지만 모든 것이 잊히는 것은 아니다.' 또한 O. 미하일로프의 언급대로 '모든 사랑은 커다란 행복이다. 비록 함께 나누지 못한다고 하더라도.' 그러나 이 '커다란 사랑'은 때로는 '커다란 고뇌'와 '커다란 비극'을 동반한다. 부닌의 작품에 나오는 등장인물들은 일면적이지 않고 다면적이다. 그들의 삶은 항상 파노라마처럼 펼쳐지며 입체적인 형상을 지니고 있다. 그러나 그들은 언제나 사랑에 빠질 준비가 되어 있는 '사랑하는 인간' 즉 '호모 에로스'적 존재이다.

　이반 부닌이라는 작가를 처음 알게 된 건 군대를 제대하고 복학하기 전 상트─페테르부르크에서 6개월 동안 어학연수를 하던 때였다. 그 시기 러시아어 실력을 조금이나마 더 향상시키고자 과외 선생님을 잠깐 구했다. 그때 선생님이 소개해준 작품이 바로 이반 부닌의 〈차가운 가을〉이었다. 〈차가운 가을〉은 사랑에 관한 단편 모음집 『어두운 가로수길』에 포함되어 있는 단편으로 이 책에도 실려 있다. 비록 몇 페이지 되지 않는 짧은 분량이었지만 그리고 당시 러시아어 실력이 형편없었음에도 불구하고 가슴 속에 강한 여운을 남기며 부닌에 관해 더 알고 싶다는 생각이 들었다. 그 후 졸업을 하고 대학원에 입학하면서 나는 이반 부닌을 전공하기로 결심을 했다. 부닌의 단편 하나가 내 전공을 선택하는 데 결정적인 역할을 한 셈이다.

　논문 주제의 대상 작품으로 단편집 『어두운 가로수길』을 선택하면서 긴 유학생활 동안 틈틈이 해온 번역이 드디어 결실을 맺었다. 돌이켜보면 '길은 끝까지 가는 사람에게 그 끝을 보여준다.'는 말을 되새기며 한걸음씩 천천히 나아갈 수밖에 없는 힘든 시간들이었다. 그리 심오하거나 복잡한 주제를 다루지 않은 단편 작품들임에도 불구하고 현대 러시아어에서는 거의 쓰이지 않는 옛 표현, 전설 및 신화적 자료, 역사적 위인이나 유명인 등이 나올 때면 사전과 인터넷을 찾으며 공부를 해야만 했다. 게다가 이반 부닌 특유의 서정적이고 섬세한 은유와 자연 묘사를 본래 의미를 최대한 잃지 않는 범위 내에서 우리말로 옮기는 일 또한 만만치 않은 작업이었다. '번역은 제 2의 창작'이라는 말이 실감나는 순간들이었다. 한편으로는 매끄럽지 못한 표현이나 미숙한 번역이 독자들에게 걸림돌이 되지는 않을까 걱정도 되면서 다른 한편으로는 한국에는 아직 많이 알려지지 않은 러시아의 최초 노벨 문학상 수상 작가의 작품을 소개한다는 뿌듯함도 느낀다.

이 책 『부닌 단편선』에는 단편집 『어두운 가로수길』의 총 40편의 단편 중에서 내용과 길이를 고려하여 한국 독자들이 흥미로워할 만한 14편을 선정하여 실었다. 번역에 사용한 원본은 1965~1967년 '예술문학' 출판사의 총 9권짜리 이반 부닌 전집 중 제 7권이다. 먼저 이해가 잘 가지 않는 표현을 물어볼 때마다 친절하고 상세히 설명해주신 러시아의 지도교수 발렌티나 알렉산드로브나에게 고마운 마음을 전하고 싶다. 그리고 출판사를 소개시켜 주고 아낌없는 조언을 해준 이승억 선배와 이 책이 나올 수 있게 해준 인디북 출판사 관계자분들에게도 진심으로 감사한다. 끝으로 유학생활 동안 묵묵히 뒷바라지를 해주신 부모님에게도 고마움을 전한다.

이상철

1870	10월 22일(구력-10월 10일) 소지주 귀족 출신인 아버지 알렉세이 니콜라예비치 부닌과 어머니 류밀드라 알렉산드로브나 부니나(어머니의 원래 성은 추바로바)의 셋째아들로 보로네쉬에서 출생.
1974	오룔현 옐레츠시의 부트이르키 시골 마을로 이사. 시골에서 어린 시절을 보낸 경험과 기억이 자연 묘사에 탁월한 능력을 보이는 데 커다란 밑거름이 됨.
1881	옐레츠시의 김나지움(중등학교)에 입학.
1885	김나지움을 그만두고 옐레츠시 근교 오제르키 시골 마을에서 거주하며 큰형 율리의 개인지도하에 공부함. 처음 시를 쓰기 시작.
1887	페테르부르크 잡지 《조국》 5월호에 첫 번째 시 게재.
1889	큰형 율리가 거주하고 있는 하리코프로 여행을 떠남. 사회, 문학, 정치와 경제면을 다루는 신문사인 《오룔 통보》로부터 근무 요청을 받음. 같은 신문사에서 교정을 담당하던 바르바라 블라디미로브나 파셴코와 열애를 시작. 크림으로 여행을 떠남.
1891	《오룔 통보》에서 첫 번째 시집 『1887—1891년 시』 출판. 이 시집에 포함된 시 〈뇌우여, 나를 놀라게 하지 마오〉는 이후 부닌의 다수 출판물에도 포함됨.
1892	바르바라 파셴코와 폴타바로 이사. 폴타바 자치기관에서 일하며 예술가로서의 톨스토이에 매료되어 톨스토이주의자들과 가깝

게 지냄.

1894 드네프르 지역을 여행. 모스크바에서 톨스토이와 만나게 됨. 큰 형 율리와 우크라이나를 여행. 출판사 '중개인'의 톨스토이 저 작물을 불법적으로 판매한 혐의로 체포. 알렉산드르 3세의 사망 이후 특사로 풀려남. 바르바라 파셴코와 이별.

1895 페테르부르크에서 생활하면서 모스크바를 오가며 체호프, 발몬 트, 브류소프 등을 비롯한 여러 작가들과 교류. 1890년대 후반부 터 고리키, 브류소프, 쿠프린 등이 주축이 된 문학 모임 '수요일' 멤버로 활동.

1897 첫 단편집『세상 끝으로』발표.

1898 시집『탁 트인 하늘 아래』출판. 오데사에서 안나 니콜라예브나 차크니와 만나 결혼.

1900 아들 니콜라이 출생. 안나 차크니와 결별. 단편〈안토노프의 사 과〉발표.

1904 시집『낙엽』과 헨리 워즈워스 롱펠로의 시『히아와타의 노래』를 번역한 공로를 인정받아 푸시킨 문학상 수상. 평소 친분이 있던 체호프의 사망으로 큰 충격을 받음.

1905 아들 니콜라이 사망. 페테르부르크에서 모스크바로 이사함.

1906 보리스 자이체프의 자택에서 베라 니콜라예브나 무롬체바와 알 게 됨.

1907 연인 사이로 발전한 베라 니콜라예브나와 이집트, 시리아, 팔레 스타인 등지를 여행.

1909 푸시킨 문학상을 두 번째로 수상함. 명예 아카데미 회원으로 선

출됨. 중편 〈시골〉 집필 시작.

1910 잡지 《현대 세계》에 중편 〈마을〉이 게재됨. 프랑스, 알제리를 여행함. 고리키가 머물고 있던 카프리 방문. 이후 이집트와 실론(지금의 스리랑카)을 여행.

1912 중편 〈마른 골짜기〉 발표.

1914 볼가강 유역 여행함. 전집 출판 작업에 몰두함. 단편 〈형제〉 발표.

1915 고리키가 참여해 창립한 잡지 《연대기》를 공동 작업함. 마르크스의 출판사에서 6권짜리 전집 출간. 자본주의와 물질문명을 비판한 단편 〈샌프란시스코에서 온 신사〉 발표.

1918 1917년 10월 혁명 이후 내전이 일어나자 베라 니콜라예브나와 함께 모스크바를 영영 떠나 오데사에서 거주함. 사회주의 혁명을 강하게 비판하는 일기체 형식의 수기 〈저주받은 나날들〉 집필 시작.

1920 여객선 '스파르타'호를 타고 오데사를 떠나 콘스탄티노플로 망명. 불가리아, 세르비아 등을 거쳐 파리에 도착. 자크 오펜바흐 1번지에서 거주하기 시작.

1923 프랑스 남부 그라스 근교의 빌라 몽 플레리에서 거주하다가 빌라 벨베더르로 옮김. 세계2차대전 당시에는 빌라 자네트에서 지냄.

1924 중편 〈미차의 사랑〉 발표.

1925 단편 〈일사병〉 발표.

1927 단편집 『신성한 나무』에 수록된 단편소설 등을 쓰기 시작함. 자

전적 장편소설『아르세니예프의 생애』 집필 및 프랑스의 망명자 신문《러시아》에 연재하기 시작함.

1933 잡지《현대 수기》에 장편《아르세니예프의 생애》의 마지막 권인 5권 발표. 런던에서 전권 영문본 출간. 러시아 작가 최초로 노벨 문학상 수상.

1936 베를린 출판사 '페트로폴리스'에서『저주받은 나날들』출간.

1937 파리에서『톨스토이의 해방』출간. 유고슬라비아와 발틱 연안 여행.

1945 파리의 소비에트 대사관에 초청받아 참석. 이미 소련이 된 조국 러시아로의 귀환 요청을 거부함으로써 작품집 출간 무산.

1946 파리에서 단편 모음집『어두운 가로수길』전작품 러시아어로 출간. 영국에서『어두운 가로수길』출판 계약.

1947 여러 병마에 시달리면서 치료차 요양원으로 떠남. 러시아 작가 및 기자 동맹 탈퇴.

1950 러시아의 여러 작가들을 신랄하게 비판한『회상록』을 파리에서 출판하여 러시아 문단에서 많은 논란을 불러일으킴.

1953 11월 8일 파리에서 아내 베라 니콜라예브나의 품에 안겨 83세의 일기로 운명.

1954 파리 근교 러시아인 묘지 '생—제네비예프—드—부아'에 안장.

1955 회고록『체호프에 대하여』뉴욕에서 출간.

이상철

경북대학교 노어노문학과 졸업 및 동대학원에서 석사 학위. 모스크바 국립 사범대학에서 논문 주제 〈이반 부닌의 『어두운 가로수길』에 나타난 사랑과 죽음의 테마: 철학―미학적 콘텍스트〉로 박사 학위를 받음.

부닌 단편선

초판 1쇄 인쇄 | 2021. 5. 4
초판 1쇄 발행 | 2021. 5. 11

글쓴이 | 이반 부닌
옮긴이 | 이상철
책임편집 | 김연순
표지 및 본문 그림 | 이채영
본문디자인 | 손지원
펴낸이 | 박옥희
펴낸곳 | 도서출판 인디북

등록일자 | 2000. 6. 22
등록번호 | 제 10-1993호
주소 | 서울시 마포구 마포대로 11 나길 6(염리동)
전화번호 | 02) 3273-6895
팩스번호 | 02) 3273-6897
e-mail | indebook@hanmail.net

ISBN 978-89-5856-147-7 03890

「이 도서의 국립중앙도서관 출판예정도서목록(CIP)은 서지정보유통지원시스템 홈페이지(http://seoji.nl.go.kr)와 국가자료공동목록시스템(http://www.nl.go.kr/kolisnet)에서 이용하실 수 있습니다.(CIP제어번호: CIP2017010896)」